北京教师作家美文

心香一瓣

王升山 —— 主编

鲍丹禾 高超 刘成奇 副主编

中国言实出版社

图书在版编目(CIP)数据

心香一瓣：北京教师作家美文 / 王升山主编. --
北京：中国言实出版社，2023.5
ISBN 978-7-5171-4459-5

Ⅰ.①心… Ⅱ.①王… Ⅲ.①中国文学—当代文学—
作品综合集 Ⅳ.①I217.1

中国国家版本馆CIP数据核字（2023）第074370号

心香一瓣——北京教师作家美文

责任编辑：王建玲
责任校对：张天杨
封面题字：徐右冰（中国书协理事、国家一级美术师）

出版发行 中国言实出版社
　　地　　址：北京市朝阳区北苑路180号加利大厦5号楼105室
　　邮　　编：100101
　　编辑部：北京市海淀区花园路6号院B座6层
　　邮　　编：100088
　　电　　话：010-64924853（总编室）　010-64924716（发行部）
　　网　　址：www.zgyscbs.cn　　电子邮箱：zgyscbs@263.net

经　　销：新华书店
印　　刷：徐州绪权印刷有限公司
版　　次：2023年6月第1版　　2023年6月第1次印刷
规　　格：880毫米×1230毫米　　1/32　　11.125印张
字　　数：232千字

定　　价：58.00元
书　　号：ISBN 978-7-5171-4459-5

序

　　《心香一瓣——北京教师作家美文》，我喜欢这书名，听这书名就雅致，我确定它一定是这些热爱文学的老师们的共识。这书名信息明了，透着文气和才气，带给你的全部是老师们的自信和对事业的自豪，这也使我更坚信提高教师自身的文学素养对教学工作的促进作用。当然，在这里我不能只强调他们的老师身份，他们还是一群对文学有着自己职业理解的作家，共同的爱好让他们走到一起，在时间的撮合下成立了自己的组织——北京市教师作家协会。

　　北京市教师作家协会是由北京作家协会和北京教育融媒体中心共同主办的，共同的信念让他们强强联手，一方坐拥强大的文学资源同时希望扩大自己的创作队伍，另一方的老师队伍中有大批的文学爱好者，特别是文史科教师工作的文学属性，让他们有着追求创作的强烈愿望，而金波、尹世霖、张之路、夏有志这些著名的老师作家又给了他们做成这番事业的信心。共同的心愿、使命感和荣誉感，

◎
序

001

让他们来完成文学与教育的联姻，组成一支新的队伍。

　　"教师作家协会"，是教师中文学爱好者新的家园，背靠着两大组织的强力支持，成功清晰地变成努力与时间的共同奋进。而语文与文学从未分过家，有哪位作家敢说他们不是在语文教学中汲取的文学养分？在这里我想特别提一下儿童文学作家，我发现写得最好的多来自老师，他们与孩子间相处的愉悦宽松，不仅释放了孩子们的天性，也让老师们在这样的气氛中体验了孩子们最天真、最灵性的生活。当然，我们的目的很单纯，就是想重新燃起老师们的文学梦想，因为大家都知道文学在语文教育中的重要性，为他们建造一座更好的通向成功的桥梁。

　　打开书的目录页，作者的名字映入眼帘，有不少是教师作协的实力派作者，其中有的我非常熟悉，他们既是老师也是北京作家协会的会员，而且是一批成熟的作家；有的是北京作协与北京教育融媒体中心组织的作家培训班的学员，他们的名字跃然纸上使我们曾经共同学习的场景被点点滴滴地重现，快乐且真实；有些名字熟悉但对不上号了，这让我有点惋惜，以往我是用"脸盲"来搪塞我能力的不足，这让我失去了很多熟悉他们的机会；当然还有一部分作者是我不认识的，我想他们应该是这次征文出书时新加入到文学队伍中来的，我希望在下次活动中认识他们。

　　为了写好这篇序，我认真通读了全书，好的作品我还做了标记，原因很简单，因为我爱这些作者，我希望他们的创作有质的发展，这个愿望我得到了满足。读了这些作品我确实有非常多的惊喜。我发现书中的一些作者比起几年前教师作协组织的那两次征文中的他们，在创作上有了很大的提高，特别是在作品的题材上，在创作的自由度上，让我看到了他们选材自主把握中的自信，空间自由掌控中的游刃有余，这些进步让他们的作品更加可读，内容更加丰富，情感也更加饱满。

《心香一瓣——北京教师作家美文》是文学园地里的一株新苗，祝贺此书的出版，感谢为此书出版辛勤付出的同人们，同时亦借为书作序的机会祝愿老师们在今后的文学创作中不断精进。

王升山

2023 年 4 月 6 日

目 录

后　记

散文篇

这样，你妈妈会更安心

高　超

在坎特伯雷短期访问期间，主办方安排我住在一个英国家庭里。

从伦敦到坎特伯雷，一路饱览英国东南部城市、乡村景色，到达时天开始发黑，吃完晚饭后，天已经黑透。主办方给我发了一个胸牌，上面写着我寄宿家庭的地址、主人的姓名和联系电话。让我感到幸运的是，寄宿家庭住址在乔叟巷（CHAUCER CLOSE）。乔叟不正是写《坎特伯雷故事集》的那个著名作家吗？

乔叟巷相对偏僻，司机拉着我左拐右转，终于在一条没有行人的街道尽头停下，打听路线。就这样，我找到了苏珊（Susan）家。

苏珊是一位和蔼、身材发胖的中年妇女。我进家门时她正在开着电视，编织毛衣，电视机旁的壁炉是电子仿真的，只见火苗蹿动，不冒热气。这应该是中国生产的电子壁炉，在欧美国家很畅销。苏珊家是临街的二层小楼，她把我带到二楼的一间卧室安顿行李，又告诉我洗澡间、卫生间可以随意使用，然后特别叮嘱，使用马桶时，厕纸直接放在马桶里冲掉就 OK 了，她开玩笑说：这里不是中国。

第二天早晨，我起床收拾好后下楼时，苏珊已经做好了早餐。我们客气地互相问候。早餐很简单：烤面包片、蜂蜜、奶油、牛奶、麦圈。苏珊边吃边和我聊天，说些伦敦和北京的天气。我注意到她吃面包片时很小心，掉到盘子里的面包屑她都用手指拈起来吃掉。

吃完饭后，她说我对路线不熟，要开车送我到集合地点。她有一辆红色的雪铁龙两厢轿车。我到地方下车后，她告诉我乔叟巷没有公交，如果晚上不认识回家的路，可以打电话叫她来接。

白天忙了一整天，晚上回家时很晚，我没有给苏珊打电话。和同伴分手后，我一个人走在曲折的街巷里。街巷很安静，没有行人，每户人家都是独立的二层楼，带一个小院子，院子用木栅栏或铁艺简单地围起来，里面种满了花，偶有一户人家的花枝伸出墙头。街巷灯光幽暗，只有人家房屋窗户里射出灯光的地方才明亮一些。好在此时临近元宵节，月亮时而从翻涌的云层里露出来，给街道带来一些亮色。

这是乔叟巷。我猜想大约是乔叟居住过的街巷。乔叟是英国伟大的作家，西方人评价他："除了莎士比亚，乔叟要算是英语作家中最杰出的一位。"他的写作实践探索、开辟了英国文学的新时代。从英国文学发展史的角度来看，他的作品最具有"英国性"，被尊为"英国诗歌之父"。他

这样，你妈妈会更安心

死后倍享哀荣，是英国第一位入葬伦敦威斯敏特斯大教堂的诗人。七百多年前，乔叟也一定在这条街巷走过，看过花，看过月，心里惦记着泰巴旅店的那些骑士、商人、僧侣。

说实话，走在这条街巷上，我既感到亲切，又充满敬畏。它实在太安静了。这种感觉很有点像多年前某个冬天的午后，我一个人走在巴河镇古老又陌生的石板街道上，寻找乡贤闻一多先生故居时的感觉。

到苏珊家，我敲门时发现她家居然没有上锁。苏珊和我打完招呼后，说：今天真是漫长的一天！你过得好吗？这么晚了，我还为你担心呢。

几天下来，尽管我和苏珊只是早晚见面，我的英语水平也很糟糕，但我们熟络起来了。我了解到她的丈夫曾是一位海军士兵，已经去了天堂，她有一个女儿，住在另一个城市；她女儿有两个女儿。她指着客厅墙上的照片，告诉我他们结婚时的情形，她年轻时很漂亮，丈夫很帅气；她带我认识她的女儿、女婿。她的两个外孙女眼睛大大的，很可爱。她高兴地说：过两天，她女儿要带着两个外孙女游览利兹城堡，到时会把她们送来度周末。原来苏珊是已经做了外婆的人。

有一天晚上我回来稍早，用自己从国内带来的笔墨和卡纸，为苏珊写了一个"福"字和一个"寿"字。苏珊看见中国毛笔、中国墨汁，又看见我写中国字，高兴极了，连声说"Good，Good"。她问我"福""寿"是什么意思，我说"福"就是指好运气，无灾祸；"寿"就是健康，活得长久。这两个字在中文里是对长辈、老人的美好祝愿。苏珊听了更加开心，她说要张贴在客厅的墙上，又给女儿打电话，兴奋地说她收到了特殊的中国礼物。她的笑容和中国的空巢老人遇到高兴事儿给在外地工作的儿女打电话一样。

苏珊手里有一份我每天的行程单。一般是由举办方提供晚餐，只有一天晚上安排我在她家用餐。我回到家时，苏珊高兴地说今晚为我准备中国晚餐——炒面条。

苏珊在厨房里又是切、又是煮、又是炒，要知道，英国人做饭很简单，一般没有这么大动作，很少烟熏火燎。她费了好多工夫，终于做出来了：一盘烤肠、一大一小两盘炒面。

苏珊把一大盘炒面递给我，我说：这太多了，吃不完的。苏珊说：你吃得多，你妈妈会安心的！

苏珊一句简单的话瞬间打动了我。中国有句老话：儿行千里母担忧。此时还在中国新年期间，"想得家中夜深坐，还应说着远行人"，我的母亲一定会在家里念叨我此时住在哪里，吃得怎样。苏珊说我吃得多我妈妈安心，好像我和我母亲之间跨越千山万水，也是有心灵感应的。这位普通的英国妇女深谙中国的人情世故。这一点，人心是相通的，不分彼此，无论中西。

我想起闻一多先生在芝加哥留学时，有一次受邀去一个美国同学家吃晚餐，同学的母亲热情地招待他。闻一多很感谢她，也有些不安。这位美国母亲说：没关系的。这样你的妈妈在中国就可以放心一些。

这位美国母亲和这位英国母亲的思维方式和言语表达竟是如此相似！她们照顾别人的儿子竟是为了让另一位母

亲安心、放心。

闻一多先生情商很高，他回答说：我的母亲会让更多的母亲放心。

我还想起了一件事：

我在大学二年级那年的暑假，一个人骑着自行车在大别山里采风。那天我准备去麻城木子店，不想天气太炎热，体力消耗很大，有点骑不动自行车。到张家畈的时候，天快黑下来了，我准备找旅店住宿，哪知张家畈是个小地方，没有住宿的旅店，我只好找到了一家农户。农户家正好有一个刚考上大学的儿子，她大概知道我采风的意图，很大方地让我这样一个完全陌生的人留宿。晚上女主人特意为我准备了擀面条，面条很宽，她为我盛了一大碗，说：这是麻城的玉带面，招待贵客的。你多吃一些，你在外，你妈妈在家会安心一些。又说：我儿子这会儿还没回来，不知在哪里。

我从来没有吃过这样好吃的面条，也从来没有听过人这样说话，因此多少年来，我一直记得。现在，我在离大别山很遥远的英国听见一位母亲说的话，竟然和大别山里的母亲一样，这让我震惊。我把闻一多先生和我的故事讲给苏珊听，她说：英国、美国、中国，天下母亲是一样的。是的，天下母亲是一样的，无论她们的出身、受教育程度、家庭的富裕程度多么不一样，母性身上慈爱的光辉都一样照耀世间。

苏珊的两个外孙女终于来了。这是两个漂亮的小女孩，她们身上穿的是苏珊织的小毛衣，很合身，很好看。较小的女孩很调皮，光着脚在客厅里跑来跑去，全然不顾外祖母的招呼，边跑还边咯咯笑。在征询苏珊的同意后，我把从国内带来的饼干、泡面和榨菜都拿出来，送给两个小朋友。小朋友很高兴，她们喜欢方便面，又不停地问我榨菜是什么？我不会翻译，只是说：中国菜，一种特别的中国菜。

较大的女孩坐在沙发上，较小的女孩靠在沙发边，正对着我。她们看着我，大女孩认真地对我说：我们认为你是个好人。

我也认真地对她们说：我觉得你们是好人，你外祖母也是好人。

我们三人相视而笑，在忙其他事情的苏珊不知我们笑什么，她看着我们，也笑了。

（作者单位：北京学校）

绝版爱情

安新飞

　　姥爷去世一个月后，我在十一期间再回山东，一进家门就要去看卧床的姥娘，我娘拉住我说："你姥娘还不知道你姥爷走了。"

　　原来，我姥爷在医院躺了一个多月，临终才拉回来。我舅把我姥爷直接接到家中，直至去世。骗我姥娘说，人还在医院里。

　　我姥爷去世后，我娘把我已经无法自理的姥娘接到我们家，继续骗我姥娘说，我姥爷已经出院了，住在我舅家。

　　我问："为啥不跟她说？"

　　娘说："怕她伤心过度，本来身体就不好。"

　　我说："瞒到啥时候？大家都赔着小心，累不累？"

　　娘脸一沉："反正你不能说漏了！"

　　我说："天天见不到我姥爷，她不问你？"

　　娘说："她没问过。"

大概是真的。

我姥娘虽然躺在床上，但吃饭不让喂。因为没牙了，她只爱吃糊糊，一大碗糊糊放在枕边，她侧身微微抬着头，捏着小勺子，一舀，在碗沿上一刮，一下送到嘴里，动作灵活得完全不像一个老人。一大碗吃完，枕边褥子上干干净净。她思路清晰得令人惊讶，说了好多话，里里外外没她不知道的，张家长李家短的最新八卦都知道。

奇怪的是，关于我姥爷的事，我姥娘一句也没问。

但第二天就坏了。

我坐在床边和她说话，用手机放《朝阳沟》给她听。她冷不丁问了一句："见你姥爷了没有？"

我说："见了。"

她就不再问。过了半晌，喃喃地说："两个人，还分到两下里，我在五岔路，他在你舅家……"然后看我一眼，苦笑了一下。我心虚，不敢说话。

第三天又问："你姥爷能走路不？能吃饭不？"

我说："他和你一样，起不来床，只能吃流食。"

她就不再问。

第四天，又问："你姥爷还认人儿不？"

我犹豫一下，说："不认人儿了。"

她就不吭声了。

我问："你跟我姥爷结婚多少年了？"

她说："那谁还记得？"

过了一会儿又说："那一年，我十九，他十七……"

她深凹下去的眼睛放出光彩，枯黑的脸绽成了一朵花，似乎还浮起一层淡淡的红晕。她一定是忆起了被我姥爷掀起盖头的那一瞬间。

忽然又加了一句："俩人都不会走了……"

眼睛里的小火星熄灭了。

那一刻，我决定找个机会告诉她真相。让她这么天天牵挂，岂不是一种残忍？！

第五天吃过午饭，我又和她聊天。她问："今儿不看你姥爷啦？"

我没说话。

她又问："唵，问你哩，今儿还去程村不？"

我说："我姥爷走了。"

她抬眼看我："没啦？"

"嗯，走了一个月了。"

她神色不变："一个月了？"

"嗯，上回我回来看你，就是因为我姥爷走了。"

"过事儿了么？"

"过了，那天大喇叭放哀乐你没听见？"

她没吭声。过了一会儿，又问："火化了么？"

"火化了。"

"有棺材么？"

"有棺材。"

关于我姥爷去世的事，我姥娘就问了这三个问题，然后就侧身朝墙，不再问话。

我悄悄退出，来到堂屋，告诉我娘说，我姥娘已经知道我姥爷去世了。

我娘正端碗喝粥，把碗往桌上一扔，粥洒了出来。她眼里噙着泪花,板着脸冲我嚷:"谁让你说的!"

爹在旁边说:"你看这么多天她都不问,为啥?她明白得很,肯定早猜着了,就差这层窗户纸没捅破。这下好了,都轻松了。"

娘抹一把泪水:"轻松啥?你看她今晚能吃下去饭不?"

那天晚饭,我姥娘吃了满满一大碗,还要。

我娘说,我姥娘脾性执拗倔强,但我姥爷一生温润如水,所以从未见过两人吵架。她不明白为什么如此琴瑟相和、白头偕老的两个人,一个离开了,另一个却不伤心。我说,就像我小时候吃的"两掺"馒头,一个白面团,一个棒子面团,在一个面盆里揉来揉去,最后即使又分成了两团,也早已是你中有我,我中有你。他们的一生,已经足以把两个人过成一个人。

这只是我的猜想,面团是这样,未必人也是如此。毕竟,命运之手把他们两个放在时光的盆里揉啊揉,揉了七十二年,几乎一天都没有分开过。他们之间的爱情到底发酵成了什么,我不可能知道。

谁也不可能知道。

这样的爱情,恐怕世间也不会再有了。

(作者单位:北京市大兴区第一中学)

绝版爱情

一棵神奇的流苏树

白宝珠

　　凡是目睹过那棵流苏树尊容的人，都会情不自禁地赞叹：太神奇了！太美了！！有人产生疑问：不就是一棵树吗，未免太夸张了吧。眼见为实，耳听为虚。当你面对那棵饱经风霜的大树时，即刻被震撼，被融化，"遗世独立、羽化登仙"的感觉油然而生，不由自主得啧啧称奇，兴奋不已。

　　流苏树是国家二级保护植物，北京只有两棵，其中一棵五百多岁的流苏树就生长在密云苏家峪村。它经历了几个世纪的风霜雨雪，雷轰电击，如今仍耸立在村头的高岗上，气凌霄汉，器宇轩昂。它用高大粗壮的身躯和优美挺拔的姿态，筑起一道山野梦境，打造出风月无边的仙乡。

　　每当初夏之际，流苏树玉花怒放，似藏似露的椭圆形绿叶泛着浅晕，享受着香拥花吻的美好时光。洁白无瑕的花朵团团簇簇，密匝有致；堆堆砌砌，层叠布局。开得如火如荼，轰轰烈烈；开得洋洋洒洒，酣畅淋漓。清新而瑰丽，雍容而华贵，纯洁而典雅，神秘而多情。银装素裹，宛如云山雪海芳境，让人缠绵缱绻，魂牵梦萦。

不必说它那超凡脱俗的气质，别具一格的风度；也不必说它那美到惊艳、令人窒息的神韵；单说那芳菲四溢、沁人肺腑的香气，就足以让你如梦如幻，浮想联翩；足以让你沉醉痴迷，流连忘返。那勾魂摄魄的香氛，仿佛渗透到人体的每一个细胞，弥漫至全身，使三百六十亿万个毛孔，无一不畅畅快快。又像吃了天宫里的人参果，五脏六腑无一脏器不舒舒服服，真可谓飘飘欲仙，妙不可言！

在流苏花穗芳菲的气息中，既有梅花暗香浮动的魂魄，又有桂花异香扑鼻的魅力；既有梨花清新淡雅的幽芳，又有玉兰花爽人心脾的天香。有人说它还具备丁香花的馥郁，可我觉得此花虽香，但会让人联想起戴望舒的《雨巷》中那个撑着油纸伞哀怨忧伤的丁香姑娘，与品论流苏花香的喜庆话题不属于同一个境界，还是割舍吧。王冕在《墨池》中写道："不要人夸颜色好，只留清气满乾坤。"正好借用来赞扬流苏树皎洁醇香的品格。

流苏树是一种富有浪漫情调的植物，它的花冠既像古代仕女服饰的流苏，又像系在笙箫、宝剑、玉佩等物件上的穗子，这体现出流苏树的奇思妙想以及卓尔不群的格调。它还有另一个好听的名字"四月雪"，因为生动形象，早已蜚声在外。有的人称它为"神树""风水树"，充分显示出它的特殊地位及观赏价值。

流苏花标新立异，个性十足。花朵似伞形，花瓣成纤细条状，晶莹而飘逸，娇柔而妩媚，素洁而俏丽，灵秀而俊美。纤尘不染，冰肌玉骨，令人赏心悦目，心旷神怡。

花开时节，成群结队的蜜蜂闻香而至，嘤嘤嗡嗡地唱着采蜜的劳动歌曲，热闹非凡。五彩缤纷的蝴蝶锦上添花，翩翩起舞助兴。一拨又一拨小鸟呼呼啦啦地追逐嬉戏，啾啾啾啾地婉转着动听的歌喉。清蝉铆足了劲儿长调嘶鸣，此起彼伏，不绝于耳。花大姐、铜壳螂等五颜六色的小甲虫穿梭其间，逍遥自在地飞来飞去。精灵们用各自的绝技演奏了一场又一场妙趣横生的夏日交响曲。

山风腾来，千万朵花枝摇曳生姿，十里飘香。蘑菇状的树冠翻波涌浪，涛声阵阵，犹如吟诗动画，让人叹为观止。若是赶上花期谢幕，可看到飘落的丝丝瓣瓣如雪花飞舞，沸沸扬扬，满地铺香，呈现出好一派北国风光的壮丽景象。

流苏树不仅是村子里一座美轮美奂的天然大舞台，也是孩子们的一个乐园，更是村里百姓生活的一片乐土。

村民们说：小时候他们在这儿玩捉迷藏，比赛爬大树，抓住枝干荡秋千，屏住呼吸捉知了，小心翼翼掏鸟蛋……摸爬滚打，愉心开智，笑语徜徉，在人生的记忆里留下了浓墨重彩的篇章。

流苏树那巨大华盖形成的浓荫，成了村里男女老少避暑纳凉、喝茶下棋、谈天说地的好场所。那时若在大树下架起一把古琴或一架古筝，伴着缕缕香风和高岗下叮叮咚咚的泉水溪流弹奏，将是多么令人陶醉的美妙场景啊！

一棵古老的流苏树，是绿水青山中的一道风景，一幅画卷，一首恋歌，一部民典；也是呼唤乡音的一个意象，是旅游业的一个金字招牌，是大自然的一个神奇杰作。

一棵古老的流苏树，仅仅十天的花开花落，却演绎了美丽生命的绽放，收获了文人墨客历久弥新的诗行；拓宽了摄影家的审美视野，滋润了旅游者乐山乐水的心房；开启了人们被生活锁住的童真，唤回了那种被世俗尘封的纯净。因而顿悟：美好的事物转瞬即逝，虽然不能永恒，但是一定要精彩，要厚重，要芬芳。

　　不到百米的山岗，用憨厚和朴实托举着巨大的流苏树，结草衔环的四月雪，用盛景与欢乐抚慰着相依相伴的山岗。山的沉稳与树的庄重在日月星辰的照映下熠熠生辉，苏家峪村更加亮丽了。

（作者单位：密云六中）

底 色

白艳丽

"师傅，您好，忙着哪？"那天，我远远地看见一个人正低着头，蹲在地上给自行车补胎，心中不由得一阵欣喜。

"我昨天来过一趟，您不在。"还没等人回应，我又赶快补上一句。

"嗯，怎么着？说。"干脆又简短的应答。

"我想给孩子装个脚蹬。"我把自行车停放好，指了指后面的儿童座椅。

"好，我看看。"修车人站起身。

我一愣：瘦削的身材，干净的空军蓝衬衣，微驼的背，两只沾满油污的手——像极了我的父亲。

父亲几天前突发脑梗，现在正在医院里治疗。如果他没有生病，我根本用不着到处找修车的地方。父亲心灵手巧，什么活儿都会干，又麻利又热心，因此整天忙忙碌碌，像一台不知疲倦的机器，可现在这台机器转不动了……

"有脚蹬，是旧的。你要吗？"老人问我。

"要，要。"我从恍惚中回过神来，忙不迭地说。要知道，为了装这个脚蹬，我先后找了好几个地方，好不容易遇到个"救星"，哪还敢挑剔？

这时，老人从墙角的三轮车上取出三副旧脚蹬，说："你选一个。"

"就这个吧。"我指了指其中一副宽一点的脚蹬。

老人麻利地开始干活。我赶紧过去帮忙，尽量把自行车放平，好让他不至于半跪在地上。

"去，帮我把锤子拿来！"

"唉！"我颠儿颠儿地跑去拿，很像平时听到父亲使唤时的反应。

"师傅，您跟我爸长得可真像呀！"我把锤子递到他手上。

"哦？"他抬头看了我一眼，用温和平淡的语气问，"你爸多大了？"

"七十五。"

"那我比他大两岁。"老人继续低头干活。

"哦。"我又陷入了沉思：七十七了，还在外面摆摊修车，莫非是生活过得艰难？他的儿女呢？为什么不管他？再看看不远处，七八个老年人正围在一起下象棋，时不时还传来争论声和喝彩声。

我环顾四周，这是一个被过道和楼房围出来的小院，看起来比较整洁。院子里有石桌石凳，一楼居民在窗下种的丝瓜结了很多，一根根在长长的藤蔓上吊着，头上还顶着金黄色的花。在这样的环境里，一杯茶，一盘棋，一把扇子，在我的印象里，这才是老年生活该有的样子。

我又想起了自己的父亲。家里有吃有喝，子女争气，可他此前偏要种那几亩地。我跟父亲算过一笔经济账，除了种子、化肥、农药等，他种的那几亩玉米，根本不挣钱。不但不赚钱，还搭上许多工夫，把自己累得够呛不说，我们每次回家也得跟着忙活。

"好了。"老人说。

"师傅，您看这个车座能不能帮我调一下，人一坐上去，前边就翘起来了。"老人二话没说，三两下就调平了座位。

"来试试，看看现在还翘吗？"老人自信地拍拍车座。

果然，这么一调，车座变平了。只是崭新的车座上，留下了一个黑黑的大手印。

"谢谢师傅！多少钱？"

"给三块钱吧！"

"这么便宜？"我脱口而出。

"这旧脚蹬都是别人不要了送我的，扔了也是扔了。"

"我给您五块钱吧。"我边说边掏出手机。同时，我又为自己感到脸红：五块钱现如今能干什么呀？

"不用。你以为我靠这个生活呢？就三块，不过说好了，我只收现金。"他好像看透了我的心思。

"我，我没带现金。"我不好意思地说。

"没事儿，你哪天顺路给我捎过来就行。"

"老爷子，您信我吗？"

"信，别说三块了，三十都没事儿。"

我还是觉得不合适，便走向不远处石桌旁围着的那一群人，想用微信"换"点儿现金。

"我们也没有。您甭着急，老爷子有钱！"一位看下棋的老人爽朗地说。

我疑惑地回头。老人对着我点头笑笑，算是承认。

"您当过兵？"凭着作为军属的感觉，我迟疑地问。

"对，我是六三年的兵。我家就住后面那栋楼。"

"老爷子，您真了不起！"我由衷地赞道。

"没什么，这就是个利他的事。"老人云淡风轻地说。

"您这是为大家解决困难啊！现如今找个修自行车的地方还真不容易！"不知人群中是谁感慨了一句。

"他就是这么个人，闲不住。"远处下棋的老人们笑着看向我们。

这时，小院里的人渐渐多了起来，许是听见了我们的谈话，有人主动掏出三元现金替我付给老人。我赶紧用微信转给他。

"谢谢！"我跟众人道别，欲走。

"等等。"老人从三轮车上取出一块干净的抹布，在水盆里蘸了水，细心地帮我擦去车座上的手印。

"谢谢！"我再次挥手再见，忽然后悔刚才不该让别人替我付钱，因为我想找机会再来看看这位老兵，也想赶紧回去把这个故事告诉父亲，告诉他有一位老友，跟他从未谋面，却似神交多年。

回家的路上，远处的天空中不知何时出现了很多洁白的、形状各异的云朵，有的像花坛，有的像雄鹰，有的像丝带，有的像冲锋的战士……它们千姿百态，变幻莫测，但唯一不变的是它们背后的底色，那一片纯净而无垠的蓝。

我又想起了那位修车的老人，还有他身上那件被洗得干干净净的空军蓝。

（作者单位：北京教育学院丰台分院附属小学）

人海茫茫，永失多闻！

鲍丹禾

> 2022 年 8 月 20 日，北京外国语大学国际关系学院副教授程多闻因心脏病突发去世，年仅三十四岁。消息传开后，迅速登上各大新闻平台的热榜，人们纷纷为这位年轻而又有才华的学者的离去感到惋惜。作者为程多闻老师的堂舅，两人感情至深，在程老师去世后，作者写下此文。
>
> ——题记

8 月 21 日上午，我接到小张老师的微信，她说多闻的手机已经关机一天了，问我有没有其他联系办法。我拨打电话，果然关机，遂劝慰小张老师不必太担心，可能多闻的手机出了问题。如果一会儿还联系不上，我再想想其他办法。

小张老师是多闻的女友，介绍人正是我。她在一所中学当老师，人长得端庄秀气，性格温和又不失开朗。听学校其他老师说，小张的课也教得很好，深受学生欢迎。她和多闻交往的时间虽然不长，但相互爱慕，相互欣赏，十分投缘。

　　除了多闻的手机号，我也没有其他联系方式。下午如果还联系不上的话，我打算直接去他家看看。

　　下午还是关机状态。这种情况之前从未有过，我也开始着急，于是就给他爸爸打电话，多闻爸正想联系我，他们也有一天多没有儿子的消息了，希望我去多闻家里一趟。

　　放下电话，我迅速驱车前往石景山区多闻的家。三年前，我陪着多闻看了好几处房子，最终选定了这个视野甚好、性价比也不错的房子。虽然离他的工作单位——北京外国语大学稍远了一点，但他对小屋很满意。

　　多闻爸考虑得周全，在我去石景山的路上，已经给片区民警打了电话，请民警上门看看。我到达以后，民警告诉我，已上楼去敲门，但无人应答。民警让我打开锁公司电话，然后三方一起撬锁开门。按照民警的指导，我叫来了开锁公司的师傅。师傅开始撬锁，我的心跳开始加快。经验丰富的师傅的一句"门是从里面反锁的"，让我立即有些心慌。

　　不到三分钟，门被打开了。

　　我神情紧张，大喊几声"多闻"，无人应答。推开朝南虚掩的房门，最不愿见到的一幕摆在眼前——多闻侧卧床上，任怎么喊也没有回应。一旁的民警说，人应该是没了。

　　确认多闻去世，我瞬间痛哭失声！

在故乡最后的三天

多闻于 8 月 15 日刚从安徽老家返京。趁着暑假，他在老家待了有十天左右。而我是 8 月 12 日休年假回的老家。从 12 日到 14 日的三天，是多闻在家乡安徽歙县的最后三天。

8 月 12 日我刚到歙县，办理完酒店入住，多闻就给我电话说已经在酒店大堂等我。他"奉爸爸之命"来接我和他们一家三口去饭店吃正宗徽菜。

那是一家新开的徽菜馆，离他爸妈家不过几十米远。他爸点了臭鳜鱼、老母鸡汤、火腿煨笋、绩溪炒粉丝、深渡包袱饺等菜，全都是我爱吃的。我已经三年没有回家乡，我们四个边吃边聊，说歙县的变化，说母校中学的新鲜事。我还笑着问多闻，你和小张老师发展得怎么样了，明年过年时能结婚吗？多闻很羞涩地说，还好还好，挺聊得来。

虽然多闻已经三十出头，但每次一说到感情事，他就像一个单纯的少年。

作为舅舅，我有时候会逗逗他，叫这大外甥追女孩子时要脸皮厚一点，步子快一点。他一般都笑笑，不置可否。其实我知道他是个挺有主意的人，有自己的一套处事原则。

多闻的妈妈是我的堂姐，多闻爸不仅是我姐夫，还是我的中学英语老师。他爸爸当年调到我们县中工作时，还是一个小伙子，教的第一拨学生就是我们这届。他爸不仅人长得帅气，英语还教得很好，是黄山市的英语教学名师。

饭后，多闻陪我沿着家乡的练江散步。练江两旁霓虹闪烁，长桥卧波，灯影婆娑，真是美极了。徽园的门口建了地下停车场，几天前刚拆除围挡；江边新开了一家星级酒店，设备豪华……他像一个导游，对家乡的改变如数家珍。

不知不觉，我们走到了老县委大院，那里有县城著名的"石头屋"和近几年的网红民宿酒店。老县委大院还保留着电影《芳华》里那样的大会堂，这几年引来八方游客观赏。

我还是儿时到过县委大院，在多闻的带领下，我看得饶有兴致。我开玩笑说，有机会在网红酒店住上一宿。

在全国闻名的许国石坊附近的一间咖啡店，我俩点了两杯饮料，又神聊了一通歙县鲍家、他外婆方家的一些逸闻趣事。这时，店家一只长相超萌的加菲猫一跃而上跳到隔壁一张凳子上，这一跃把多闻吓得够呛。他开始有点心神不宁，总怕这只扁脸猫会蹦到我们桌子上来。他说自己怕猫怕狗。

月悬西山，我们道别。

多闻说，第二天（8月13日）下午，可以一起去看看县里新开的徽州历史博物馆。他前两天已去过一次，但还想再细看一下。

那几天烈日当空，人被晒得汗流浃背，不过徽州历史博物馆真是我们这些热爱家乡文史的人必须游览的地方。

馆内以偏黄色调为主，有种旧时岁月自带的沧桑和温暖。4000平方米的展陈面积分"天下徽州""遥忆徽州""寻根徽州""秋兴徽州""梦里徽州"五大单元，向人们展示了徽州从古至今的发展传承。中原士族的南迁故事、明妃墓中出土的金器和玉器、新安画派名家的字画，让我和多闻看得如痴如醉。馆中有一只元代的蓝釉瓷爵杯，十分罕见，被称为镇馆之宝。

我俩走在博物馆中，仿佛徜徉于故乡的历史河流里。我和多闻都是具有家乡情结的游子，对于徽州那片钟灵毓秀的土地一直充满着好奇心和探求心。

博物馆出口处，是文化创意产品商店。多闻挑选了两件精美的小礼物，我没有问他买给谁，但心里想着他一定是送给小张老师的。

多闻说，在家乡的近十天里，由于天气实在太热，他很少出门。不过既然舅舅也回来了，就决定陪着我去新安江山水画廊游玩——这是他在家乡最后一天的安排。

14日一早，他又来到我所住酒店的大堂，等到我后和我一起在酒店附近的路边搭上开往山水画廊的旅游车。

我们从歙县深渡镇上船，沿江而上。两岸重峦叠嶂，村落倚靠青山面朝江水，有着诗意生活的美好。岸上布满了枇杷树和茶树——山水画廊正是歙县的枇杷产地。不过最美的季节应该是秋天。游船停靠的九砂村是摄影爱好者的天堂，每到秋天，村民们晒秋，摄影师忙着拍摄；漳潭村最有看头，村里的红妆馆展示了古徽州的婚嫁文化，馆内的天下第一床、天下第一轿都是有年头的古玩意儿，全国罕见。跟团走出红妆馆，多闻作为学者的"毛病"开始犯了，他说还想回去再仔细看看。不过这时导游开始催促大家，他只得放弃了重看的想法。我们还观赏了需要十一个人合抱的千年古樟树的高耸入云、绵潭村九姓捕鱼的舟船翻飞。

真是无比惬意的一天。

晚上，和好友吃完饭后，因为知道多闻次日返京，我和好友来到姐姐、姐夫家小坐了一会儿。好友也是姐夫的学生，我们和姐夫畅聊了半个小时。多闻坐在旁边的靠椅上，偶尔微笑着插一两句话。

这是我最后见到的面带标志性笑容的多闻。

超常的天资和家学的浸润

多闻出生于 1988 年，小时候就长得清秀可人。我母亲和多闻爸是县中同事，他有时会甜甜地叫我妈"老师婆婆"，或者叫"电影院婆婆"——因为我们家住在县电影院旁。我母亲很喜欢他，总夸这个小男孩长得漂亮，非常机灵。

喜欢他的还有他外公——也是我的伯父弘德先生。弘德先生是徽州地区的教育界名家，精通古汉语，对他期许很高，从小就培养他。在多闻一篇回忆外公的文章中这样写道："小时候每到假期，如果父母都上班不在家，便会去外公家待上一天。通常是早上和妈妈一起出门，外公在斗山街的入口处接上我。而我也很享受在外公家的时候，当时印象深刻的是外公的书房里总有各种各样的书能看。记得小学的时候就特别喜欢看当时新出版的《歙县志》，还有《群言》杂志中丁聪先生画的漫画，虽然当时年纪尚小，对于这些内容也不甚理解，但还是激发了对于各种文史时事内容的兴趣。等到年龄大一些，外公还教过一些古文，例如《论语·学而篇》和《陋室铭》，虽是名篇古文，但因为结合身边的事情讲解，当时也不觉得枯燥。那个时候外公虽然已经七十多岁，但还是和我们一起半夜起床看女足世界杯的决赛，也陪表姐和我一起清晨登上西干山山顶。回想起种种往事，至今也觉得美好而温暖。"

多闻外公家在徽州师范学校附近，只要回家乡，多闻总喜欢到历史悠久的徽州师范去转转。20世纪50年代兴建的教学楼后边有一棵散发着清香的桂花树，那棵树是多闻的外公和学生共同栽下的，每次见到这棵枝繁叶茂的桂花树，想起他外公在丹桂飘香时节写下的"弦歌终不辍，师爱固无涯"，多闻就觉得外公在讲台上的身影和珍贵的师生情谊永远留在了美丽的校园里。我想，多闻立志以教育为职业，一定也受到了外公的影响。

家学的传承和天赐的禀赋，让多闻中学时选择了文科，并且在考大学时确定了自己喜欢的国际关系专业。其实多闻的文理科都很好，妥妥的学霸。学了文科以后，成绩长期位列所有文科班第一。毫不夸张地讲，他就是人们口中的"别人家的孩子"。懂事、孝顺、勤奋、好学，有这样的孩子，我的姐姐和姐夫是无比欣慰的。

报考学校的时候，姐夫和其他几位亲戚建议他报金融专业，但他却选了相对冷门的国际关系。后来多闻对我说，虽然他的数学成绩也不错，学金融没什么问题，但兴趣是最好的老师，他不愿意为了兴趣而屈从于功利的选择。

虽然歙县中学是安徽省示范高中，但考上北大的学生也不多见。多闻于十七岁的时候考取北大，成为县里的小名人。姐姐、姐夫也跟着沾光，"那是程老师的儿子"，我想这也一定是姐夫最喜欢听的外界对多闻的称呼。

鲍家算是县里曾经很有影响的家族。多闻对鲍家的历史有时候比我还清楚，让我十分佩服。我爷爷有兄弟几个，这些兄弟各自生了多少孩子、都在哪里生活，他竟然搞得很清楚，有时我分不清这些关系还要问他。这种能力在年轻人中间是少见的。所以说，他选择做学问这条道路非常符合他爱钻研的个性。

认真而单纯的青年学者

我至今清楚地记得多闻父母带着他来北京上学的情景，如在昨天。

他们一家抵京后先去了景山公园游玩，我打车到景山公园门口，接上他们去往我在朝阳区的家中。那时的多闻十分青涩，对即将到来的大学生活充满希冀。

转眼间十七年如水东流。本科毕业的时候，多闻班上有好多同学选择去了金融单位。北大本科生素质高，即使不是学金融或财经专业，去到这类单位上班也适应得很快。关键是金融行业收入可观，同学们的选择也是人之常情。不过多闻不为所动。他说硕士快结束的时候，又有一拨同学去了银行或证券公司，他还是初心不改，依然钟情于国际关系研究。

多闻是硕博连读，其间有两年作为公派生去早稻田大学学习，这也让他定下了东北亚国际关系的研究方向。

2015 年博士毕业后，多闻经过层层选拔，进入北京外国语大学国际关系学院工作。当时北外国际关系学院还是一个成立时间不久的学院，他到岗后，根据学院要求，结合自身所长，开设了行政学原理、比较政治学概论、东亚政治与外交等多门课程。我亲眼见过多闻所准备的课件，非常认真，让我感佩不已。

他是一个天生的学者，生活中最大的开支就是买书。十七年里，他多次搬家，最辛苦的就是搬书。我随手翻阅他的几本专业书籍，都密密麻麻做了不少笔记。他在二十九岁时出版的学术专著《冲突与协调——日韩两国劳资关系变迁的比较研究》是国内第一部对日韩劳资关系进行比较研究的著作，填补了空白。国际关系学中有许多研究方向，也分热门和冷门，但是多闻并不计较这些，他更喜欢的是解决实际问题的课题方向。

　　这些年，多闻虽然从不在我面前述说学习和工作的压力，但我知道他一定是很不容易的。他时常为写论文查阅大量的资料，为把课讲得更好而精心制作课件，为编辑好核心期刊《国际论坛》的文章不断和作者沟通。2019年，三十一岁的多闻被评为副教授，这在国际关系学界并不多见。

　　多闻做事认真。在恋爱这件事上，也同样认真。就像做学问追求完美一样，他对爱情的期许也是完美的。我和姐夫的多位学生都给多闻介绍过对象，后来多闻对我说，不想再接触金融界的女孩了，因为他遇到的金融女孩都太物质化——这和他的价值观不符。

　　年过三十岁后，多闻对于找伴侣流露出一些着急，但是并不焦虑，他还是希望遇到真正相互爱慕的人。

　　在他生命的最后一段时间里，他遇到了小张老师。我原先对小张老师并不了解，只是听和她认识的同事夸赞她，所以有心打听她有没有男友。得知她也单身后，我请同事牵线，介绍给多闻。没想到两个人交谈起来非常投机，爱的种子也渐渐埋下。

多闻的导师、北京大学的潘维教授说他"木讷寡言"，小张说她眼中的多闻十分健谈。在她看来，多闻勤奋用功，纯朴善良，一切都是那么美好。

我和多闻父母一样，想着明年年初能喝上他的喜酒，谁能料到命运的安排是这样出其不意！

当我打开多闻的房门，看到那悲伤的一幕时，犹如五雷轰顶。我鼓起勇气和姐夫通电话，性格坚强的姐夫已经早有预感，虽然忍住没哭，但我能感受到他心中的无限悲凉。我也和小张老师通了电话，听到噩耗，她当即大哭。仅仅一天多以前，她和多闻还欢声笑语，在一起相聚，不想转眼之间天人永隔，这要多么强大的心脏才能承受！

年轻生命的戛然而止，并不能阻止一个纯洁的灵魂长存。那个拎着母亲让他带来的徽州石头粿到我家中的多闻，那个引导我女儿游览未名湖博雅塔的多闻，那个将学校发的花生油送到我手中的多闻，那个领我到他北外办公室看他工作环境的多闻，永远长留我心中。

多闻十七岁后离开家乡，到京十七年（包括两年在日本），我是他京城里最亲的亲人。我见证了他从一个少年到青年学者的成长历程，见证了他慢慢收获爱情果实的过程，也见证了他从未改变的生命追求和朴实无华的生命态度。

多闻，我很怀念你！

（作者单位：北京教育融媒体中心）

喝　茶

曾纪焕

　　古话说："早起开门七件事，柴米油盐酱醋茶。"在这七件事中，"柴米油盐"是最基本的生活资料，是必不可少的；"酱醋"是调味品，一时没有，似无大碍，但若一直没有，生活便少了许多滋味；"茶"是饮品，添加在饮用水中，提升饮水的层次和生活的品位。若七去其一，人必选"茶"。如此看来，"茶"于人是可有可无的，其实不然。广州人的一天是从喝茶开始的就是一个明证。他们的早餐虽然很讲究，有各种各样的点心和粥，足以让人大快朵颐，但广州人却把吃早餐叫作"喝早茶"。早晨，一家人或几位朋友，在饭馆的餐桌边坐下来，沏一壶茶，每人斟上一杯，先喝起来，然后再要吃的。很显然，"茶"在诸多食物中居于领先地位。人民领袖毛主席有一首题为《和柳亚子先生》的七律，开头一句是"饮茶粤海未能忘"，其中的"饮茶"大概不是饮茶，而是吃早餐吧。

我小的时候，家乡人把很多与茶叶毫无关系的食物或饮品叫作"茶"。正月里来了拜年的客人，如果不是赶上正餐的时间而客人又不作长时间的停留，主人便会烧一碗茶招待客人。如：用鸡蛋做成的叫"蛋茶"，用糍粑煮成的叫"糍粑茶"。如果客人表示近日为消化发愁，坚决拒绝主人做吃食，喝点水最好，主人便去烧开水（也叫烧茶）。喝水时即使没有茶叶，也把白开水叫作茶。夏天的时候，有些人家会将米炒得焦黄，然后加水煮开，放凉后做解暑的饮品，这种饮品叫作炒米茶。可见，"茶"已渗入人们的生活，成为人们生活的一部分。纵然生活中没有茶叶，人们的心中也不曾缺失过"茶"。

　　世间万事，大凡有所爱，便有所迷、有所痴、有所乐。对于爱茶的人来说，只要基本生活条件得到满足，便会痴迷于茶。

　　我曾经听过这样一个故事。从前，有一个富人，喜欢喝茶，一旦有了好茶，便邀人共品。倘若得到夸奖，便很以为荣。有一次，他正在品茶，门前来了一个人，自称茶丐，不讨饭食，只讨一杯茶喝。富人邀其同饮，那人只喝了一口，就说："茶好，可惜壶新。"于是从怀中取出一只壶来，壶上茶渍斑斑，不见茶壶的本色。沏茶，茶味果然与此前大不相同。富人请求买下那只壶，茶丐说："我平生最大的爱好就是喝茶，家产都被我喝光了，就剩下这个壶了。不卖。"于是富人邀茶丐每天到自己家中喝茶。富人出茶，茶丐出壶，二人共得其乐。这个故事的真伪，我不知道，但这个故事所反映的现象是一定有的。

　　我这样说，并非毫无根据。我的家乡河南信阳出产的

心香一瓣——北京教师作家美文

信阳毛尖是中国名茶，茶圣陆羽将其列为上等。我在潢川师范学校工作的时候，曾经担任民师班的班主任，班上有一个学员家在信阳黑龙潭，那里是信阳毛尖的原产地。同事得知后，托我从他那里买了二斤茶叶，学员看在老师的面子上，每斤收了一百元。那时的一百元相当于普通教师一个月的工资，同事家因此而拮据了一段时间，其妻时有抱怨，而同事则无怨无悔。我问同事，那茶到底好在什么地方，他也说不上来，只说："喝了以后，觉得从嘴到喉咙都很舒服，浑身轻爽。"以前读卢仝关于饮茶的诗，诗中有这样的句子："一碗喉吻润，两碗破孤闷。三碗搜枯肠，唯有文字五千卷。四碗发轻汗，平生不平事，尽向毛孔散。五碗肌骨清，六碗通仙灵。七碗吃不得也，唯觉两腋习习清风生。"当时总觉得可笑，以为过于夸张，不相信。从同事的感觉来看，卢仝的诗句写实的成分并不少，只是因为我是一个俗人，体会不到罢了。

盛世而茶兴。近年来，随着国家的繁荣富强，茶道也流行起来，喝茶的人越来越多，越来越讲究。一些大城市里有专营茶叶的茶市，还有一些专营茶叶的人，甚至到茶叶的原产地，租种茶树，采茶、制茶，以确保茶叶的品质。也有一些利欲熏心的人在茶叶上耍一些手段，或制假贩假，或炒作概念，委实害人不浅。

我有一个朋友，自称"茶痴"，对茶叶市场上鱼目混珠的现象深感痛心，欲以一己之力拨乱反正，在茶市里开了一个公益讲座，教人识茶、择茶、饮茶，甚得其乐。

我不识茶，喝茶也不讲究。通常是将茶叶放在杯中，往杯中倒满开水，然后把杯子放在办公桌上，想起时便端起来喝一大口或连喝几口，像牛饮水一样，不过是解渴罢了。友人说我暴殄天物，还说我这么个文化人在喝茶方面竟然俗了，言语中兼有惋惜和鄙视的成分。

前一段时间搬家，发现一小盒茶，只有一百克，是当年我在广州工作时，一个学生向我索书后回赠的。盒上标注的生产日期是2007年4月，至今已逾十五年矣，保质期后面印着四个字"越久越香"。这让我欣喜不已，立刻带着它去友人那里找回面子。

友人接过茶，端详着，生怕漏掉什么。然后打开，放在鼻子下，闭上眼睛，深深地吸了一口气，轻声说："是生普，但香气不够。"接下来打开包着茶叶的纸，用茶刀撬开茶饼，拿起一小块放在壶里，烧水，洗茶，泡茶，滤茶，倒茶。茶刚入口，友人脱口一个字："空。"

我问友人是什么意思。

友人说："茶叶品质不好，缺乏内涵，喝在嘴里，什么感觉都没有。"

我说："放了十五年的茶耶！不是说'越久越香'吗？"

友人说："好茶越久越香。品质不好的茶叶制成茶，放再长时间也是没有意义的。"

从友人那里回来，我陷入沉思之中——

品质不好的茶叶制成茶，放再长时间也是没有意义的。茶叶如此，人又何尝不是如此呢？

喝茶须用心，才能喝出茶的滋味；一旦喝出了其中的滋味，便会乐在其中。喝茶如此，做事又何尝不是如此呢？

茶有无内涵，外行往往是品不出来的。可这个世界上又有多少人是内行呢？

想到这些，我如陈亢问过伯鱼一般，释然，欣然。

于是起身，泡一杯茶，细细吃了。一时有了"轻浮无比"的幻觉，贾宝玉在栊翠庵吃了妙玉用五年前的梅花雪水煮的茶时的感觉大概就是这样的吧。

（作者单位：北京市新府学外国语学校）

陶渊明的菊

陈奉生

> 陶渊明是一株摇曳在历史时空里的菊。

——题记

一

九江，古称柴桑，亦称浔阳。此地聚庐山之奇秀，蕴长江之波澜，呈鄱阳湖之浩瀚。生于晋哀帝兴宁三年（365年），卒于宋文帝元嘉四年（427年）的陶渊明，在这瑰丽多姿的山水画卷中，早年闲居读书，中年出仕，晚年隐居，一生清逸、高标与孤隐，颇有菊的意味。

陶渊明的曾祖父陶侃，是东晋的开国重臣，鄱阳人，后徙家庐江之浔阳。陶侃出身孤贫，以军功而达显贵，官至八州都督，封长沙郡公。陶侃泽被一方，家境也豪富一时。陶侃亡故后，所有衰败的厄运，都飞出了潘多拉的盒子，席卷陶氏一族。其子嗣或因罪被诛，或自残而殁。陶渊明祖父陶茂因做了个太守，无功无过，但光耀门楣的梦想，恰似春水东流。父亲陶逸为官不喜，去职不怒，在陶渊明八岁时就去世了。剩下孤儿寡母，生活颇为艰苦，人生初始，陶渊明便体会到了世态炎凉。

陶渊明的外祖父孟嘉，温雅平和，飘逸潇洒，是当时很有名望的名士。外祖父看到小外孙成了孤儿，心中百般怜惜和疼爱。在陶渊明成长的关键时期，他将自己珍藏的一套儒家经书，赠予外孙。厚厚的经书，交到陶渊明的手中，像是一种神圣的仪式。

五六载过后，陶渊明的外祖父也远离了尘世，那几本经书，成了外祖父留给他最珍贵的遗物。每每抚摸着经书，似乎能感觉到外祖父的温度。陶渊明喜欢在自然中读书，一个人静静地听着蜜蜂嗡嗡，听着风从树梢间悄悄溜过，那字里行间，流动着一种陈香，润得他心中一片安宁。孤单是陶渊明的一种习惯，"少年罕人事，游好在六经"。亲人早逝，使得他过早独立，这种独立在他的成长里生根，融进了他的生命。他也渐渐爱上了安静的滋味，成了性格孤淡、静雅的一个人。几部经书，成了精神的桥，将外祖父所敬奉的儒学思想，传递到陶渊明的身上，这是外祖父在他年幼的生命里种下的魂。

分裂、割据、混战是魏晋时期的主题，整个社会最基本的一种规则是"上品无寒门，下品无势族"。陶渊明虽然生于官僚家庭，却属寒门之列，从小受的是儒家教育，有着一番志向，要报效国家。就这样，陶侃的进取，孟嘉的逍遥，两者的基因流淌在陶渊明的血液里。

二

菊，"从鞠，为穷尽之意"。

古人称此花为菊花，是说一年之中的花事到此结束。陶渊明一生徘徊在仕和隐之间，用他前半生的出世，为后半生的归隐做了铺垫，就像春夏里的菊，茁壮地长着茎和叶，为的是深秋里的绚烂绽放。

为什么会存在这一现象呢？古代知识分子的志向，大概分为两种，或封侯庙食，或闲居怡情。做官是知识分子实现理想、获得社会功名的唯一途径，但陶渊明的个性以及他对于生活的理想，和现实的官场完全抵牾，这使得他常常犹豫、摇摆、挣扎。陶渊明自出仕，历经桓温、刘裕、桓玄、刘敬宣等人的幕僚，真正意义上的做官，应该是二十九岁那年，做了江州的祭酒。

陶渊明干了不到一年，郁郁不得志，就"不堪吏职"主动辞职了，辞官反而提升了他的名望，州里又邀请他去做主簿，婉辞不就。一直到三十四岁那年，再度出山，进了桓玄幕府，差不多有六七年光景，桓玄篡夺了东晋的皇位，自己当了皇帝，国号为楚。恰逢陶渊明的老母去世，丁忧在家，躲过那场血流漂杵的争斗。

刘裕平定了桓玄的篡位，陶渊明以为时来运转，到刘裕的幕府里做了一段时间的参军。420年，刘裕逼迫晋恭帝禅让，坐上了皇帝宝座，国号宋。陶渊明转任建威将军刘敬宣的幕府，担任了彭泽县令，但只做了八十多天，就辞了官，留下一篇不朽的《归去来兮辞》。从此，回到了浔阳的栗里村，过着边种田边读书的生活，最后终老田园。

陶渊明回到栗里村，除了耕读，就是饮酒。他用喝酒的方式，去浇心中的块垒，找到了一个宣泄痛苦的出口。魏晋时代饮酒风气很盛，比如嵇康、阮籍等竹林七贤，喝得惊天动地。他们是聚在一起喝，即使一个人喝的时候，也像行为艺术。这就是人们常说的魏晋风流，其追求的是一种人格美，一种艺术化的人生。一年重阳节，陶渊明忽而酒兴大发，身边却没有酒，他只好摘了一束菊花，坐在屋子旁独自惆怅。正在这时，他看见一个白衣使者向他走来，原来是江州刺史王弘派人给他送酒，陶渊明心中大喜，接过酒立即尽饮至醉，这就是"白衣送酒"的典故。陶渊明喝酒，和他们不大一样。他大部分时候，是独饮。据《宋书·陶潜传》记载，陶渊明不懂音律，却置办了一张好琴，琴上没有一根弦，每当喝得有些微醺时，便轻抚这张无弦琴，人、酒、琴三者合一，无人能懂的心曲，从肺腑间汩汩溢出。每到闲暇时，他就和一帮朋友到庐山南麓虎爪崖下饮酒作乐。崖下有一条名为醒泉的溪涧，涧中横卧着一块巨大的黑褐色花岗岩石，石面平滑，是一个天然的大酒桌。陶渊明和朋友们每次都坐在这里饮酒作诗，一同欢娱。日复一日，这块石头的中间竟然凹了下去，留下他横卧的痕迹，后人称之为"醉石"。

他每饮辄醉，每醉必赋诗文，诗后便醉眼蒙眬地说："我醉欲眠，卿且去！"说完就睡倒在石台上。大意是：我醉了，先睡了，你们喝完自己走人。这句话里有人情的亲切随和，又有一点孤独。

孤独的陶渊明偶尔也会与一些朋友交往，传说东晋慧远禅师在庐山东林寺修行，寺门不远处有条虎溪，慧远向来送客不会过溪。有一天儒者陶渊明和道士陆修静来访，三人聊得非常投机，慧远禅师相送时不觉过溪。突然山中老虎大吼，三人才发觉送过了界，大笑而别，这也成为一段流传千年的佛门公案，后人据此撰写了一副对联：

> 桥跨虎溪，三教三源流，三人三笑语；
> 莲开僧舍，一花一世界，一叶一如来。

虎溪三笑的故事，表明了中国人对于儒、释、道三教合一、相互包容的愿景。事实上，陶渊明并非纯然的儒家，当然也不是道家，更不是佛家，但毫无疑问，儒、释、道的思想资源，都被他运用到自己的实际生活里，他个性化的思想，某种程度上显现了儒、释、道的合流。陶渊明用他一生的生活实践，佛为心，道为骨，儒为表，构建了自己的一套人生哲学，但我们可以从他的哲学里，听到儒、释、道的回响。

陶渊明辞荣归隐，固守寒庐，过起了采菊种花，悠然自乐的生活。他穿着缀满补丁的衣衫，与朴实的农民们一起躬耕陇亩，共话桑麻。残酷的现实并没有想象中那么美满，陋室年久失修，满目凄凉，四壁萧然。他三次婚姻，前两次妻子都早早离世，儿子也没啥大作为，再加上他后半生生活贫困，可以想见他这一生是非常不美满的。四十四岁那年，家中又不幸遭遇大火。前妻早已去世，续弦抚养幼儿，生活的压力渐渐增加。可陶渊明获得了心灵上的自由，夫耕于前，妻锄于后，劳顿一天，晚上，妻子温一壶酒，摘一点园中豆荚，当作肴佐，欣然挥觞，陶然而醉。他的生活虽然清苦，却有文章可以"自娱"，可以"忘怀得失"。陶渊明将所读之书，所悟之理，所得之趣，都用于创作。其诗其文不是典故堆砌，明理横陈，而是如盐溶于水，冲淡清雅、天然纯真而又偶现豪壮之气。他不惯以文字示人，也不惯写重大的题材，即使朋友间的赠答，也都是真感情，有感而落笔的。他的诗文风格，其一是柔，其二是淡，其三是远，开创了寄意田园、超凡脱俗的人生哲学，以及淡然渺远、恬静清新的境界。

他在一个没有诗意的年代活出了诗意，为一种没有诗意的人生创造了诗意，一如霜秋的菊花。

三

他入仕刘宋后，把名字改为"潜"。《易经》曰："潜龙勿用。"潜，隐也。龙下隐地，潜德不彰，是以君子韬光待时，未成其行，故曰"勿用"，可见他对名节的重视。归隐是陶渊明的命数，也有着无奈的况味。如果我们从他所处的社会环境、性格特性去探究陶渊明的出仕与隐退，就会得出这样的认知：一是陶渊明本性的抉择；二是社会现实的使然。

陶渊明所处的时代，是一个交织着黑暗和光明的精彩纷呈的历史时期。当时，各种政治势力矛盾重重、危机四伏、战争频仍、祸乱不已，正如苏轼《读晋史》所言，"沧海横流血作津，犬羊角出竞称真。中原岂是无豪杰，天遣群雄杀晋人"。文人政客在这一盘历史棋局里生杀予夺，使一意寻求避祸全身的士族文人，形成了崇尚自由、玄风扇炽、企羡隐逸的风尚。陶渊明自然被时代风气所熏染，使他不堪"为五斗米向乡里小儿折腰",而最终挂冠归田。他在《归去来兮辞》中明白地说,就任县令,是为生计所迫;之所以辞职,是因"质性自然,非矫厉所得,饥冻虽切,违己交病"。超然的性格使他宁可穷途末路,悲守穷庐,也不愿忍辱偷生、自污节操。在《归园田居》中,诗人歌道:"少无适俗韵,性本爱丘山。误落尘网中,一去三十年。羁鸟恋旧林,池鱼思故渊……久在樊笼里,复得返自然。"短短几句,对仕途的厌恶之情溢于言表。因"质性自然""本爱丘山",视仕宦之途为樊笼的陶渊明,终辞职归隐,抛离尘杂,返归自然。

陶渊明虽最终解职归田,但他少壮时,却有一番建功立业、兼济天下的雄心壮志。在《饮酒》《杂诗》等诗歌中,他曾道:"猛志逸四海,骞翮思远翥。""少时壮且厉,抚剑独行游。"他出生于世代官宦的家庭,又是元勋之后,期望在仕途中有所进取,在政治上有所作为。但事与愿违,在充满杀戮、风流、奢华、门阀制度森严的历史背景下,没落的东晋王朝,尽是一片冷寂的荒凉,整个社会充斥着一种衰颓的气息,壮志难酬。陶渊明富有仁爱精神,对底层百姓怀有慈悲恻隐之心。做彭泽县令时,为了帮助有困难的农民,让一个儿子帮人耕种,以解生计问题,并写信嘱咐儿子:"此亦人子也,可善待之。"官场上那些虚伪的,丑恶险仄的,尔虞我诈的,一幕幕,一回回,使秉性真淳的陶渊明难以沆瀣一气。从晋孝武帝太元十八年,二十九岁的陶渊明第一次出来做官,到四十二岁挂冠归田共十三年。这期间,陶渊明一直处于"出世"与"入世"的纠结之中。在他的诗中多有体现,在《辛丑岁七月赴假还江陵夜行涂口》等诗中，他叹道："如何舍此去，遥遥至南荆。""日月掷人去，有志不获聘。"诗中蕴藉着他太多的失望和悲慨，可以看出他也曾为是否归田有过痛苦的徘徊和犹豫，但终究"爱丘山"的夙愿压倒了"逸四海"的猛志。

　　陶渊明经历了世事沧桑，悟出了人生的真谛。他五度出仕而后坚隐，在那个纷乱芜杂的时代里，卸下功名利禄的行囊，走进山林旷野，放逐自由的灵魂。

四

　　人们总爱把梭罗和陶渊明进行对比。梭罗是美国19世纪超验主义的作家，陶渊明是中国4世纪时的隐逸诗人；一个在为反对奴隶制多次奔走闹市街头，一个在为自己的人生路途多次往来庙堂。两个人在时间上，相隔千年的文明史，空间上隔着浩瀚的太平洋，有着不同的语言和信仰，不同的社会形态和文化背景。

　　但是，有一点他们完全相通，他们都把个人自由看成是人生最重要的东西，一生都在追求一种自由的生活。可以这样说，在自由的世界里，梭罗与陶渊明是一脉相承地绽开的两朵孤傲的菊花。

　　梭罗出生于资本主义的工业时期，早已过了"仕与隐"二选一的时代。他对工业文明、喧嚣社会挤压人类、侵蚀人性心怀忧虑，厌恶当时商业社会的功利与浮躁，主动放弃社会生活。孤身一人，悄然走进了无人居住的瓦尔登湖边，建造了一个小木屋，并在小木屋住了两年零两个月又两天的时间，与动物为伍，与太阳星星为邻。这里不仅是他生活的栖息场所，也是他精神的家园、心灵的故乡。

◎
陶渊明的菊

梭罗的这种行为，不是避世，不是隐居，是在表达对美国黑人奴隶制的不满，是在践行他的"公民的不服从"的主张。另一方面，梭罗喜欢在大自然中过简朴的生活，这是他对自由、对个人价值执着追求的表现。想到瓦尔登湖边的山林中时，他就来了，觉得住够了，他就走了。并不在意某一种外在的生活方式，随便、简单与自在，没有任何的伪饰和造作。用他的话说他自己之所以到瓦尔登湖生活了一段时间，那完全是他个人的志趣爱好。如果说一个人向往简朴的生活，只要心诚，在哪儿都可以做得到，无论是在纽约、伦敦、孟买或东京。心中有"瓦尔登"，我们的生活将会变得更有意义、更有目的、更加幸福，这才是"瓦尔登"的真谛。梭罗所昭示给世人的是，一个公民怎样追求个人自由的典范。

与之相比，陶渊明生活在一千多年前的农耕时代，在那风雨如晦、鸡鸣不已的黑暗社会，他试图以一己之力，摆脱对于社会权力系统的依赖，自食其力，去过自己想过的生活。在田园的自然之美中，彻底回归生命的本真。他所确立的是一个臣民，如何追求个人自由的典范。但在那严酷的皇权社会里，不可能争取到自由的权利，更不可能逾越一个臣民的界限。可他那苏世独立、横而不流的精神，就像一束淡雅清菊，独自绽放在一个飘摇的时代里，固执地散发着淡淡幽香。唯此，他那生命的光辉，也就一点一点闪耀，一点一点照亮了人类永不停止追求自由的心灵。

（作者单位：北京市密云区第二中学）

乡间一日

陈 玮

  婆婆住在大山里，一大片一大片的稻田连接着山谷里的村庄。简单到无的日子，满目翠绿与清新。

  潮湿的田野上，只有白鹭在飞。穿行在绵密雨丝里，它们有了诗歌的气韵。或许，它们本来就是一行一行的诗句。写在东边，天亮了；写在西边，家家户户上灯了；写在山腰、溪边、草滩上，书本里读到的"西塞山前白鹭飞"的意境就在眼前展开。绿色的山，绿色的稻田，绿，在这里氤氲出深浅不一极具创意的色调。这些色调灵动而富有生命力，湿漉漉的屋顶，湿漉漉的草垛，湿漉漉的南瓜、香瓜、黄瓜和丝瓜，雨珠一串一串，绿色也有了叮叮咚咚的声音，像是对面山顶上吹动的风铃。

  一眼望不到边的绿色里，不仅仅有稻苗，还有白鹭，斑鸠、灰鹡鸰，鹈鹕和我叫不出名的水鸟，它们在稻田里静默着，一动不动，是和我一样听雨还是在酝酿诗句呢？

只有在靠近的时候，它们才会急促地拍拍翅膀，从稻田里直飞上天空，翅膀触到稻叶，发出哗啦啦的声音。一只，两只，一排，一大群，张开翅膀，掠过稻田，云朵一般，远远地落在溪边或者树梢上。有时候，它们也会散步，雨，一直在落，却丝毫没有干扰它们的优雅，尤其是白鹭，迈着细而长的腿，在田埂上来回踱步，不时看向稻田的样子，仿佛它才是稻田毋庸置疑的守护者。

雨燕也在忙碌着，它们从不远处的稻田，一遍遍飞回屋檐下的巢穴。刚出生不久的小雨燕还不能飞行，需要整天待在春天刚筑好的巢穴里，有时候，也会探出小脑袋，叽叽喳喳地叫着，它们的嗓音如雨丝一样甜润。

稻田里，一种是早稻，一种是晚稻。早稻是姐姐，郁郁葱葱的一片连成一片，很快就将迎来它们的收获季。晚稻是小妹妹，头发稀疏，还没有褪去青涩的模样。它们在水田里刚安家不久，很快也会挺直腰杆，等待扬花抽穗。雨打在稻叶上沙沙地响，黄昏的灯光也揉着眼睛，慢慢进入到梦乡。一天过去了，新的一天又会来到。熟睡的梦里，雨仍在轻轻地落，梦呓一般。

稻子收获的季节，乡民们总喜欢从装满新米的稻箩里抓上一把，放到鼻子底下细细地闻一闻。辛劳了几个月，没有比新米的清香更能慰藉自己的。这份清香也是家乡稻米独有的密码，乡村里的年月，有腊肉的香，有野菜的甜，有孩童的笑，有白鹭的诗，当然，在我看来，最少不了的，还是这一曲接一曲的雨水谣，一日一日，成就了这一粒粒稻米的气质，莹白如玉，肤如凝脂。

婆婆住的大山里盛产稻米。我看到一种叫猫牙米。多有意思，猫牙一样瓷白细腻的米，这哪里是米，分明是大自然的艺术品嘛。丝苗米入口丝滑，阳光下晾晒时，闪烁着丝绸一般的光泽。江南的诗意，孕育出稻米不同的品性，把江南一年四季，春晴冬韵，云花雾雨一股脑儿地都灌进稻壳里包裹起来。槐祥银鱼米的故乡一定是在巢湖岸边，鱼儿吐出一个泡泡，稻田里就会多出一粒稻穗儿。银鱼收获的季节，稻米也长成了，成片的槐花一嘟噜一嘟噜挂满枝头，分不清是稻米里有槐花还是花朵里藏着稻香。一尾一尾的银鱼在湖里游，一尾一尾的稻米也在锅里、碗里游。这些稻米的名字给了我无限的想象，给这些稻米起名字的人，得是多热爱自己的家乡，多热爱这一粒一粒的稻米啊。唯有热爱，才会有如此妙趣横生的灵感。我爱吃的是一种叫马坝小粘的米，细细长长的，像极了豆蔻少女修长的身姿，一碗捧在手中，如层层叠叠盛开的花，糯甜绵软。搭配上家乡特有的青椒、蕹菜、藕带，白的，粉的，绿的，红的，光是看着，也是极美的。

　　与乡野草木相处的时间久了，会有一种莫名的熟悉感和亲切感，就像回到自己的家里，哪怕只是早起静坐着，雨丝萦绕，稻香迷蒙，我也总能为心灵找到归处。那种有梦可圆、有根可依的踏实与宁静，待多久都是待不够的，彼此不用说一句话，我们全都懂。

（作者单位：北京市八一学校）

此乡多宝玉
——僧与道的隐喻

董延武

　　说到贾宝玉的出场，想必大家都会记起那个头戴紫金冠，齐眉勒着二龙戏珠金抹额，穿着大红箭袖，束着五彩丝攒花长穗宫绦，脚蹬青缎粉底小朝靴，面若中秋之月，色如春晓之花，鬓若刀裁，眉如墨画，鼻如悬胆，睛若秋波，系着一块美玉的俏公子。然而，这是初读者的印象，细读红楼，你会发现，在这之前，贾宝玉早已出场。只是那时的贾宝玉，不叫宝玉，而是太虚幻境里连一棵草都要去珍视、去拯救的神瑛侍者。宝玉所佩戴的通灵宝玉出场更早，是那块无材补天，后被一僧一道携入凡尘的石头。通灵宝玉与贾宝玉可以说是异形而同体，通灵宝玉由一僧一道幻化成形跻身尘世，而贾宝玉最后又由一僧一道带离红尘，可以说，一僧一道在贾宝玉的出生、成长、看破红尘的过程中，如影随形。因此，一僧一道成了解读贾宝玉时不可避免要破解的谜。

僧，简单来说，就是出家修行的人，是皈依佛门心怀慈悲的人。《红楼梦》中的贾宝玉便是这样一位在现世修行，深得僧之精神的人，他将慈悲心肠化为春风化雨滋润着每一个可爱、可悲、可怜、可叹甚至可憎、可恨的人。

读过《红楼梦》的人都知道贾宝玉喜欢女孩子，而又有多少人读懂了这"喜欢"背后的慈悲与怜悯。自己淋着雨却爱惜地让龄官去避雨；暂且不论宝玉与金钏之死有何关系，就只说金钏祭日恰恰也是凤姐的生日，向来喜欢热闹的宝玉却一大早出了门，专门到庵里焚香含泪施礼祭拜金钏；迎春的大丫头司棋被赶出大观园遇到宝玉，宝玉心有余而力不足地庇护；自己要被检查功课，却还惦记着女孩子们受累受乏；他夜间的一声提醒，尽是为他人着想的心思：怕晴雯唬坏了麝月，怕晴雯冻着，也怕唬醒了别人；元宵节，众人热闹，唯有宝玉想到了尚在孝中的袭人，自己前去陪伴，恰发现鸳鸯也在，为她俩人说话方便考虑，又折身回去；刘姥姥信口开河编出一个十七八岁小姑娘的鬼故事，宝玉却当真了地派人去细细寻访祭奠……在宝玉心目中，这群女孩子是姐姐，是才华横溢的美少女，是芳华正茂，美好而自由自在的生命，他与她们饮酒、划拳、对诗、博弈，他为她们涂脂、擦粉、梳头、理鬓，他甘愿做她们的侍者，而他前世也正是侍者——神瑛侍者。他看到这些生命像花儿一样美好而高贵，他懂得这些生命在那个时代的种种艰难与脆弱，所以他才格外爱惜和珍视。贾宝玉对女孩子的喜欢是怜悯、是疼惜，是对脆弱生命善意与柔软的回应。

不只是女孩子，对他极为痛斥的女人他也善意以待。刘姥姥用过的杯子，身为佛门中人的妙玉要扔掉，而谁能想到锦衣玉食的宝玉会想到向妙玉说情将杯子送给刘姥姥。身边的丫头点评那些侍奉大娘媳妇说"这好的也很好，那不知礼的也太不知礼"，宝玉反而笑道"你们是明白人，耽待他们是粗笨可怜的人就完了"。春燕的娘是大观园里当差的老婆子，却不知好歹地在怡红院打骂女儿，当被告知要被"打发出去"的时候，便央求众姑娘帮忙求情，贾宝玉向来是讨厌这些欺压打骂女孩儿的人的，但即便如此，他见她如此可怜，依然留下了她。

　　他的仁慈与善意不仅是对女人，还布施给那些用泥捏就的男人们。大观园试才得了头彩，跟着他的小厮们将钱财哄抢一空，他也毫不在意。他的不在意不是膏粱子弟随意的挥霍，而是源于对人、对人性的体谅与包容，源于他对人世间艰难生存的人的慈悲心肠。所以，不要奇怪，他如此高雅纯净如赤子的人为何会与粗俗不堪的薛蟠一起饮酒、赋诗，也不要疑惑，他为何会出入王府之邸，又会与优伶相交甚好。

　　然而，他所悲悯的人、包容的人很少理解他，他们说他是傻，是痴，是呆，所以，不难理解为何宝玉会离开这俗世。当他怀抱极大的热情、绝对的慈悲投入这凡世，而他所守护的美好生命一个个消逝，理解他的人一个个远去，放眼望去，四周皆空，也便没有了在这尘世间混下去的理由，不走又当如何？而能包容他、超度他的也只有同样修行的僧了。所以，这个僧象征着宝玉在俗世的人格，而同时，僧也是指引宝玉在俗世自我完成与救赎的力量。宝玉在世，初始时纯明净洁，而时间一久总会染些颜色，因此，如何质本洁来还洁去地了局？除了像晴雯、黛玉这样早亡以避后来贾府没落的侮辱与沉重外，恐怕只有出家这一条路。这是曹雪芹对生之出路的思考，是他人生中的另一种选择。人生仅一次，他选择了直面俗世，这使他吃尽了苦头，所以他倾注所有的热情让宝玉在拐角处选择了另一种人生，这对苦难中挣扎的雪芹先生，或许多少是一种鼓舞与安慰。

　　道，相对简单得多。如果说僧是宝玉世俗人格的象征，是宝玉对现实生活的投入与关照，那么，道，便是无为，是对世俗人生的疏离与不在意。表现最为集中的便是他的"愚顽怕读文章"，这里的文章指的是科举八股文、为政入世的文章。他想方设法应付贾政的检查，不喜欢清客们的会见，贾雨村来，他讨厌至极，也因此不惜得罪湘云和宝钗。在入世入仕上，他遵循的是道家的无为，有文章检查便写出来应付，有先生教便学着，却并不往心里去。

　　无为，还表现为对世俗的不在意与无反应。宝玉的"傻"是出了名的。尤三姐问及宝玉，贾琏的小厮兴儿这样说："成天家疯疯癫癫的，说的话人也不懂，干的事人也不知。外头人人看着好清俊模样儿，心里自然是聪明的，谁知是外清而内浊，见了人，一句话也没有。"贾宝玉的"傻"不仅贾府中人熟知，就连贾府外也是广为人知。宝玉被汤烫着了手，倒问玉钏烫到了哪里，疼不疼。刚好被傅家来提亲的两个婆子看到，俩人到了外间好一顿评论，说："怪道有人说他家宝玉是外像好里头糊涂，中看不中吃的，果然有些呆气。"这些评价，宝玉很难说完全不知情，然而，他依然我行我素，他的我行我素不是故意的执拗与叛逆，而是不在意的无反应。

此外，无为，是连反抗、拒绝都懒得做的"顺"。许多评论都说宝玉是一个叛逆者，确实，从某种意义上看，宝玉的行为是对当时时代的一种反叛。然而，这是我们当代人跨时代的审视。如果身在《红楼梦》的现场，身在当时，你会看到贾琏拿着剑要砍王熙凤，大逆不道，让贾母怒斥；你会看到薛蟠对薛姨妈大吼大叫。然而，你却看不到宝玉有任何激烈的行为，即使知道要被贾政鞭笞也只是老老实实地守在原地被按着受打。既不主动追求，也不叛逆反抗，这便是真正的无为。就像他所佩戴的通灵宝玉，本来就是一块无材补天的石头，被冷落、寂寞了许多年，与俗世格格不入，本来便是不同质的人格，也便没有了为的必要，因此，他躲在大观园里，做起了逍遥自在的富贵闲人。

如果说，僧是一种入世的希望，是寻找人生的另一种可能。那么，道，便是宝玉之所以为宝玉的原因。从始至终，宝玉都是宝玉，虽然"此乡多宝玉"，但甄宝玉半途入了世，成为"有为"之人，红玉积极争取，成了凤姐身边的红人，妙玉高调拒绝让她沾染了不少世俗的是非，连黛玉也在世俗观念的左右下带着执着的牵挂与追求香消玉殒。唯有贾宝玉凭借自己的无为，成了独一无二的这一个。

（作者单位：北京市第九中学）

触

段 漠

三年里，因为禁忌"接触"，反而想了许多有关"触"的故事和情节。

肉体与虚幻

这个汉字，"触"，总是让我想到"Touch"，因为电影《人鬼情未了》的主题曲，英文发音"嗒"，一声爆破，利索干脆，一"触"而发生爱，用动作做了爱的宣言。可是那个男人死了，在肉体与灵魂之间，他无法真正完成那个"Touch"，触不着，但又多么渴望爱人的抚摸啊！那种有温度的有质地的皮肤触感，只有触了，彼此的爱的空灵虚幻才仿佛有了形状和质地，对方也才能指认得出："你爱我。"

"I need your love"，如泣如诉，裂帛苍穹，因为触不到你了啊！听闻者无不惊心于歌声中那种深深的绝望。

今年四季，其实夭折了许多美好的爱情，我同事的小美妞，刚和一个男生有点好感，就有了疫情，过俩月，只能说再见，而且连再见也是隔着冰凉的屏幕说的。据说她的同学一批批就这么结束了还没开始的屏幕之爱，因为没有"触"，我感觉不到你的气息、温度、眼波和表情，爱情扑了个空荡荡。

我们这一代是靠写信来维持爱情的，漫长的等待不要去诗化它！后来学了心理学，我杂乱地看了不少身体与心灵的书籍，惊世骇俗地发表了我的观点：网络异地恋之类，没有"接触"的"谈"恋爱，就是耍流氓。

蒋勋老师说："儒家传统倾向于'喜怒哀乐之未发'，绝不碰七情六欲。"长期弱化甚至丑化身体的感受，成年后带来那么多神经症性的问题，那种对身体"触"的耻感，会给心理咨询师送来许多特殊的案例，我有时候很想"搅动"一下那些僵化的认知：不符合道德是耍流氓，仅仅符合道德更是耍流氓。

心理学与文学的双重"触摸"

著名的"残忍"心理学实验之一，简要说：就是哈洛让刚出生的小恒河猴离开妈妈，用铁的和布的材料做了两个代妈妈：铁妈妈有奶，绒布妈妈有柔软的布。结果是小猴只有饿了才跑到铁妈妈面前吃奶，吃完立即跑回绒布妈妈怀里。

小猴在遭到威胁时，会跑到"绒布母猴"身边并紧紧抱住它，似乎"绒布母猴"会给小猴更多的安全感。

这个实验的"残忍"之处是：这个"绒布母猴"的触摸不是灵活主动的，这就剥夺了小猴学习"爱"的能力。

那些由"绒布母猴"抚养大的猴子不能和其他猴子一起玩耍，导致其性格极其孤僻，甚至性成熟后不能进行交配，生下小猴也完全不会去照顾抚触，许多没有爱的小猴早早就死掉了。

哈洛等人的实验研究结果证明，爱存在三个变量：触摸、运动、玩耍。如果你能提供这三个变量，那就能满足一个灵长类动物的全部需要。

关于人对"触摸"的需要文学家也做了实验，加西亚·马尔克斯在《霍乱时期的爱情》里，写了弗洛伦蒂诺·阿里萨深深地爱着费尔明娜·达萨，而她嫁给了一个医生，为了守护这种绝望的爱情，抵抗五十三年七个月零十一天的漫长的等待，他自己进行了爱情与肉体分离的实验，他不停地触摸能接触到的其他女性的身体，保持他的性爱能力，以此哺育他心中的爱情，他觉得如果孤独和痛苦把他的身体压垮了，他拿什么来报答终有一天到来的爱情呢？

他经历了很多女人，但是他在五十多年后等到了费尔明娜时，声音中没有一丝颤抖地说出了著名的也被很多读者诟病的句子：

"那是因为我为你保留了童贞。"触摸，以一种背叛爱情的手段成全了爱情。

无论如何，触摸，是所有生命得以生存的第一需要！

抚摸风景

三年来，我学会了用手去看风景。一个人去了两次凤凰岭，去了一次鹫峰，一次香山鬼见愁，更多的是一直开放的小公园百望山。

我解放了我的手，去抚触那些生机勃勃的植物：各种好看的树叶，各种新发的春花。觉得树叶也可以叫"花"；花也如同一个"人"了。时隔半年，手掌里依稀留着"触"的记忆：山桃花小小的五瓣像捉蝴蝶一样把触摸放到最轻，不然就碎在你面前；山楂花和花萼很有风骨地不肯在手指的揉搓下服软，握紧了就会有刺痛感；迎春花掠过手掌时一顿一顿地像少女在试探喜欢的男生；而碧桃像赵飞燕，凉凉滑滑又柔软红艳地贴合着手掌的所有缝隙，必须撒手逃开，不然忍不住合掌用力，毁灭美好仿佛才是极致的占有。

仅仅改用触摸这些植物而不再只是用眼睛观看，带给我的体验已是妙不可言：你看孩子从来不用看和想，他拥抱万物的方式就是抓过来，拍、捏、扯、挤、揉、压，触摸够了然后一把塞进嘴里，整个过程专注而享受，表情也因为享受而极其动人滑稽。

最近读到几本老书，都对大自然有神来之笔：简·爱从罗彻斯特庄园逃出来的第一晚是睡在高大的石楠花丛里，大自然从不拒绝穷苦的人，而且慷慨；于连和德瑞拉市长战斗得来的三天假期，本来想投奔朋友的，结果被贝赞松的景色迷住了，当即决定就在山洞里度过一夜，而这个山洞也最终拥抱了他的长眠；约翰·克利斯朵夫被听众和乐队指挥羞辱，走到淹死他爸爸的河边准备马上跳下去，然后一只鸟儿开始唱歌，各种声音、各种植物、各种动物呈现在他面前……

"突然他拥抱着美丽的树，把腮帮贴着树干。他扑在地下，把头埋在草里，浑身抽搐的笑了，快乐之极的笑了。生命的美，生命的温情，把他包裹了，渗透了。"

触摸自然是多么神奇的疗愈之道啊！

（作者单位：北京市上地实验学校）

花盆山

韩朝安

    一块石，一株树，命名了一座山，一座百里有名的山——花盆山。

    我是大山的儿子，小的时候就听大人说有这样一座山，我曾对它充满了好奇：这是怎样的一块石？又是怎样的一株树？因为路途遥远，一直没能光顾。

    直到师范毕业后，我又毅然回到那大山的更深处——一所极其僻远的小学，当这里成了必经之路时，我终于第一次见到了花盆山。可因为还有几十里山路要走，还有我那可爱的孩子们的热切期盼，每次路过这里也只能在山脚下的小路旁仰望几眼，满足一下我的欲望。花盆山，还真的很像呢！那石呈倒着的梯形状，俨然一个端端正正放着的花盆。那花呢，就是石的正中间挺出一株高大的柏树，丰满的树冠罩住了整个石盆，真的很像一盆盆景。山中一道美丽的风景！

当我久久叹服于大自然的神工之后，面对这一石一树的花盆，面对它背后那高大雄伟的群山，我觉得这花盆还是显得有些渺小。这是百花山山脉中一道大致南北走向的狭长而幽深的山谷。谷底是曾经滔滔的大石河最上游，与河岸并行的是一条山间小路。河谷的西边是高耸入云的龙椅山，东边群山对着龙椅山偏北的那座，像一只端起的正倾倒茶水的茶壶。峰顶往下起初是舒缓的，像茶壶浑圆的肚皮，肚皮上是一片松海。快到山脚时突然隆起一道山峰，那就是出水的茶嘴儿。茶嘴儿崖斧削一般，几十米高的峭壁下有一道窄窄的短短的山岭，就像一条小茶几。岭头又是几十米高的断崖，崖下就是干涸的河谷。那石那树的花盆就在茶嘴崖下如茶几般的山岭之上。其实这样看来，那花盆更像一只茶杯，那树正像倒茶过猛而击起的水花。尽管花盆相对其身后的大山，实在是太渺小了，但它小巧，令人遐想，它依然是人们心中标志性的风景，也许这就是花盆山命名的原因吧。每次与伙伴路过这里，总少不了驻足欣赏一番。

　　工作几年后，我调到离花盆山最近的那所学校，学校就在山脚下，河岸旁。站在操场上一仰头就能看到这花盆山，就能看到这石这树，我也听到了这石这树传奇的故事。

　　这石原本是一块普通的方石，不知何年何月从何方而来，在这里矗立了多久。忽然有一日，从南方来了一个术士，看出了其中的奥秘，说这石里有一对金鸽子，若把它凿出来，可是价值连城。便请来石匠凿石，还说要一直凿，直到见着金鸽子，若中间一停就会出事的。不知石匠凿了多久，实在累得很，那术士又没在身边，就停下来，想稍稍歇一歇，可刚一转身坐下，就见一道金光从眼前划过，揉揉眼，定睛一看，一对金光闪闪的鸽子向南方飞去了。石匠正不知如何是好时，那术士回来了，说："金鸽子已经飞走，不必再凿了。"听了这个故事，似乎很熟悉，在很多地方都有过。尽管如此，当我再看那石的时候，想着当初它是多么稳健地立在那里，如今经过砍凿之后竟有些危危欲倾了。我又觉得那金鸽子正在上空盘旋，或就在那树上栖息。

据说那树也不知何年何月长起，问村中耄耋之年的老人都说其爷爷的爷爷小时候就已经这样粗。曾有一位贪心的地主想用此树做棺材，叫长工去砍。可一斧下去，那斧痕处便有血一样的东西向外涌，长工惊呆了，告知地主，地主慌忙请了个法师，法师说这已是上千年的仙树，动不得，动了必遭报应。地主吓得直烧香告饶，可不久还是抱病身亡。之后，再没人敢折这树的一枝一叶。

这石这树神奇的故事使我对其更加神往。终于在冬日一个小雪后的周末，因回家的路途艰难，我和另一位远路的同事留校了。午后，我们从繁杂的工作中抽出身，踏着薄薄的积雪一路艰难爬上了花盆山，来到了这石这树前。

这是怎样的一块石呀！它足有两人多高，屹立在树的西北方。石的西北处上大下小犹如蘑菇状，也许这就是当初为得到金鸽子被凿的部分吧。可如今这一面自上而下已失去的棱角让我们感觉到它长年与西北风对抗所经历的沧桑。

这又是怎样的一株树呀！粗壮的树干高出石丈许，丰茂的树冠向四方伸展确如一把大伞严严实实遮住了整块石，树顶上风呜呜的鸣响，树脚下却平静异常。

　　啊，这是怎样的一方地呀！脚下全是裸露的岩石，那条条灰色的树根就暴露在岩石上，努力伸向石缝间，曲曲弯弯如龙爪一样把岩石紧紧拥抱。这光秃秃的山岭上石缝间只有尺把高的紫荆和白草在雪地上依然挺立。我惊叹这贫瘠的山石间竟孕育出这样一株高大的柏树！仰望斜对面的龙椅山，那峭壁上也长满了柏树，椽子那样粗；仰头壶嘴峭壁上也有一株斜伸入空中的柏树，丈许高，最粗的根部也就做屋檩，而这一株为什么竟如此粗壮？我忽地记起这是一株上千年的仙树，又想起那神奇的传说，于是，我开始在树干根部寻找那传说中曾给它伤痛的斧痕。

　　这时我才发现，那粗壮的树干并不是自下而上的笔直，那根部确是紧挨着那块巨石的，它先向东南方向稍倾斜之后才又笔直向上，并与石始终保持着一定的间隙。这东南方向的树干，也就是向阳的一面确是自下而上的浑圆，已找不到一点受过伤的痕迹。我再看那西北方向，也就是临石的一面，不禁震惊了：这一面树干与石并齐的部分居然像敞开的胸膛一样高低起伏。我再看那石，正对树的一面尽管是挺立的但棱角参差分明，这树干的起伏与石的棱角很自然的形成了避让，于是才失去了另一面所具有的浑圆。

　　这是怎么一回事呢？我久久地凝视着这石这树，陷入了无限的遐想：曾有多少悬崖峭壁孕育了顽强的生命，而当这生命健壮后却把孕育了它也束缚了它的岩石一脚踢开，岩石也只能悲哀地跳下去，最终粉身碎骨。而这一株！小时受石的重压无力反抗，可想而知。但长大后那粗壮的干完全可以把那底部日益风化的已经摇摇欲坠的石顶倒。可树没有！因为它知道正是这石的重压才留住了那一抔珍贵的泥土，才孕育了它的生命；也正是这石为它弱小的身躯挡住了那凛冽的西北风，才有了它今天的茁壮！面对这一切，自己有什么理由再要这饱经摧残的石做出巨大的牺牲呢？滴水之恩当涌泉相报，更何况是孕育了自己生命的石呢？于是，它怀着无限感恩的心这样告诫自己：无论石现在和今后怎样，我都不怨恨不顶撞，我要敞开赤子般炽热的胸膛温暖它饱经创伤的心灵；我要努力成长，张开有力的双臂，为它遮风挡雨，保护它那日益佝偻的身躯……

站在花盆山上，站在这石这树下，看着对面这宁静的小山村，看着那随着地势而居的新农居，我忽然想到：这不正是刘武洲的故乡吗？这不正是平西儿女曾经战斗过的地方吗？这不正是《没有共产党就没有新中国》歌曲的诞生地吗？……这方贫瘠的土地曾养育了多少平凡而优秀的儿女，在历史的长河中留下了他们奋斗的足迹！无论时代怎样，总有那么一批儿女始终与她坚守在一起。如今，看，山中那最大的一方平地，是学校的操场！看，山中那最美的建筑，是崭新的教学楼！看，山中那最平凡而伟大的人物，是甘为人梯的教师！他们曾一度努力学习走出这大山，而学成后又毅然归来扎根这大山，与恩师并肩站在一起共同托起那明天的太阳。多美的小山村！多美的花盆山啊！

从花盆山回来，每当我再想起它，不禁觉得它不仅仅是大山深处的一道美丽风景，更是这宁静山村里的一座巍巍丰碑！它见证着历史，品读着社会，谱写着人生。愿它们平安幸福地屹立一千年一万年，直到永远。

（作者单位：北京市房山区石楼中学）

春 荣

贺 君

　　春荣是妈妈的名字。

　　妈妈排行老三，因为两个姐姐名字的最后一个字是荣，所以她的名字顺理成章就有了一个"荣"字。二姨生在冬天，叫冬荣。妈妈生在农历三月，自然就叫了"春荣"。奶奶给几个姑姑起名的方法也是如出一辙，小春、小夏、四春。我曾经觉得爸妈这辈人的名字起得有些草率，以至于名字里带着"春夏秋冬"的比比皆是，未免落于俗套。

　　春荣是妈妈的名字，普普通通、略带俗套。但妈妈是远近闻名的能干人，自己做生意。家里每天进进出出的客人很多，操着各种口音叫"春荣"的此起彼伏。她总是或坐或站在门口收银台，拖了长声回应，"唉——"，声音洪亮而热情。伴着爽朗的笑声，她学着他们的口音开几句无伤大雅，甚至在我这个"读书人"听来有些粗鄙的玩笑。这些声音和画面，现在想起来才觉得很美。那时候我上学，初中开始一个月回一次家，大学以后一年回两次。但每次在家，总嫌家里吵吵嚷嚷，所以大部分时间我宁愿自己待在房里。如今想听而不可得的痛苦，一定是对我那时不懂珍惜的惩罚。

春荣是妈妈的名字。已经有七年不曾有人叫过，甚至连提起都小心翼翼。全世界的缄默把这两个字压成针，埋到我心里。

还好，我的血管里流淌着你的坚韧。我曾带着失去你的那颗破碎的心回到工作岗位，笑着接受大家的安慰和鼓励。有一天我填表，末尾有一栏"家庭成员"，这在以前就是随手一挥写下你名字的条件反射。可这一次，脑子里赫然划过你的名字，手却凝结在空气里——我知道，这个世界不再允许我把你的名字写下。我发疯似的打了很多遍你的名字，打了又删，再打再删，然后躲到厕所哭了一下午。那张表格告诉我，有一天我会彻底失去你，而我没有能力对抗。从此我刻意避开想起你，不想起也就不会想起已经失去你，想不起来失去就好像还没有失去你。很没有道理，但我相信它很有道理。我不翻以前的朋友圈，不用以前的QQ号，甚至不记你的生日……

三月的某个清晨，我穿越小区去上班。急匆匆躲避对向行人，左顾右盼注意往来车辆，视线恰巧落在一棵红色玉兰树上。它站在一整排含苞待放的白玉兰前面，开得热烈而夺目。在我看到它的一瞬间，耳机里刚好有个轻快的声音在唱：

在我死后　请将我种成

一棵会开花的树

来年三月　在一夜之间

开满白色的花束

你若记得　我们的誓言

在很多年以前

樱花也好　玉兰也好

只要是棵春天的树

　　我相信人的很多重要的放下和成长都是一瞬间的开悟。耳机里的声音把"死"就那么轻轻松松唱出来了，轻快又动听，浪漫又唯美。那个早上，三月，玉兰，花树，像是妈妈生命的延续重新投射进我的生命里。

　　春荣是妈妈的名字。她生来就是和春天有关的：三月是她的生日，她热爱春天，她把微信取名叫春风，她在每年春风吹起的时候会养满一池子的花，她对待周围的人就如春天这般温暖明亮……

　　春荣春荣，春天到了，欣欣向荣。我欣喜若狂，像是识破了你偷偷回来看我的惊天秘密，或是找到了一种没人能够阻挡的方式和你在一起。一年一次，一次有好几个月，你都会变成春天的风，春天的花，春天的阳光亲吻我，拥抱我。很没有道理，但我确信这是你用春天的语言告诉我的，只有我听得懂。

　　　　　　　　　　　（作者单位：北京市大兴区第二中学）

沙漠亦能开出花

靖晓宁

　　初识三毛，源于《雨季不再来》。她用笔触记录下自己的成长，也让我认识了一个肆意洒脱的姑娘。读她的故事，相信每个人都能在故事中找到自己的影子。我们都走过花季，也经历过雨季。年少的青葱岁月或悲或喜，或温和或叛逆，都是独一无二的记忆。我想，三毛的故事之所以会打动人，正是因为我们在她的故事中打开了尘封的思绪，体会了熟悉的情感。她记录的是自己的故事，记录的也是千万人的故事。

　　《梦里花落知多少》记叙了三毛在丈夫荷西意外去世后的生活。与挚爱的丈夫死别让三毛差点放弃自己的生命，直到去中南美旅行之后，才重新提笔写作。书中，三毛用平淡无奇的文字撬开人们心灵的大门，感受着她的悲伤。就像一层一层地剥开洋葱的外皮，越读越有味道，也愈发感受到外皮下的那份细腻。

每想你一次，天空飘落一粒沙，从此形成
了撒哈拉。

　　这段三毛写在扉页的句子诉求着她对沙漠的热爱和对
荷西的思念。
　　读三毛的文字，品着她的故事，特别羡慕她身上的洒
脱不羁。她能因一张照片而背起行囊向沙漠进发，并长期
定居在广袤的沙漠。她在文中提到，家中的厨房最初只有
污黄裂了的水槽和用水泥砌起的平台。浴室有抽水马桶却
没有水箱。水泥地糊得高低不平，墙上砖块接缝的干水泥
赤裸裸地挂在那儿。镇上只有一家又脏又破的电影院。停
电停水更是常事。但是在如此恶劣的环境里，三毛却仍对
生活充满了热情。她用自己的双手为小家做装饰，让它看
起来舒适温馨。
　　定居沙漠的三毛犹如沙漠中绽放的鲜花，沙漠的热度
让这朵花显得那么饱满、艳丽。最美的花不是出自"百花
争艳"，而是沙漠中盛开的那份坚韧和独特。三毛就如花
朵，闪耀着生命中耀眼的光芒。《撒哈拉的故事》记录了沙
漠的神秘，独特的风土人情，也记录了三毛与荷西的幸福，
记录着他们的烦恼、忧愁和欢乐。
　　从三毛的小说中，我们读着撒哈拉的故事，感受着那
个遥远而新奇的世界，想象着我们常人不曾体验的生活。
　　广袤的沙漠除了特有的浪漫，也有许多艰辛与阻碍。
和当地人生活方式、思维的不同，条件的艰苦枯燥也不是
所有人都能克服和接纳的。因此，三毛显示出她对生活超
逸不俗的态度，她的浪漫奇想、她的乐观善良，都给沙漠

制造了无限的情趣。在三毛的笔下，似乎沙漠不再是我们脑海中黄沙遍地的情景，而别有一番乐趣。

三毛是勇敢的。一个对前路毫无预知的人敢于告别熟悉的环境，告别亲朋好友，只身向沙漠进发，在恶劣贫瘠的土地上和心爱的人淡然的生活，感受生活的乐趣。

三毛是善良的。她对邻居慷慨解囊，给她们药品和衣物，尽管她们总是有借无还；她会对别人都诟骂的奴隶温柔以待，尽管没有人理解她的做法；她会对沙漠中的路人施以援手，尽管很多人都劝告她路人不可信；她会对她认为的朋友两肋插刀，尽管没有人会帮助她。她就是她，她会这么做只因她是三毛。她只是她，她不会因世俗的眼光而忘记自己的原则。她明白劝她的人们的好意，但她无法做出违背良心之事。

所有人都不会把奴隶当人看，奴隶的买卖、生活的困窘似乎是奴隶该承受的，不值得同情。但是三毛会担心在五十多度烈日下干活的奴隶，会在乎他的妻儿老小。她会拿出自家本就不富裕的面包和饮料、布料和毯子给予帮助，又会顾及对方的自尊和感受。

三毛是幸福的。因为她遇到了追随她到撒哈拉并甘愿为她定居在此的荷西。他愿为她离开故土，他愿为她在沙漠扎根，他愿为她辛苦劳作……多少人兜兜转转都寻不到人生挚爱，而三毛的身边有荷西。

三毛是不羁的。她不会因世俗的眼光而改变自己的想法。她认为对的、正义的事情即使不被人理解，也会始终坚持。人可以活得圆润，但不可以失去自己的棱角。

"文如其人"，文字中彰显的桀骜不驯是三毛个性的体现。文字的质朴仿佛不是在读一本书，而是直接在和她交谈，听她讲述她的生活，她的经历。不加修饰的文字读的时候最为舒服，放下书后又充满感动。

　　三毛的一生都在追求她生命中定义的完美和幸福，她的心里始终有一份坚定不移的信念作为支撑，正如她自己所说：生命的过程，无论是阳春白雪，青菜豆腐，我都得尝尝是什么滋味。

　　　　　　　　（作者单位：北京市第十二中学附属实验小学）

姥姥的爱

孔令东

小时候，每到暑假我和哥哥总要吵着到姥姥家住上一个月，必须是完整的一个月，少一天也不行！

姥姥家是我和哥哥童年的乐园。

小孩子总愿意抱团玩耍。我和哥哥到了姥姥家，就意味着姥姥家里要添五六张吃饭的嘴——我们哥俩以及我们招来的小伙伴。

俗话说"半大小子吃穷老子"。20世纪80年代，物质还不丰富，家里突然多了五六张嘴，而且要连吃一个月，我现在想一想，都替那时的姥姥发愁，但姥姥从来没有皱过眉，反倒是孩子越多她越高兴。

人口多，做饭的工作量就大。为了给我们这群孩子做饭，姥姥家里用的锅都是头号的大蒸锅，案板、菜刀、面盆、盘子、碗也都是特大的那种，尽管姥姥并不十分高大，但这一应大号家什在姥姥手里都运转得恰到好处。

一天下午，大新子、小欣子、大晶、哥哥和我正围在电视前看《乌龙山剿匪记》，听到姥姥在院子里喊"都来吃饭啦"，我们便像蝗虫似的冲出屋门，瞬间把月台上的小方桌围得水泄不通，姥爷端着酒杯被挤到了桌角，筷子够不着桌上的菜，只好尴尬地举在半空，看着桌上的饭菜被我们风卷残云般吃掉。

桌上有什么菜我记不太清了，只记得主食是姥姥蒸的满满两屉大包子，三两左右一个的大包子，大约有十六个，或许是十八个，反正岗尖岗尖的一大盆。不过，一切食物在半大小子面前都是纸老虎，何况是姥姥做的韭菜鸡蛋馅包子。我当时十二岁，年龄不大，吃饭速度却是最快的，一个包子，咔咔咔几口，便已下肚。再拿一个，咔咔咔几口又吃完了，再掰下半个拿着回屋，边看电视边吃。小欣子和大晶吃得比我慢，但饭量差不多，基本上每人两个半。

小新子和我哥比我大两岁，但饭量可不止大两倍。他们具体吃了多少我不知道，只记得姥爷喝酒实在没菜了，就把筷子伸向了盆里最后一个包子。可没我哥的手快，我哥一把抓起了那个包子笑着说："姥爷，您等下锅吧。"

厨房里蒸第三屉包子的姥姥闻声道："慢点吃，喝口汤，别噎着。"

记忆中，姥姥说话总是声情并茂、绘声绘色的，我从小就爱听姥姥跟客人聊天，更爱听姥姥讲故事。

小时候，我认为姥姥知道的东西特别多，现在，我依旧这样认为。别人也许知道"初生牛犊不怕虎"，但谁知道这句话的下一句是什么？我问过许多人，没谁知道。可我姥姥就知道！"初生牛犊不怕虎，长了犄角倒怕狼"，厉害不厉害？

最爱听姥姥讲李文宾打鬼子的故事，不过，姥姥坚持说不是故事，是真事儿。她说她亲眼见过李文宾，绝对是个大英雄。

据姥姥讲：这个李文宾是华北抗日游击队的大队长，身高足有一米八开外，脑袋长得特别长，比一般人都长，跟冬瓜差不多，特威武。他说话的声音巨大，像打雷一样，两条胳膊特别粗，如老虎钳一般。他的脚也比别人大许多，真跟那个大蒲扇似的。他为人豪爽，村里人都听他的，他率领游击队打鬼子，把鬼子打得都不敢睡觉。他在村口的小山上架了两挺机枪，来多少鬼子就突突多少鬼子。一次，他带队伍趁着夜色扒了鬼子刚铺好的铁路，气得鬼子嗷嗷叫，千方百计地把他逮了起来，但他毫无惧色，根本不给鬼子谈判的机会，最后，鬼子没办法，打也不敢打他，怕他更狠的报复，干脆把他给放了回来。

这是我听了无数遍的睡前故事，姥姥讲的故事。

记忆中，姥姥对土地有着异乎寻常的热爱。

姥姥经常带着我和哥哥去村子南边的小池子干农活，姥姥浇地、锄草、砍玉米，哥哥跟在身后帮忙。我本来应该跟在哥哥身后打下手，但贪玩的我看到花丛间飞舞的蝴蝶，就拔腿去追。蝴蝶跑了，我又被杨树上的知了吸引，爬上树去抓。姥姥仍然在浇地、锄草、砍玉米。知了被我爬树的动静惊飞了，我就从树上滑下来。看见草丛里的绿蚂蚱，我便去扣蚂蚱，它一蹦，我也一蹦。姥姥还在浇地、锄草、砍玉米。蚂蚱蹦得比我快，还好蝴蝶又回来了，我就接着到处乱窜去追蝴蝶。姥姥依旧在浇地、锄草、砍

◎
姥
姥
的
爱

玉米……

最喜欢阴天时和姥姥一起去地里，我贪恋在雨地里奔跑滚一身泥的感觉。而且，姥姥一定会把农活干到大雨倾盆。天阴得重了，姥姥说再拔几棵草就走。开始掉雨点了，姥姥说再间两棵苗就走。雨下大了，姥姥说再摘一把豆角就走。直到漫天大雨，草帽根本不顶用时，走不走也就不重要了，于是便真的不走了……

似乎姥姥对土地的喜爱比我对蝴蝶、知了、蚂蚱、一身泥的喜爱还要深，还要浓。

记忆中，没有姥姥不会的事情。姥姥在东屋前移栽过一棵枣树，每到秋天满树圆滚滚的枣子，红亮诱人，甜脆可口。姥姥借着南墙搭架插过巨峰葡萄，不过，基本上没谁知道那些葡萄成熟的味道，因为我总是在葡萄还泛青的时候就提前下嘴，一颗不放过，一粒不留下。姥姥在水管边种过无花果，墨绿墨绿的，一大棵，枝繁叶茂，结了许多果子，巨甜巨甜的。姥姥用花盆种过辣椒，一串一串的压满枝头，红绿相间，用来炒鸡蛋最合适不过。姥姥养过鸡，成群结队的，训练有素，听到姥姥的脚步声，就知道排排站，等开饭。姥姥养过鹅，一只又凶又大的大白鹅，一只曾经把我追得满院子跑的大白鹅。姥姥养过猫，一只大黄猫，一只会偷发面吃的大黄猫，一只被我装进袋子里拎来提去的大黄猫。姥姥养过狗，一只名叫黑子的柴狗，一只特别会看家护院的柴狗。姥姥养过猪，许多头大黑猪，许多头卖了许多钱的大黑猪。

记忆中，姥姥总是特别忙，有干不完的活，种不完的地，做不完的饭，讲不完的故事，照顾不完的儿孙，她深深地爱着我们，就像我们深深地爱着她一样。

（作者单位：北京市育英中学）

瘸　叔

李春燕

　　我熟识的人里，一直想写写瘸叔，但多半是写了两段就搁下了，不知从哪里说起。太熟悉，想表达的情感纷繁复杂，我写着写着就把自己绕进去了，怎么也表述不清楚。我有时想把瘸叔的事用艺术手法加工一下，让他的故事带一点传奇色彩，又觉得不妥。因为这对读者不够尊重，对瘸叔也不够尊重。我应该尊重真实。

　　瘸叔一直和我们一家生活在一起。很早以前，瘸叔喜欢在我家院门口外厚厚的土墙边倚着墙晒太阳。土墙里的牛耳朵豆角秧子都长疯了，顺着墙里的竹竿向上攀爬，长到头就爬到墙外，层层叠叠地生长，一串串的紫色的豆花从翠绿的蔓叶中蹿出来，向上翘着。瘸叔心情一直不错，有时还会哼哼小曲儿。他会的不过那么几首歌，什么《我是一个兵》《我的祖国》《南泥湾》。

　　村里人打门前走过，看到瘸叔，好开玩笑地大声喊：

"拖累人的瘸子，你还没死哪？"瘸叔也同样笑着大声吆喝："你没死，我为甚要死。"然后又继续在成片的紫色豆花下倚着土墙甩着拐棍子，悠闲地唱道："一条大河波浪宽，风吹稻花香两岸……"

瘸叔是我爷爷最小的儿子。大奶奶嫁给爷爷后一口气生了五个女儿，但爷爷和他老娘很是重男轻女，商量着再娶一房媳妇。后来就真娶了我奶奶。奶奶和大奶奶的大女儿一样大，爷爷对她颇为怜惜。大奶奶一面带着五个女儿对奶奶暗地算计，一面想尽办法要生个儿子。

你可别以为我爷爷是个什么大富之家，他其实不过是个土财主，比别人多几亩地。这一大家子老少和雇工一起下地干活累得要死，冬天把白菜帮子腌咸菜，吃糠咽菜过一冬，打来的粮食和好白菜都留着卖钱，然后再买地，就这样倒腾好久才有了家底儿。奶奶在这家里面对大老婆和一群女儿明争暗斗也过不舒坦，后来怀孕了，索性回家养胎，生了我爸。这时候，大奶奶也终于怀上了，生了我的瘸叔。

家族故事说来话长，我就不啰唆了。我的这位叔叔不知是先天不足还是后天失调，十几岁就病了。他上小学时学习成绩挺好，没想到忽然某天早上醒来就身体僵硬，脚跟疼，后来就延伸到腿疼。他这病，叫类风湿性关节炎，很不好治。他的病程发展缓慢，越来越重，打针吃药都不见效果。到了十八岁，瘸叔拿起了拐杖，一根拐杖后来竟然变成了三根。他的身体严重变形，骨骼僵硬，关节粗大，肌肉萎缩。整个人像一截枯木。身体只有上臂和两只手能活动，其他部分都不灵活，根本没法像常人一样站着或坐着或是躺着，基本都是斜倚着。两根拐挂在腋下，一根挂在手里。他靠着这三根拐才能缓慢地移动。把自己挪到院子外面，他得费上九牛二虎之力。这病经常会关节疼痛，这疼痛跟定了叔叔的一生。

瘫叔是没法独立生活的，父亲和母亲一直承担着扶养瘫叔的担子。几位姑姑嫁人后每年都会回来照顾他几天，拆洗拆洗被子什么的，但没人提出把瘫叔接走，后来姑姑们年纪大了，渐渐也不来了。

瘫叔倒没有悲观绝望，他每天乐呵呵的。腿脚不行了，脑子还是好用的。闲来无事，瘫叔把附近邻里能借来的书都看了个遍。乡下人都不看书，家里也没什么闲书。他不挑剔，是书就看，小学课本，中学课本，志怪故事，他看得多了，倒显得比一般人有学问。我和邻居家的几个孩子，整天围着他，求他讲故事。他就讲了一个又一个，顺便要我们帮他做点事。在我们眼里，会讲故事的瘫叔是神奇的，他脑袋里似乎装着说不完的故事。长大后我比较喜欢看书，主要和童年听瘫叔的故事有关。长大后的我才知道瘫叔的故事和原书出入很大。我猜他是忘了，杜撰故事讲给我们。

瘫叔除了看书，也会坐在家里尽力做点农活，比如剥玉米皮、摘花生，等等。做这些活没人帮忙是不行的，他就支使听他故事的孩子，搬椅子啦，拿筐子啦。没有活计的时候，瘫叔和儿时的我一起为下地干活的大人做饭。瘫叔会擀面条、蒸发面馒头。我负责打下手，把所有的东西摆在他面前。

做面条的时候，他先把面和好，醒一会儿。然后在案板上撒上些细玉米面，就开始擀面条了。他先把面擀成圆面片，接着滚到擀面杖上，便有节奏地向前推，然后打开，换个方向，继续推。最后把面片擀到很薄超过案板大了，他才又撒一些玉米面，把面片叠起来，切成细条，再把细条一整把抓起来用力抖几下，将着细条抓一抓，抻一抻，这样一来面条被抻得更细了，多余的玉米面也被抖掉了。瘸叔做这些时很专注，也很用力。我负责跑腿拿东西，打卤煮面切菜码。下地干活的家人回来的时候，煮好的过了凉水的劲道面条、鸡蛋西红柿卤、黄瓜豆角菜码，剥好的白胖胖的大蒜我就都准备妥当了。

瘸叔做面条、碱面馒头的样子深深地印在我脑海里，我长大后也可以把这些面食做得得心应手都是那时候看会的。

冬天的时候，村子里有收草帘子的。有一种打草帘子的机器，把麻绳上好，填上一把稻草，转一下机器杆，再填一把草，再转，挺像织布机。这种草帘子一米长就打好绳结完工。一块草帘子卖 1 毛 5 分钱。瘸叔几个冬天都打这种草帘子，赚点钱贴补家用。我也打过，做半天时间就觉得肩膀又酸又累。

瘸叔还会辅导我写作业。因为没别的事情牵绊，瘸叔的心很静，他安静地看着我做作业，不急不躁。有不会做的题，他先让我自己想一想，想不出来他再讲。他看过小学和中学的课本所以辅导我的作业绰绰有余。后来我每学期都能拿到学校的奖状。

附近的孩子谁有不会的作业都来找他，他不厌其烦地给予讲解。后来他灵机一动对我说，他可以开个收费辅导班，专门辅导孩子们的作业。我也很认真地抄写了几份小广告，贴在我家和学校附近。没有人来找瘸叔辅导，农村没人那么重视孩子的学习。另外，不熟悉瘸叔的人看到他身同枯木，眼窝深陷的样子都觉得很别扭，更别说做辅导老师了。这个赚钱计划也就泡汤了。邻居的孩子有了不会的问题还是会来找瘸叔，他还是不厌其烦地给予讲解。

瘸叔还学过算命。我工作后曾为他买了《梅花易数》和《周易》。他看了一段时间就开始给人算起命来。邻居丫头小静的名字被他改了，唤作"金玲"。我们就笑这名起得俗，瘸叔一本正经地说："这对小静绝对是个好名字，适合。"不过瘸叔的名号一直没有打响，他也就慢慢放弃了成为算命先生的理想。他也为自己算过，说自己的命最坏了，一片虚无。

时光荏苒，我长大了，父母和瘸叔都老了。我成家后住得离他们有点远，曾想让他们和我一起住，他们不愿意，主要还是怕添麻烦。我还曾为他们购置了一套房子，他们住了一段时间，还是不太习惯。瘸叔开始说没问题，其实后来最不习惯的就是他。他的身体实在是太不方便了。后来他们还是回老家了。

瘸叔年龄大了，虽然每天都出门在院子里拄着三个拐杖遛上一圈，活动一下，但他的身体越来越差了，经常会着凉感冒，有一次竟然摔倒了。这一摔非同小可，瘸叔摔骨折了。他年轻时也摔骨折过，打好夹板喝点接骨散痊愈得很快。现在不行了，瘸叔几个月都没好。他腿疼得厉害，在医院的床上不能移动，我们每天换着班照顾他。

彻骨的疼痛，以及我们脸上的倦怠之色，让瘸叔渐渐地表现出消极颓废的情绪。有一天他忽然问我："我活着有什么意义？一直就是个拖累人的废物！"我一时语塞，后来劝他别瞎想。过了几天，他竟然吞下了他身边所有的药片，想一死了之。听到这个消息时，我正在开车，泪水顺着脸颊不停地流下来。此后，我们更细心地照顾他，几天后，瘸叔终于挺过来了，腿也渐渐好了。

瘸叔现在怎么样了呢？

他符合国家帮扶老年残疾人的政策，入住敬老院了。我们经常去敬老院看他，他每天上午在院子里晒太阳，和老人们聊天，下午在敬老院的走廊里锻炼一下筋骨。照他的话说，下午练一练，晚上睡觉香。养老院每周会给老人洗一次澡，定时理发，剪指甲。里面的伙食也不错，菜是自己种的，干净无公害。

一次我去看瘸叔，见他和几个老人在大树下围坐一圈，敬老院的护理员正问大家谁唱个歌，瘸叔说："我来。"他泰然自若地大声唱起来：

> 一条大河波浪宽，
> 风吹稻花香两岸。
> 我家就在岸上住，
> 听惯了艄公的号子，
> 看惯了船上的白帆。
> ……

此时老人们旁边菜园子里的豆角架上，秧子都长疯了，一串串的紫色的豆花从翠绿的蔓叶中窜出来，向上翘着。大树上的知了也和着瘸叔的歌声欢唱不休。

其实生命有何意义？你不如问问这豆花为何开得这么绚烂？！知了为何唱得这般欢愉？！瘸叔的歌声为何这样的高亢、字正腔圆？！

（作者单位：北京市大兴区第三小学）

铁道情缘

————

李瑞英

　　20 世纪 80 年代，我们村东的一架机井取代了村南那口古老的水井，成了全村人的生命之源。听说管子直伸地下一百多米呢，水质优良，味道甜美。人们不仅吃这井里的水，也用这井水灌溉庄稼。家住附近的妇女和姑娘，趁有人家浇地时，就会端着盆子，拿上搓衣板，蹲在水沟边洗衣服。洗好的花花绿绿的衣服搭在两棵树之间的绳子上，远看像一面面彩旗，这可是田野里最亮丽的一道风景。

　　在机井的西北五十来米处，有我家一块一亩多大的自留地——一块风水宝地！我家能脱贫致富它功不可没！它也真是无私，不管种什么都长势喜人，爹也分外看中它、爱惜它。别的地里随便种些小麦、玉米等皮实好打理的庄稼，种子进土后就等着收获。而这块地却常年轮番种着金贵的西瓜、黄瓜、西红柿、茄子……爹和娘恨不得天天长在这块地里，精心照料打理，待到成熟季，爹晚上还睡在地里。

手无缚鸡之力，懒得油瓶子倒了都不想去扶的我，倒因此分到一个美差：每个节假日都被派到自留地里看西瓜，看黄瓜，看西红柿，看茄子……在地的一角搭了一个草庵子，里面有床有被褥，坐累了还可以躺着，躺累了可以摘个瓜吃。我所谓的"看"着，不过是只纸老虎，吓唬那些胆小的孩子罢了。成年人走到地头说要吃根黄瓜或吃个西红柿，我虽然心里不高兴，但是也得让他们吃，关系好的还要连吃带拿。

我痴迷这项轻松的工作，其实还因为这里有我不为人知的秘密基地——一段普通的铁路——我的乐园。

我爹说这段铁路是 20 世纪 70 年代中期修筑的，那差不多和我同龄，所以与它格外的亲切。这段铁路的起点在哪儿，不知道；终点到哪儿，不知道；谁修的，不知道；干吗用的，不知道。据我长期观察，此铁路使用频率不高，火车通过的时间也没规律，有时三五天经过一列，有时个把月都没一列。火车有时拖着几节车厢，有时就一台火车头，有时竟挂了十来节车厢，外加一个"大屁股"。站在"大屁股"旁的人可神气啦！

火车来啦！先是听到一声闷雷似的嘶鸣，接着"哐叽哐叽"的声音由远及近地传来。要经过村子的大路口了，它再来几声尖锐的嘶鸣。火车经过时是超有仪式感的，大人们不管在干什么，都会停下手中的工作，驻足翘首，恭迎它莅临，再目送它离去；孩子们一听到嘶鸣声，就发疯似的往一米多高的道基上冲，站在铁道的中间翘首张望，或者将耳朵贴在铁轨上，煞有介事地听听还有多远。当火车迎面驶来，胆小的吓得赶紧躲到远处目不转睛地看，胆大的拿出撞火车的气势，待火车头里有人从窗户探出身子，挥动旗子，厉声大骂时，才慌忙跳到铁轨下面，冲火车龇牙咧嘴，上蹿下跳。这大家伙"吭哧吭哧"地喘着粗气吐着白烟，轰隆隆地驶来。无数个圆轮上的"胳臂"好像有人指挥似的，同时上去，又同时下来，好不威风！又一声嘶鸣，它要通过下一个路口了。我飞快地爬到铁道上，目送它远去的背影，直到什么也看不见了还在呆呆地望着，好像把我的魂也勾走了，勾到了远处未知的地方去了！

　　能看到火车的日子并不多，但是那两条平行曼延的铁轨、不可计数的枕木和奇形怪状的碎石，一年四季不分昼夜地永远躺在那里。它为物资匮乏年代的孩童无私地提供了游戏的资源和场所。六七厘米宽的道轨是我们锻炼平衡力的最好道具。小伙伴们左上一个右上一个，看谁走得又快又稳。大家目光聚焦于铁轨，努力伸展双臂，小心翼翼地挪着脚步。好景不长，大家的腿开始发软，身体左摇右晃，赶紧挣扎着调整，那样子就像邻居家地头儿的向日葵在风中癫狂摇晃。枕木是用水泥、石头、钢筋做成的，每条枕木长两米左右，主要是为了固定铁轨。紧邻的两根枕木有半米左右的间距，大人正好一步。孩子们走枕木很有特点，为了避免双腿迈得过大而脱胯，我们都跳着走。"袋鼠跳"是万万不可取的，累且不说，平衡力差的稍有不慎摔倒了必遭血光之灾，轻则瘀青破皮，重则头破血流、伤筋断骨。我们两脚交叉一纵一纵跳着走，就像老电子游戏"超级玛丽"中的马里奥。这种跳法对技术要求很高，眼、脑、腿三者必须紧密配合！我们单腿迈进，还要根据铁轨宽窄适时调整步伐。速度也不可忽快忽慢，否则双腿会不听使唤。"踏——踏——""踏——踏——"鞋底踩踏枕木发出规律而又和谐的节奏！枕木下铺着厚厚的一层大大小小、形状各异的青灰色的石头。当时并不知道它的作用，我们将它砸成硬币般大小的石子，装进口袋，带到学校，在课间或放学后四五个人玩抓石子。

这条乡村铁路见证了我童年干过的所有傻事，囧事，坏事！

在不计其数的青灰色石子之间会藏着寥寥无几的白色石头，这种石头可以在墙上和黑板上写字，因此我们称它为"石笔"。谁要是获得一小块石笔，那喜悦可不亚于得到了一种奢侈的零食，它会成为我们向小伙伴炫耀的资本，也会因为它而获得几分"友谊"。我姥爷村里有个人是巡铁道的，他说话就像感冒了鼻子不通气似的，我们都叫他"囊鼻子朝"。有一次，囊鼻子朝巡视铁道，正好我和弟弟在看瓜。弟弟热情地上去打招呼："囊鼻子朝，你能给我一块石笔吗？"他自然是认识我俩的，故意停下来逗我们："叫我什么？""囊鼻子朝。"弟弟又说了一遍。"那就不给了！"他慢腾腾地从包里翻出来一小块石笔。弟弟赶紧改口："囊鼻子朝姥爷！""不对！"他装作起身要走。弟弟赶紧拽着他的衣角大叫："姥爷！姥爷！"弟弟一拿到石笔就六亲不认了，冲着走远的人影喊着："囊鼻子朝，看铁道……"

我也梦寐以求地想得到一块石笔！恰巧那天也有一个巡铁道的男人经过，不过不是囊鼻子朝。我壮着胆子与他搭讪："你有石笔吗？"他翻了一下口袋说："有，只是今天没带，放在站里啦！""站在哪里？远吗？""不远，就在前面。"我朝他努嘴的地方看去，好像真的不太远，我决定跟他去拿。他疑惑地看着我说："小姑娘，你真的要跟我去吗？"我坚定地点了点头。他在前面迈着大步走，我在后边跳着追，大概走了两三千米，离我家的草庵子越来越远，周围我熟悉的人越来越少，我的速度越来越慢，心里也越来越忐忑："他该不会把我给卖了吧？"我立刻掉头往回跑。"小姑娘，你不要石笔啦？""俺不要了！"自此我再不敢和巡道人索要石笔。

　　看瓜的时间是漫长的，会变得越来越枯燥，不过我们总能找到花样翻新的事来做，往道轨上摆放石子是我最爱干的事。这件事没什么技术含量，但考验耐性。我会挑选至少有一面平整的拳头大小的石子，然后一块儿挨一块儿地放到六七厘米宽度的道轨上，一直摆呀，摆呀，直到摆出几百米。然后再从并排的另一段铁轨开始，一直摆呀，摆呀，直到摆出几百米。看着两边的道轨上整齐地端坐的石子们，就像训练有素的士兵，在严阵以待等候我检阅似的，心里就会莫名地升腾起一种成就感。

　　有个干活下班回家的大人，看了看两边的石头警告说："火车要是轧上去会翻车的，你家这一地的西瓜都赔不起！"对他的话我半信半疑。怕什么来什么，我听到了远处的嘶鸣声，又将耳朵贴到铁轨上听了听，确实是火车要来了！我的心不由得提到嗓子眼，脚顾不上被石头磕得生疼，飞速地踢向一块块"石头兵"。踢得效率太低，我就将脚横放在道轨上像铲子一样向前推，它们不情愿地"哗啦哗啦"地纷纷掉下道轨。火车已经过了道口，离我不足千米，可是还有一列的石子在道轨上稳坐着，我急得双腿发麻，眼泪都流了出来，不住埋怨自己手太欠。我看到车头里有人探出身子挥动小旗子啦，我顾不得腰疼，顾不得脚疼，发疯似的连踢带铲……最后一个小石子终于翻滚到路边，我也纵身一跃跳到旁边的花生地，瘫坐在地上"吭哧吭哧"地喘着粗气。火车也"吭哧吭哧"地喘着粗气，冒着白烟来了，挥小旗儿的男人看着我的囧样冲我笑。待我魂魄归位时，再看我的鞋子真是哭笑不得：娘亲手纳的千层底，底儿磨得仅剩下薄薄的一层；两只鞋帮的内侧，各破了个鸡蛋般大小的窟窿，好像张着嘴嘲笑我！

20 世纪 90 年代末期，也不知道什么原因铁路被拆了，就连筑起的道基也被村民竞相拉走垫了各家的宅基地，自此我的童年乐园，我的童年生活，仿佛也随它去了。

［作者单位：丰台二中卢沟桥学校（小学部）］

童年的刘家大院

刘艳茹

　　石景山和门头沟接壤的地方有个村子，叫麻峪村。

　　麻峪村是个老村儿，打元代起就有。村里有一条街叫南沟。南沟里有一个大院叫刘家大院。

　　我的整个童年都是在刘家大院度过的。

　　现在，我记不起我童年的模样。想来不是很好看，也不惹人喜欢，不是很整洁，嘴也不甜。我从记忆中大人们对我的态度就能推测得出来。

　　但我不在意！大院是一个微缩的世界，天空那么蓝，草木那么多，雨后的蜗牛在墙上爬，黑天牛爱停在榆树上，喇叭花在秋天还开个没完没了……这一切，比什么都吸引我。我在长出一簇野花的墙根下蹲下身，抚摸一棵老槐树沧桑的树干，一面影碑遮住了一处院落，一片种满杂树的林子里窸窸窣窣发出令人惊恐同时又令人遐想的声音……这一切，比什么都吸引我。

长大后，我有时会想，还有没有一个普通民宅的院落能像刘家大院那么大？可能真的不多。整个大院是封闭的，一段围墙、一户宅院的院墙，一处屋宇的后墙连接起来，将大院围成自己的一个世界。村子里有一条南北走向的街叫南沟，大院占了南沟的多半条街。村子里有一条东北走向的街叫东街，大院占了东街的多半条街。整个大院应该是个比较规整的四边形，如果能从空中俯视，可以看到里面鳞次栉比，院落套着院落，房间挨着房间。大院有三个门，西边一个，东边一个，南边一个。西边这个门应该是正门，有门洞，有影碑，还有两座石头狮子，从这个门出去就是南沟那条街。东边这个门其实是二哥猴子家的院门，因为他家住在大院的最东边。出了这个门，是竹篱笆围起来的一片庄稼地，沿着竹篱笆旁边的小路走不到一百米，往右是公家办的食堂，往左是村口的石桥。如果去村里的食堂，从这个门出去最近。南边这个门出去后先是一条小河，常年流淌着清澈的河水，过了一条不宽的人行土路后又是一条大河，大河里的水也清澈。小时候，大院里的很多母亲都爱端着盆出南门到这条大河洗衣服。

　　大院很深，不认识的人走进去，如果没有人带着，一定会迷路。因为大院里，忽而是规整的一个小四合院，忽而是小院子里套着另外一个小院子，忽而是高台阶上的一溜儿砖墙木窗的老房子，忽而是低矮的石头墙上长着经年的灌木杂草，忽而是没人管理的一块荒地上种满了树，忽而是一条小水沟绕着一户人家的院墙流动……

　　有一次，我跟隔壁的二哥聊天。二哥说："咱们的祖上是山西人，村头有一棵大槐树。"我若有所思地点点头，想起乔家大院、王家大院，又开始想刘家大院的建筑格局，觉得它真讲究。

现在想来，小树家住的院子一定是正院。四四方方，规整，轩昂。正房坐北朝南，东西两边是厢房，有一个月亮门，上面的青砖镂雕着精美的花鸟。小树家在我小时候，已经落魄了，在整个大院里，落魄的程度和我家差不多。但据说他家的祖上是地主。

我家的房子挨着西边这个大门，一溜儿四间，坐西朝东。父亲说这几间房以前是马夫住的，我猜测我的祖上在大院里的地位不会很尊贵。

这让我想起《红楼梦》。小时候看《红楼梦》，一直以为，那峥嵘轩峻的殿宇楼阁里，住的都是钟鸣鼎食的人家。长大了，才明白，一个大家族里的旁系偏支往往更多，他们住在殿宇楼阁延伸出的偏院后街，过的，是小门小户平常的烟火日子。

每一户有每一户的位置，尊崇与低微，没有痕迹，但自在人心。这是我在大院住了二十多年后，最深的体会。

连接一间一间房子，一个一个宅院，一户一户人家的，是一条又一条的夹道。夹道不宽，用土铺成，一年一年，大院里人进人出，踩来踩去，踩硬了，夏天的雨、秋天的霜、冬天的雪渗到土里，土的颜色变黑了，一年四季看起来都是微润的。夏天走在这样的夹道上，即使是酷热的午后，蝉叫，树叶不动，也能感觉到凉意。

夹道上，除了落下脚印，也随着季节，落下花，落下叶。泡桐开花了，过几天就落下泡桐花。榆钱儿绿了，榆钱儿白了，过几天满夹道落的都是榆钱儿。秋天更是蔚为壮观，风一刮，黄的、绿的、半黄半绿的落叶在夹道里被风裹挟着扬起又落下。夹道上有时能看到绿色的大肉虫在爬，看到黑色的蛐蜒在爬。麻雀有时一只、两只，有时四只、五只，有时十几只，在夹道上又蹦又跳，叽叽喳喳。

　　大院里的墙，有石头墙，有砖墙。有的墙根处抹上了水泥，有的就任由石头、砖裸露着。墙根处的泥土是黑色的，从春天起就不断地长出野草、野花。夏日午后悠长，一院子的寂静，但墙根处却黄花、紫花、蓝花烂漫，蜂飞蝶舞，一派热闹。

　　我熟悉大院的每一条夹道。如果有一天，我可以捡起童年所有的脚印，我想大院里的脚印就够我捡一阵子的了。穿着凉鞋的脚印，穿着布鞋的脚印，穿着棉鞋的脚印，那些脚印一点一点长大，有的地方脚印多些，有的地方脚印少些，也有的地方上面，没有留下我一个脚印。

　　　　　　　　（作者单位：北京市石景山外语实验小学）

母亲的抗争

————

刘英丽

　　我扭头看了一眼墙上的挂钟：13点16分，然而母亲还没回来。我暗暗叹口气，转过头继续吃饭。二宝把腿伸直，蹬着桌边让自己和餐椅一起后退，一边嘴里说着"我吃饱了"，一边溜下餐椅，朝客厅跑去。我赶紧三口两口把饭吞下肚，把碗筷收拾到厨房洗碗池。大宝还在慢条斯理地埋头吃饭。我叮嘱大宝把餐桌收拾干净，便也朝客厅走去。二宝正在嚷嚷着，让我陪她玩拼图。

　　忽然听见门外电梯门打开的声音，我竖起耳朵，紧接着是拖车摩擦地面的轻响，我轻轻舒一口气，看一眼墙上的挂钟：13点37分。我如释重负地对二宝说：姥姥回来啦！二宝跑到门口，欢呼着迎接姥姥。母亲站在门口，先慢慢摘下帽子和口罩，送到自己卧室，再慢吞吞地去卫生间洗手。

　　我赶紧到厨房，给她盛饭。母亲也跟到厨房，先用碗接了一碗热水，咕咚咕咚喝下去，再接一碗，端到餐桌边慢慢坐下，继续小口喝着水。两碗水喝下去，她才算缓过来，拿起筷子开始吃饭。我一边看着二宝在客厅里乱跑，一边嗔怪母亲：怎么也不带点水去菜地？天气这么热。母亲说：带了一杯，想喝的时候不热了，就没喝。

母亲一直有子宫脱垂的问题，吃饭喝水都需要热乎的。这个冬天可能因为着凉，子宫脱垂越发严重了。她又不肯去医院，说去医院就会让动手术，花钱不说，还耽误工夫。母亲的医保在老家，她是怕我花钱。她每天睡觉前灌个暖水袋焐着，勉强缓解。

吃了几口饭，她终于缓过劲来了，跟我说："你说东边那家地邻，两口子都是退休的，还去开荒种地，是不是想不开？有退休金什么买不到？种什么地啊？多遭罪。"

我说："人家可能就是想找点乐子。想不开的是你，天天这么早出晚归去菜地，图什么啊？"

母亲低头吃饭，不再说话。

虽然我没有激烈地反对过母亲种地，但总觉得这是不务正业。然而稍微回忆一下，就知道，母亲似乎早就不务正业了。

三八节，学校发了一包做假花的材料，让老师们学着做手工。我一看就头大，打算拿回家扔一个角落里。母亲看见了倒是欢喜异常，她愣是戴着老花镜看懂了说明书，做出了漂亮的假花。这还不算，她把那些边角料也利用起来，自己重新剪裁组合，也都做成了花儿。做这些，很耽误工夫。白天趁着二宝睡了做，晚上熬夜做，我周末休息她更抓紧时间做。

后来，她又迷上了画画，拿着大宝淘汰的彩笔和我用完的资料背面，照着二宝的图画书，画各种花儿。漫长的冬天里，她怕冷不敢出门，就靠画画打发时间。

母亲也爱看书，二宝的图画书，大宝的小说杂志，她都能读进去，甚至我的专业书她也能看一些。母亲看得投入时会忘了吃饭睡觉，她眼睛又不好，总要被提醒了才肯把书放下。

但是，这些都不如种地让母亲痴迷。

姐家的孩子大了以后，母亲就坚持回老家种地。父亲去世多年，三个儿女都在外面，她一个人在家，我们实在不放心。但是母亲坚持要回去。种的玉米、蔬菜吃不完，除了分送给邻居，还把小拖车装满，倒好几次车给我姐和我弟送过去。

好几次，姐给我打电话，说母亲又给她送了玉米或是豆角，一方面抱怨东西太多了，冰箱放不下，更主要的是心疼她大热天的拎这么重的东西走这么远的路。那时候的母亲，浑身都是干劲儿，虽然病痛未曾远离过她。

到了我这里，母亲经常抱怨自己老了，不中用了。她也确实老了。记性很差：烧坏了好几个锅；衣服放进洗衣机后不是忘了打开开关，就是忘了晾晒；我给她买电蒸锅、电热水壶，她第一反应就是埋怨我乱花钱，其实是担心自己不会用；不会使用智能手机，给她买了一个只能打电话的老年机，她出门还经常忘了带。有一次她去浇地，我给她插好水管，跟她确认带了手机，说浇好了就给我打电话，我过来帮她拔水管。结果两个小时过去了她也没打。我沉不住气过去找她时，她一脸怨气："你还知道过来啊？"我有点晕："好了你就给我打电话呗。"她说太阳晃眼，她看不清手机屏幕，拨不出去号码……

在我的记忆里，母亲似乎并不是这么热爱种地。因为除了种地，母亲还做过不少其他的事情。养猪、养鸡、养鸭、养鹅就不用说了，这是农村里标配的副业；还有织渔网，好像家家户户的妇女在农忙之余都要做，挣一点小钱补贴家用。这些母亲都做了，还做得很投入。

除了这些，母亲还养过鸽子，养过兔子，甚至养过蝎子，都是比较上规模那种，专门建了场地，一次养很多。我想母亲是把这些当作事业来干，想赚钱的，然而结局都不太好。等兔子可以剪毛了，兔毛价格降了下来，便宜得卖不出去；养的鸽子没有销路，被村里的小青年拿猎枪一只只打死吃了肉。养蝎子应该是母亲最后的挣扎，专门腾出一个厢房来养。厢房上面就是个水泥平台，夏天漏雨，冬天灌风。为了给蝎子保暖，还专门安了一个炉子。但是蝎子养成了，也是没有销路，不了了之。

听我姐说，母亲还试图养过牛蛙。她从报纸上看到广告，就寄钱过去买了两只。那会儿还没有快递业务，等牛蛙寄到已经变成了两坨臭烘烘的烂肉。母亲不知道怎么维权，也不敢和父亲说，只能独自承受那几百块钱的损失。

曾经，我并不理解母亲的这种折腾，后来却慢慢有所理解。

母亲的各种"创业"，可能就是因为想从经济上获得独立，从而获得话语权。因为她知道，虽然父亲常年不在家，地里的农活，家里的劳务，三个孩子的养育，都是她一个人在操持，但是这些工作是不能用金钱来衡量的，是不被认可的。

　　母亲在家里是没有话语权的。她说她一辈子的梦想都是吃食堂。吃食堂意味着有一份正经的能领到工资的工作。而小学文凭又身处农村的母亲没有这样的机会。我从老家接母亲过来的时候，母亲说：村里正在讨论修建一个养老院，等我把二宝看到上小学了，就回去到养老院住。说这话的时候，她满脸憧憬。

　　我姐和我都非常明确地跟她说，让她就一直跟我们住，可是母亲并不往心里去。母亲一生都在追寻那个能让她独立的事业，也许种地是她最后的抗争。

　　天阴沉沉的，正在下雨，路面已有了积水。母亲站在窗前，高兴地说："这场雨挺大，估计能下透呢！"

　　天气预报说中午雨就会停。

　　她跟我商量："要不下午我去把玉米种上？"

　　我说："去吧！想种就种！"

（作者单位：北京市第十中学）

记忆里的小火炉

彭淑华

　　我的小学是在北京市怀柔区深山里的一所学校上的。这所学校位于一个前不着村后不着店的高台上，周围全是高高低低的山。不在任何一个村子的村里，基本上是几个村较为中间的位置，周围八个生产队的孩子们都要到这所小学来上学。我家到学校的距离居于各村距离的中等，不算最远的也不算最近的，上学走着大概半个小时也就到了。

　　小学时我们班的班容量不大，只有十二个人，最少的时候只有八个人。记得当时的课桌是两人共用一张的木头桌，课椅是两人共坐一个的长条木椅。

　　小时候的冬天特别冷，教室更是冷若冰窟，学校会在两排桌椅的正中间放一个炉子。这个火炉对于寻常百姓家来说也是个奢侈品。寻常百姓家当时用的是火盆。把头天晚上烧大锅做完饭之后剩的一些余火，从灶塘中用铁锨和掏火耙掏出来，放在火盆里取暖。

教室的这个炉子，最开始是由学生轮班早到校生炉子的，后来学校专门请了一位师傅给各班生炉子。

轮着我早到校生炉子的时候变得非常困难，因为生炉子这件事对于十来岁的我来说很有难度。

先把细柴放进炉子里，用火柴点着之后，放一些更粗的木柴，等这些木柴烧旺之后，再把煤球放上。如果木柴的量正合适，火候合适，那么就可以顺利地把煤球点燃，这样就算生炉子成功了。可有的时候总是把握不好放多少柴、什么时候放进煤球，经常把煤球放进炉子的时候，就把木柴的火压灭了，还得继续添柴。

每次生炉子都会把自己搞得泪流满面，不是冰窖般的寒冷冻的，也不是生不着炉子急的，而是生炉子时冒的烟呛的。

等同学们到齐了，炉子也差不多生好了。这一小小的暖源是同学们进教室来共同奔赴的方向。大家先围拢在炉子旁，伸出满是冻疮的小手，在炉子旁烤一烤。老师进教室了，才恋恋不舍地回到自己的座位上。

老师开始讲课了，讲完课我们需要做作业，当时的文具可没有现在这样多种多样，大家常用的是圆珠笔。

每当大家拿出圆珠笔准备写作业的时候，就会听到满教室都是哈气的声音。因为天气寒冷，气温太低，圆珠笔的笔芯油都凝固了，致使写字的时候只出笔道不出颜色。同学们只有把圆珠笔靠近嘴巴给它哈气加温，才能够勉强出一点油。离炉子近的同学就给圆珠笔烤烤火。这样才能保证圆珠笔能写出较为流畅的字来。

搞定笔的问题之后，你会发现自己还是无法写出特别漂亮的字。因为经过寒冷的早晨，手冻得僵硬，不能灵活自如地运笔。小时候我们把这种状态叫作"手冻得不管事儿了"。

小小的火炉并不能给我们提供更多的温暖，直到太阳升得高高，越过南山，照进教室里的时候，温度才会上升，我们才会体会到一天当中难得的温暖。

课间到了，冬天我们常做的一个游戏叫作"挤油儿"。我们班这十二个同学贴墙站在教室外的墙根儿，大家一起说"挤油儿"，两边向中间挤，凡是被挤出去的同学就要出局。

边晒太阳边挤油儿，大家玩得都很开心，在挤的过程中也越挤越暖和，教室外的墙根在春天是花池，要种一些花的，但是冬天就成了我们挤油儿的乐园，脚下的土被我们踩得细细碎碎，每次上课之前大家都要拍拍土再进教室，当上课铃声拉响之后，各个教室门口都会扬起一小股土烟……

进教室之后，值日生要负责把炉子照看好，及时添煤，同学们个个都是好手，都能看出来炉火到什么程度需要添新的煤球。

中午是快乐的时光。离家近的同学会回家吃饭，离家远的同学会带一些午饭来，但是那个时候可没有微波炉、烤箱这样的家电，这时我们的小火炉就化身为烤炉了。

把炉盖用纸擦得干干净净。同学们纷纷把从家里带来的窝头、红薯、馒头、花卷、豆包等放在炉盖上，用不了多久，满教室飘的都是香香的食物的味道，大家边吃着烤得金黄香甜的馒头、豆包、花卷、窝头、红薯，边追跑打闹。

　　小小的火炉为我们带来了很多的温暖。当时只道它是平常之物，现在想来却寄托着我很多美好的童年记忆。

　　我小学的同学都已经散落在生活的各处了，失去了联系，不知大家是否还能回忆起我们教室里的那个小火炉？是否还能记得我们一起做的挤油儿游戏？是否还记得儿时的寒冷与温暖？

　　　　　　　　　　（作者单位：北京第二实验小学怀柔分校）

告别的重量

秦连红

　　告别，是有重量的。有一些告别要穿越几十年光阴，跨越国界甚至直达永恒的重量。比如阿尔丰斯·都德《最后一课》中的韩麦尔先生的告别。

　　2019 年 11 月，《现代教育报》教师文苑版刊登了我写的故事《忠诚》。故事的主人公是我高中时期的校长，也是我高中三年的语文老师，一位在高考前夕以"语言文字，国脉所系"与高三学子告别并进行忠诚教育的"韩麦尔"先生。

　　2020 年末的一天，我收到了老师的电话。他在电话中说："你高中毕业时送给我的告别礼物——我的画像在几年前搬家时遗失了，你能不能补画一张送我，作为告别的收藏？"老人的声音，诚恳得有点颤抖。

　　很沉，很沉……就是在那一刻，我对告别有了颠覆性的感知。人至中年，经历过友情的告别，亲情的告别和爱情的告别，那是一种被活生生拉扯开来的疼痛，是一件让人脆弱的事情。老师那一句诚恳的"告别的收藏"请求却是煦暖暖、沉甸甸的，如一只温暖有力的大手把我牵引回了二十六年前的高中校园。我知道，这沉甸甸里有光阴的沉淀；有师生双向奔赴的叠印；有耄耋老人对教育生涯的眷恋；有中年人对校园的回头朝拜……

　　20世纪八九十年代的时候，中学教师中很奇异地隐藏着许多经历特殊的老师，他们大多经历了上山下乡，结婚生娃之后才考入师范。拥有这些特殊经历的老师也大多拥有三种宝贵的品质：不会投机、不会讨巧、不昧己心。老校长在教我们语文的时候，就做校长很多年了。据说他任职校长之前向老师们提了一个要求：允许他和语文老师们一起集体教研，集体备课……他不想离开讲台。他教我们语文时，许多外校教师纷纷到我们班来听课。不提前演练，不指定答题学生。有几次，他的问题学生答不出来，场面十分尴尬。当时同学们抱怨：老师明知有那么多人听课，为什么不事先部署呢？后来终于想通了：这便是朴实的学者，半点投巧也不会，容不得半点昧心。所以，在我写的《忠诚》里，他不容忍校园里的师生们对错别字视而不见。在他心中，那不只是一个汉字，是国脉。所以，在这篇《告别》里，他会自责弄丢了学生送给他的告别礼物。在他心中，那不只是一幅画像，是学生对他的信仰，也是他对自己的信仰。

　　当年，老校长在告别会上说到"语言文字，国脉所系"的时候，我恍惚看到了《最后一课》中的韩麦尔先生，他们都在与学生的告别中传递了自己对国家的忠诚——以捍卫语言来表达捍卫国家的忠诚。高考结束后，不擅长绘画的我笨拙地画了一幅画像，取名为《招远一中的"韩麦尔"先生》。画像中老校长挺直腰板，目光如炬。画像的上空是对我的职业观有着巨大影响的八个大字：语言文字，国脉所系。因为画像涂画得确实稚拙，我没有勇气把这份告别礼物当面交给校长，而是骑着自行车到了比学校更远的邮局，用平信的方式寄了出去。后又因为高考成绩低于预期，那个夏天我一直没有和老师们联系。我不在意那份告别礼物校长是否收到，是否喜欢，是否在意，我只是想表达一个少年对校园、对老师的虔诚的朝拜。

后来，我选择了师范，选择了中文专业，选择了语言文字教育工作。读大学期间，和老师同学们有过一次聚会。聚会中，还是期待着老校长能够提及一下我送给他的告别礼物。但是，老校长只是关心了一下我的学习情况，当时心里不免失落，失落之后很快释然：是啊，那么多的告别礼物，老校长怎么会把一幅简单的画像放在心里！

大学毕业之后，我保持着每年春节和老校长通电话的习惯。两个讷言的人，没有寒暄，没有客套，很默契地将电话内容控制在五句话之内。那幅告别的画像，谁也没有提及。

2020年末，老校长那个收藏告别的恳请确实让我破防。他不期然地把人生的岁月涡旋在一起，把二十六年的时间沟壑干净利落地勾划掉了。原来，我那稚拙的告别礼物，竟深深地镌刻在一位长者的心扉间，把二十六年的岁月都刻穿了。

放下电话，我立即停止了正在撰写的年末总结，选出一张画纸，恭恭敬敬画了时隔二十六年后的告别礼物《招远一中的"韩麦尔"先生》，然后迅速快递到老校长手上。绘画中间没有停顿，无须回忆，因为那场告别，早已镌刻在一个少年的年轮里，岁月只能深刻它，不会风蚀它。

这份告别礼物可能会失落二十六年前那番不能复制的纯净，经历了甜酸苦辣的中年人的手，无论如何都已还原不出那份来自校园的纯净。但是，多了赤诚。因为这份赤诚，能够超拔烦嚣，感悟到跨越时空的人间至情。

因为我拥有这种至情，我有资格以二十四年教龄的教师身份对即将送别学生的朋友说：好好告别，它有穿越光阴的重量，有创造永恒的力量。

因为我拥有这种至情，我有资格以二十八年前的中学生的身份对即将离开校园的朋友说：好好告别，它有穿越光阴的重量，有创造永恒的力量。

好好告别！

（作者单位：北京市顺义区少年之家）

外公，你是一条长河

荣　蕾

深夜无眠，冬风凛冽，泪眼蒙眬中幻化出了一个老人的身影，从五十多岁鬓发乌黑只是眼角有些皱纹的他，到六十余岁鬓染微霜却面色依旧红润的他，再到七十余岁精神矍铄谈笑风生的他。泪水中老人的形象真实又虚幻，直到我眼前出现了那个衰老病弱如同秋天一片枯叶的他。是的，这个老人是我的外公。是那个刚刚在今年三月去世的他。他是个平凡善良的老人，他的离去并不会给这个快节奏的城市带来些许波澜。然而对于至亲来说他的离去就如同身体中失去了重要的一部分，疼痛锥心刺骨。

我的外公大我五十五岁。我没有目睹过他青年时期的英俊挺拔，壮年时候的意气风发，抑或是中年时候的功成名就。这些只能从外婆嘴里听到，从前来看望外公的学生嘴里听到。而我目睹的是外公的老年时代，老年时代的他，只是一个慈祥和善的老人。

记忆是一条长河，随着时光不断流淌

　　回忆起人生的头几年，我还是个三四岁孩子的时候。幼小的我早已记不得那些细节，只记得一个五十多岁的乌黑头发的高个子老人常常把我高高举起，用他长着胡子的脸贴我的小脸。而我每每在幼儿园得到奖励也总是第一时间分享给他，无论是话梅糖、大白兔奶糖，还是漂亮的本子。年幼的我还不懂这些东西对于外公这个年纪的人来说并不需要，然而外公每每拿到都会特别惊喜地亲亲我，说蕾蕾最棒。春天温暖而花香弥漫的夜晚，夏天凉风习习的夜晚，秋天落叶沙沙响的夜晚，抑或是冬天阴冷的夜晚，我常常会依偎在外公怀中，听他抑扬顿挫地读古诗词，那声音仿佛是在讲述一个无比幸福的往事。或者听他声情并茂地讲述历朝历代的故事，而我的小脑袋里就好像真的出现了刀光剑影，耳畔也好像真的响起了鼓角争鸣。那个时候的外公身体很好，会和同事们一起打篮球、踢足球，而我是他最小的啦啦队员，竭尽全力地叫着喊着，仿佛我的外公是我最大的英雄。

　　小女孩一天天的成长，直到读了小学。幼儿时期的积累让我进入小学后就一直成绩优秀。在我还小的时候，我不能自己上下学，学校离家不远，又不方便坐公交车，是鬓角微霜的外公骑着自行车带着我上下学。坐在自行车后座的时候我总是觉得路边传来湿漉漉的青草香或是茉莉花氤氲的香味，待我去寻找那些花朵和小草时，却发现一无所获。直到三年级我能够自己上下学才发现原来那香味竟然是源于亲人对自己最真挚的爱，不是花香，不是草香，却是亲情的香。小时候的我擅长写作，拿到过全国征文一等奖，学习奥数也拿到过海淀区智慧杯数学比赛一等奖，英语也早早以接近满分的成绩通过剑桥少儿英语三级。那个时候的我是让家人自豪的孩子，外公也总是骄傲地和他的朋友提起我。

聪明的小女孩一点点长大，长成了少女。在海淀激烈的小升初竞争中我成功考进了清华附中最好的两个实验班龙班，只是在实验班里我的成绩不再优异，只是普通一员。我彷徨，我痛苦，我找不到方向，六十多岁的外公安慰道：人只需要和自己比较。而那个无法承受心理落差的少女恰恰是听了这句话才放平了心态，最后被学校保送到了本校高中部。平静的日子一天天过去，直到高三时我因为太过紧张导致焦虑抑郁。那个时候，已经头发花白的外公有时候中午会来到学校陪我说话解闷儿。还记得高考结束后的那个暑假，我沉浸在痛苦中，未能考取名校的失落让我无法面对自己。外公陪着我，告诉我一个个意味深长的人生道理。我渐渐明白了许多，也相信自己的努力终归会在某个时候获得回报。

读大学后的我成绩优秀，参加学校翻译比赛、演讲比赛、谈判比赛都有获奖，一不留神还拿了个校级人文知识竞赛冠军。毕业后我以专业第一名的成绩考上了研究生。

读研后的我成为著名作家梁晓声的学生，而此刻的外公却已经须发皆白了。那时候的我不知天高地厚，自认为很优秀。自己以非英语专业学生的身份通过了专业八级考试，以优秀毕业生身份从本科毕业，又以专业第一名身份考入名校研究生，年年获得一等奖学金。这些成绩足以证明我是一个厉害的姑娘，我开始沾沾自喜。而此刻，外公告诉了我两个道理：一、一个人只有具备了内省的能力才是真正的成熟。二、客观地讲，你的确比较优秀，但比起卓越的人才还差得很远。尽管不是所有人通过孜孜不倦的努力都可以变得卓越，但至少我们不应该因为仅仅是比平均水平高的能力就沾沾自喜，止步不前。那个时候少不更事的我并没有听进去这些话，而等到我真的明白这些话的时候，我亲爱的外公却已经在他七十八岁那年患上了绝症。

生命的河水渐渐干涸，爱却奔流不息

还记得那是 2015 年的 6 月，外公告诉我胸口发疼喘不上气来。我心下顿觉不妙，便带外公去看了医生。拍完 X 光片后医生悄悄告诉我，外公有可能得的是肺癌。在那一刻，我感觉悲伤如同一块千斤重的巨大石头填满了我的整个胸腔。我强忍住泪水躲进了厕所，如同一只将要失去至亲的小狼一样放声大哭了整整五分钟。然后我面对着镜子擦干脸上的斑斑泪痕，勉强挤出一个并不自然的微笑。我带着这个不自然的微笑走出了厕所，看到外公一个人坐在医院的长椅上，表情凝重。我没有多想，对外公说："外公，医生说你肺纹理增厚了，可能有轻微的纤维化。没有啥大事，但是我不是很放心，还要做进一步的检查。"可是不知怎么我还是压不住自己的情绪，说话时忍不住有点想哭。外公对我说："蕾蕾，你怎么不高兴。没事的，外公到这个岁数有那么孝顺的儿子闺女，有那么好的儿媳妇女婿，还有啥不满足的。"一丝闪念在我脑海中划过，可能外公已经猜到了。

我在外公面前极力保持平静，却在当天的晚上默默流泪一整夜。是的，我爱我的外公，我愿意拿我二十年安康的寿数来换取外公一辈子的平安健康。那个仲夏的晚上，窗外是悠长又幽怨的蝉鸣，室内却是面色惨白的我跌坐在坚硬的地板上，感到自己滂沱的泪水渐渐打湿了胸前。这是我二十多年的生命里第一次彻夜不眠，也是第一次觉得夜晚是那样的漫长。嘀嘀嗒嗒不停作响的钟表如同房间里另一个在抽泣的我。屋子里仿佛不再有那些家具，那些书本，只剩下了我和悲伤。我轻手轻脚走到桌子前，拿出佛经，我泪流满面地祈祷，请让外公平安健康地度过晚年。

悲伤过后的亲人们恢复了理性，一起讨论如何做进一步的检查，如何选择医院，选择医生，选择治疗方案，让外公的生命可以得到尽可能长的延续。我们带着外公去做进一步的病理分析，确认了外公目前处在肺癌 II 期，预期寿命还有两年左右。而这时候外公刚刚度过他的七十八岁生日。我们尽己所能为外公求医问药，无论是中药还是西医，无论是细胞免疫疗法还是基因靶向治疗。尽管外公在2019 年 3 月溘然长逝，但他被诊断为肺癌后的生存时间已经远远超过了当时权威医生所判断的预期寿命。这也是我们所有亲人努力的结果。

回想起久病床前漫长的灰色岁月，记忆却并不全是悲伤的。在外公最后的人生岁月里，他依然深爱着外婆，深爱着他的儿孙们，当然也被他教过的学生所关心着、敬爱着。

　　在外公身患绝症的四年里，他的学生屡屡带着昂贵的药品来到医院和家里看望他。很多学生是在他大学刚刚毕业不久时候教过的，因此他们和外公的年龄差距并不大。那些须发皆白的学生们依然会在外公面前恭恭敬敬地喊一声张老师。这些老人们和外公谈着他们的少年时光，外公的青年时代。他们会想起刚刚毕业，身上满是朝气的外公和他们一起打篮球，踢足球，听评书，看电影，师生亲密无间，宛如哥哥和弟弟妹妹一样；他们会想起当时收入微薄，还要养着几个孩子的外公会拿出自己的钱给贫困的学生买饭、买书本，语重心长地嘱咐他们，最后他们赶上"文革"前高考的末班车进入了名牌大学，至今已经是功成名就；他们会想起二十出头，自己还稚气未脱，才从象牙塔里走出来的外公会时不时板起脸来，刀子嘴豆腐心地教训着那些十来岁正处于叛逆期的孩子们。将近六十年过去了，当年十多岁的叛逆少年和天真少女，现在已经是六七十岁的老爷爷、老奶奶，而当年意气风发的外公也是行将就木的老人了。岁月改变了人们的生活方式、交往习惯，却没有改变师生之间浓烈如醇香老酒、长久如奔流江河的情谊。我和外公一样也是一名中学教师。在被外公和他学生之间情谊感染之余我也暗暗许下心愿，我要做一名让学生毕业之后还会思念还会爱戴的教师。外公做了将近四十年的教师，虽然作为 20 世纪 50 年代大学生的他有着高学历，多才多艺，博览群书，但他却一生从教，安于清贫。平心而论，教师的收入待遇算不上高，但为什么还有那么多德才兼备的人选择这一工作并且兢兢业业地去做呢？我想这些人恐怕和我外公的想法一致：唯愿桃李满天下，不求荣华加己身。

外公外婆自 1961 年成婚，五十余载如一日，恩爱有礼，相濡以沫。他们共同熬过了三年自然灾害时期，熬过了外婆的难产大出血和孩子夭折的痛苦。外公为外婆和儿女们做饭，外婆为外公和儿女们洗衣服，收拾忙碌。外公生病之后，外婆全力照顾他。一对白发苍苍的老夫妻在一起却总是有说不完的情话。有时候外婆用轮椅推着外公在花园里看春天的景色，外公会冷不丁地摘下一朵花插在外婆发白的鬓角上。已经快八十岁的外婆会娇嗔道："老头子，你做什么？"外公脸上露出狡黠的微笑，爱意满满地说："逗你玩儿，老太太！"我们儿孙辈看到这些，被外公外婆之间历经几十年而不褪色的爱情深深感动。

在外公生命的最后半年里，需要彻夜陪护，亲人们轮流陪床。有一天，我刚刚和外公的管床医生沟通过，就匆匆去饭店买外公喜欢吃的笋炒肉丝、清蒸鲈鱼。因为时间匆忙，我没有来得及吃饭就赶回病房，当我打开饭盒准备一勺一勺喂外公吃饭时，虚弱的外公却伸出干枯如同秋天树杈的手抚摸着我的头，问道："孩子，你吃饭了吗？"我泣不成声地说："外公，我刚刚吃了我最爱吃的酸汤鱼。"我眉飞色舞地和外公描述着酸汤鱼的爽口美味，外公听完我的描述后说道："好孩子，要知道爱惜自己的身体。"此刻，他才一口一口地吃下。而我也收起了泪水，望着外公如同幼年时候一样天真地笑了。

后来，由于外公的肺部肿瘤转移到脑部，那些古典诗词、历史故事已经不记得了。而这时的我还清晰记得外公给我讲过的那些优美婉转的千古绝唱，那些胸怀天下的国家栋梁，我又把外公教给我的这些故事重新讲给他听。乌鸦反哺、小羊跪乳就是如此这般吧！

2019年3月1日，一个我永远难忘的日子。那一天，是我的表哥和舅舅陪伴着外公，而我那天晚上彻夜不眠，胸腔里像有一只小猛虎一样坐立不安。也就是在那天的深夜，外公永远地离开了我们。一生善良正直的外公经过病痛的数年折磨撒手人寰。记得最后一次照顾外公，他衰老枯弱如同秋风里一片摇摇欲坠的树叶一般，那时的我欲说千言万语却悲极思滞。外公在20世纪50年代毕业于师范大学，一生从事他所热爱的教育事业。他在校亦师亦父，深受学生爱戴；在家勤劳坚定，慈祥幽默，乃全家之天。和他在一起的日子，天是明朗的天。而今天塌了，我心有所思却欲语还休。他从教四十二年，享年八十三岁，带着眷顾和不舍离开了我们。暂借挽联表达我的哀思：经寒暑不惑倍双桃李遍大地，历春秋耄耋繁三风范感苍天。"40+2<40×2"是科学，"80+3<80×3"更是规律。虽说理想替代不了科学，然"已遍天下"足矣，亲情也受限于规律，但"苍天已泣"足矣！

外公是一条长河。长河虽然总会干涸，生命固然总会逝去，但是被长河滋润过的土地上长出的花花草草、树木森林却赋予了长河以新生。被外公教导过、关爱过的儿孙辈会带着刻入我们血液里永不停息的爱，满怀着对这个世界最大的善意和热爱昂首挺胸地活下去。而我们的成就，我们的善良，我们的努力也会赋予外公新生！

是的，我坚信。

（作者单位：中央民族大学附属中学丰台实验学校）

夜读《越人歌》

宋佳桦

夜里，独自一人闲来无事，随手翻开曾经的读书笔记，映入眼帘的正是初中时代某个夜晚一笔一画抄下的《越人歌》。此刻就着应景的清澈月色再次默诵，诗中的场景就随之在脑海里跃然成画，字字句句都是动人心魄的缠绵缱绻。

仿佛千百年来，那痴情的越女不问岁月流逝，仍在当年的轻舟上执着地轻唱着——

> 今夕何夕兮，搴舟中流。今夕何日兮，得与王子同舟！

原来，故事始于一次不期而遇的萍水相逢！月色清亮，伴着几点星辰。河面波光粼粼，一条小船摇摇晃晃地靠在了渡口。待船停稳，摇桨的越女轻轻扶起斗笠，正撞上了要渡河的楚国王子的目光。那双眼睛亮若星子，眼神却分外温存。越女的心不禁怦然跳动，人们常说的"一见钟情"或许并不只是美好的梦幻。

一瞬间的擦肩而过，越女娇怯地低下头去，呼吸窘迫，甚至未暇看清楚国王子的容颜。但错身时，衣袖间轻微的摩擦已足够让她欣然。就这样，一场短暂却美丽的邂逅在微微荡漾的河流上启程了。

蒙羞被好兮，不訾诟耻。心几烦而不绝兮，
得知王子。

小船顺风，划开光辉烂漫的河面，向对岸驶去。桨起桨落，河水悠悠拍打着船身，发出轻微而有节奏的波声。越女不时越过斗笠的下沿，偷偷回头打量。只见他一袭青衫，尊贵逸然。即便明知二人身份天差地别，越女心里还是盼望楚国王子能够抬眸注意到她，哪怕只是须臾。而当楚国王子终于望向这边时，她又紧张地匆忙别过脸去，心下一片慌乱的喜悦。

这种可望而不可即的距离感和迫切渴望靠近的炽热情怀兀自争斗不休，深深缠磨着越女情窦初开的柔软内心。几度眼神的险些碰撞，又几度刻意的徘徊躲避！越女无所排遣心中的郁郁，只能用乡语一点一点唱诉心意。

水声，桨声。歌声，心声。起起伏伏，错错落落，乱了月色，乱了人心。

月亮几时朦胧了？哦，竟是不知不觉间，越女的瞳仁被委屈的泪水模糊了。

这寂寞而热烈的拳拳情意，楚国的王子啊，你可曾有些微的察觉？

山有木兮木有枝，心悦君兮君不知！

一程相伴，这段总盼望着能长一点、再长一点的路，终归还是渐渐迫近了彼岸的渡口。越女暗自焦急，虽然一再放慢了划桨的速度，但依然无法停住时间。芦苇有心，呼呼迎上，亦是无法阻止小船的前行。

"嘭"的一声，小船靠上了码头。船身一震，越女才从苦恼与不舍中回过神来。她不敢抬头，生怕被楚国王子看到她眼底摇荡欲坠的波光。她仔细聆听着他缓慢起身的窸窣衣响，仔细聆听着他匀畅稳健的呼吸，仔细聆听着他渐渐靠近的脚步声……最终，一切的声音都淹没在了她咚咚如擂鼓的心跳声里！

有传说写，这楚国的王子通过同行者的翻译，才从《越人歌》里知晓了越女的心意。于是有了跟越女"生死契阔，与子成说。执子之手，与子偕老"的美好结局。

但这毕竟只是传说。楚国王子与这匆匆初见的摇桨越女究竟有无后文，从诗篇里，我们无从得知。这首诗只是细腻至极地记载了一个少女一场羡煞旁人的邂逅，一场绚烂短暂的青春焰火，一场旁若无人的痴心眷恋。

不过，我宁愿相信那楚国王子终究心有所感，临行时又忍不住转身朝那越女看去。越女仍卑微地低倾着头，身姿孑然，就这般袅袅地化作一抹嫣然的剪影拓在了王子眼中。

不论那停留是片刻，还是永远，只愿历史有过这个瞬间。如此，在书册里痴痴吟唱了千年的越女才不会孤寂，至少那一霎，两颗心交汇过！

　　　　　　　　　　　（作者单位：北京市大兴区金海学校）

我的爷爷

王国明

　　我的爷爷去世已经二十多年了，早就想为他写一篇文章，但我的拙笔，即使搜罗尽自己掌握的所有词汇，也写不出他的万分之一。他是一本太厚重的大书，读他，写他，都不是一件很容易的事情。但我不想再等待了，就在此刻，心里念他千万遍——

　　我的爷爷属虎，相貌堂堂，身材高大魁梧，无论用什么时代的标准来衡量，他都应该是一个酷酷的"帅哥"。在外人眼里，爷爷不苟言笑，不怒自威，很让人敬畏，颇有"虎王"风范。只可惜，他从小不喜欢读书，那时候我的太爷爷治家有方，家境颇好，供他读书是没有问题的。爷爷的大哥就识文断字，写得一手好书法，后来当上了"伪警察局"的局长。可爷爷偏不上学，大字不识一个的爷爷，跟着他的大哥进了警察局，当了"伪警察"。但他为人善良正义，从不欺负弱小，见到不平的事、受欺的人，他总是挺身而出，能帮则帮，能放则放，赢得了好口碑。

有些高冷的爷爷，是个宠妻达人。我的奶奶是个小脚女人，不曾下地干过农活，只生育了一个女儿。听大人们说，奶奶在生姑姑时难产，那时候没有催产针，奶奶在门框上吊了好久才生出了姑姑。历经了一场生死劫后，奶奶就再也不能生育了。没有儿子，只有一个闺女，这在新中国成立前是被人视为"半个绝户"的。在一般家庭里，这样的女人绝对会受到冷遇甚至虐待的，可爷爷对奶奶极为疼爱。爷爷在地里劳动时，常常会捡一些芝麻花回来，用清水洗干净，然后用开水浸泡，就成了自制的头油。奶奶每次梳头时抹上一些，发髻就会油光锃亮。奶奶的鬓角和脖颈上的一些毛发，都是爷爷用剃头刀帮她刮干净的，每次给奶奶剃鬓发时，颇有几分仪式感。爷爷会在一个已经磨得发亮的皮子上将剃头刀蹭来蹭去，将刀磨得放着光，闪着亮，然后小心翼翼地开始打理。奶奶抽旱烟，烟袋用久了会堵塞，吧嗒吧嗒抽半天也吸不上几口。爷爷会找极细极有韧性的稻草芯，从烟袋的这一头钻进去，再从烟袋的那一头抽出来，反复几次，堵满油渍的烟袋管就畅通了……这样的小事看似寻常，但当爷爷去世，给她剃鬓角的有时是我妈妈，有时是我大哥，给她通烟袋管的变成我的爸爸。他们竭尽全力而又笨拙地做着，但无论如何，也做不到爷爷那份独有的细腻。奶奶虽然明着不说什么，但她的内心一定会无比思念那个为自己默默付出一辈子的老头子吧！奶奶的娘家很穷，是个典型的穷家小户的女子，人也长得不算漂亮，但一直穿得干鞋净袜，活得一直很傲骄。因为爷爷从不小看她，也从不和她粗声大气地说话，给了她足够的支撑与庇护。我一直觉得真正的男人，应该是把脾气甩到外边，一到家里就没了棱角的人。这种认识的形成，就是从爷爷身上得来的。

爷爷有一双巧手。他是种庄稼的好手。在之前有生产队时，爷爷是饲养员，经他的手喂养的牲口，个个膘肥体壮。说到这里，就想起了生产队那个小小的饲养场。走进爷爷那间小小的饲养员宿舍，简陋而干净，一盏灰暗的灯，烧得暖暖的炕，爷爷抽着旱烟，慈爱地看着我们在他的炕上折腾。分田到户后，爸爸常年在外打工，我们兄妹三人在外上学，家里的地全靠爷爷和妈妈打理。只要有爷爷在，家里的庄稼就会茁壮丰硕。爷爷还会修理自行车，从我会骑自行车起，我的车每次气亏了，都是爷爷默默给打足，每次车轴松了，该拿龙啦，该正车把啦，不用我说，爷爷都会一一修好。爷爷还是个好厨师，邻里间谁家里有了红白事，他常常是主厨。即使到了六十多岁，他还常常给别人家帮灶。印象最深的是每年的腊月，家里都要宰猪，大部分猪肉会卖了，剩下一部分留着自己家里过年吃。而整理猪肠、猪肚等这些"猪下水"的脏活年年都是爷爷做。他将一盆盆肠衣清洗好，然后开始准备灌肠的馅料。粉条、淀粉和猪肉，还有葱姜蒜等很多的佐料，他一一切好，细细调拌。万事俱备后，用一个漏斗状的器皿插进肠衣里，将馅料慢慢灌进去。奶奶负责在灶台烧火，爷爷负责将灌好的肠放进锅里。待原来湿漉漉有些瘪瘪的肠子变得饱满滚圆后，爷爷会用针在肠上轻轻刺一下，以免肠衣涨破……这时候，就是我们姐弟几个小馋猫最幸福的时候，我们围着灶台，眼巴巴地望着锅里的美食，闻着随着满屋的热气一起飘散的香味，口水在嘴里打着转，不小心就会流下来……我最爱吃爷爷煮的猪肝，人们常说肝能明目，我一直没有戴上近视镜，一定是小时候常常捧着爷爷刚煮好的猪肝大快朵颐的原因！

　　说到这里，眼前又映出爷爷的模样，威武、帅气；又想起了爷爷给我编渔网，带我到村后的小溪边截鱼；又想起了和爷爷一起到菜地里浇菜，胆大的爷爷唯独怕蛇，我用铁锨铲走了蛇，那是我唯一一次保护了爷爷……不思量，自难忘，念兹在兹，惟有泪千行！

　　爷爷在八十七岁去世，算得上高寿之人，在农村把这样的丧事叫作"老喜丧"，可我们全家都哭得悲痛欲绝。乡亲们羡慕我的爷爷，只有一个闺女，儿子是过继来的，可在世时子孝孙贤，离世后还个个想念他，这老头这辈子值了！可只有我们知道，对于爷爷，我们给予他的相比他奉献给这个家里的，实在是太少太少了！我们的泪水中有无边的思念，更有无尽的悔恨啊！

　　电影《寻梦环游记》中说，人有三次死亡：第一次是生物学的死亡，第二次是社会宣布你死亡，第三次是最后一个记得你的人离开这个世界。从这个定义来看，已经去世二十多年的爷爷一直还活着，因为他的形象一直刻在我心里呢。我想写下这篇文字，留给我们的后辈，让他们永远记住他们的太爷爷——慎终追远，铭记先人，传承家风。

　　爷爷，安好！想您！

　　　　　　　　　　　　（作者单位：北京市育英学校）

邈若山河

王 剑

　　曹魏景元四年（263年），是中国文化史上一个悲伤的年份。在这一年，嵇康被杀，阮籍病逝，"竹林七贤"风流云散，一个狂放悲歌的名士时代就此终结。但大家都没有注意到的是，在这一年死去的，不止阮籍和嵇康，还有一个叫王戎的少年。此后活着的，是一个"谲诈多端"且善于在乱世中明哲保身的中年人王濬冲。

一

　　王戎，字濬冲，出身琅琊王氏，就是那个几百年间诞生了无数惊才绝艳风流人物的"琅琊王"。琅琊王氏的巅峰时期是在衣冠南渡之后，王导以一己之力扛起了东晋的大局，"王与马，共天下"，权倾一时，风头无两。权柄旁落之后，又有王羲之、王献之父子，为琅琊王氏留下了光耀史册的书艺家风。但在此之前，琅琊王氏公认的神童才俊，是王戎。

我们最熟悉的有关王戎的典故，多半是"道旁苦李"。年方七岁的王戎，在与同伴玩耍时，看见道旁一棵累累垂垂的李树。同伴纷纷去攀爬摘取，只有王戎，一脸淡定地待着不动。有人问他为什么？他说，这棵树长在路边，却果实繁多，必定是因为李子很苦涩，才无人问津。事实果然如此。这个故事记录在《世说新语》的"雅量"卷，世人多佩服他七岁便雅量高致，不盲从，不昏妄。可是往往忽略掉他孤绝的聪慧，和不合群的冷静。

其实他七岁那年还发生了另一件事。魏明帝曹叡在洛阳的宣武场上放了一只断去爪牙的老虎，纵人观看。老虎在搏斗中攀住栅栏奋力咆哮，观者纷纷仆地四散，只有七岁的王戎神情自若，湛然不动。这一幕让远处高楼上的魏明帝赞叹不已，称他为"奇童"。我们可以试着揣想年幼的王戎看待那只战损破败的猛虎时的悯惜，也可以描摹出他看到身边四散奔逃的人众时的淡漠疏离。

也许这就是他跟比他大了二十四岁的阮籍聊得来的原因，他拥有的不仅仅是早慧，还有洞悉世事的犀利和淡然。据说阮籍与他父亲王浑同为尚书郎，可是每次造访王家，跟王浑寒暄两句便再无言语，反倒是跟小小的王戎谈得投机，乐而忘返。因为阮籍觉得，他跟王戎才是同类。相信那时的王戎，应该更加欣喜，自幼因智慧过人而生出的孤独，终于找到了气味相投、惺惺相惜的同伴，找到了能读懂灵魂的知己。

那时的竹林下，年长如山涛、阮籍，年少如嵇康、刘伶、向秀、阮咸，再加上还只有十来岁的王戎，在一起饮酒、啸歌、对弈、谈经，无年纪之别，无身份之隔，有的只是知音相惜的肆意欢畅。在这一方小小的天地里，他们暂时忘却了世间的分裂、背叛、阴谋，放下了政治的阴云、家族的重任、仕途的坎坷，岁月不拘，悠游自处。

这是一道永不可复现的光华，当时的他们也许从未想过，自己会成为千百年来所有追寻自我的士人心中毕生追随却无法企及的高岭，成为所有追求逍遥放旷的人们心中永远的灯塔。洛阳城外的竹林，与武陵郡的桃花源，一同成为后世所有中国文人心目中的灵魂乐土、精神家园。

即使在当时，七贤的追慕者也纷至沓来。其中最知名的是太傅公子钟会，车马轻裘来到竹林，却看着嵇康与向秀旁若无人地打了一天的铁，最终悻悻然离去。

竹林虽好，不是终老之乡。悠游岁月，终归现实。

二

这一天渐渐来了。

正始十年（249 年），司马懿发动高平陵之变，杀死了曹爽。一夜之间，洛阳城天翻地覆，权归司马。这场政变也同样波及了竹林下。

曾被司马师称作"当世吕望"的山涛，与司马氏的母族是姻亲，顺理成章地选择了出仕。山涛一生最能识人，唯一的一次打脸是他推荐好友嵇康接任自己的选曹郎一职时，被嵇康甩回一封名震千古的《与山巨源绝交书》，摆明车马，划清界限，大有道不同不相为谋的决绝之意。但耐人寻味的是，嵇康临刑前，却把年幼的儿子嵇绍托孤给山涛，还留下了"嵇绍不孤"的佳话。历史证明，山涛把嵇绍教养得很好，长大成人后，在山涛的举荐下，嵇绍从皇帝的秘书丞做起，一路升至晋惠帝司马衷的侍中，八王之乱时，忠心护主，血溅皇袍，一腔正气垂于千古。

据说嵇绍曾经问过山涛，自己与司马氏有仇怨，是否应该出仕？山涛给他的回答是，"天地四时，犹有消息，而况人乎！"世事变迁，人事更迭，都是自然之理，不必过于执着。这也是山涛给自己的回答。所以，终其一生，山涛从未执着，旁人有政见不合的龃龉，但山涛总是如沐清风，令人景仰。

"名父之子"阮籍，虽年幼丧父，离经叛道，但奇才异质、文武兼备，又与司马氏兄弟有一份少年之谊，之前避世多年，却终究还是归于司马门下。司马昭深深了解他外表狂放，内心至慎的性情，他任诞不羁，不拘礼法，屡屡被人指摘，却每每得司马昭亲自替他辩护。哪怕他为了推拒司马昭的儿女亲事，连醉六十多日，直至司马昭放弃了这个念头。尽管如此，但阮籍一路封侯拜将，在他自己挑的步兵校尉任上一待多年，安稳从容。

醉眼看人却从未走眼的阮籍很清醒地知道，这一切的优容厚遇，终归有一个价码。到了景元四年的那一天，在痛失生平知己的巨大悲恸逼得他做穷途之哭的时刻，他却不得不以一份字字珠玑、文不加点的《劝进表》来回报刚刚杀了嵇康的司马昭，助他进位晋公，礼加九锡。然后，在无以复加的痛苦煎熬中死去。

曾为《庄子》作注的向秀，是嵇康的"老铁"。两人时常一起打铁，一个掌锤，一个鼓风，配合默契，把一件枯燥的活计干出了大写意的律动。有时他也和另一个朋友吕安一起种种菜，生活气息扑面而来。

这种有时打铁种菜，闲时谈论老庄的隐居生活，在景元四年戛然而止。嵇康和吕安的死，让这个一心想过淡泊生活的才子不得不出仕求生，在司马昭当面奚落他曾经的"箕山之志"时，只能巧言辩解，俯首称臣，在乱世中如履薄冰地做官，直到去世。

在这段默然的岁月里，某一次他途经嵇康旧居，写下了一篇短短的《思旧赋》。其时，"日薄虞渊，寒冰凄然"，他听着邻人嘹亮的笛声，追忆着从前跟故友打铁种菜谈玄说理的神仙日子，回想起了嵇康临刑前弹奏《广陵散》的情形，惨痛之情，不可言说。千年以来，不知引发了多少人的感慨。

精通音律的阮咸虽然是阮籍的亲侄子，却没有如同叔父一般，深受皇帝的眷顾。在阮籍死后，山涛曾多次向朝廷举荐他，却每每未果。他在音乐上的造诣甚至引起了当朝权贵的妒忌，被迁谪地方，一生郁郁。

以酒闻名的刘伶，虽然得阮籍、嵇康的看重，但始终落落寡合，不喜与人交往。嵇阮二人相继离世后，刘伶曾在王戎幕下做过一段时间的参军，但最后还是逃情醉乡，驾着一辆鹿车，满载美酒，抱着"哪儿喝死哪儿埋"的心态，四处游荡，不知所终。

景元四年，几乎是竹林下所有人生命的转折点，最突兀的一笔，定格在了嵇康的离世。

嵇康嵇叔夜并非士族出身，父亲只做过小官，但他自己不仅才华横溢，而且风姿特秀，被当时的人比作"玉山孤松"。相传他二十岁初入京都，便被称作"神人"。也因此被曹魏皇室看中，娶了沛王曹林的女儿长乐亭主，拜为中散大夫。那时的嵇康，是洛阳城里最夺目的一道光华，倾倒了无数士子，也结识了他一生的知己。很多年后他的儿子嵇绍长大，被人们赞叹风仪有如鹤立鸡群，他的故友王戎却怅然地回答，"那是你没有见过他的父亲"。

尽管很多人把嵇康对司马氏强硬的不合作态度，归结为他曹家女婿的身份使然。但细说起来，他的妻族并不算十分显赫的宗室。汉魏时期，世家大族之间的联姻盘根错节，如果仅从妻族的身份来判定一个人的政治立场，未免失之狭隘。所以，单纯把嵇康的拒绝出仕视为对曹氏的忠诚，未免太看轻了这位风标孤绝的才子。

他就是深深厌恶政治的肮脏污浊，想要独善其身，干干净净地做自己想做的事，过自己想过的日子，交自己想交的朋友，如是而已。他无意做"竹林七贤"的精神领袖，既做了，也并不因此而自傲。他也无意做三千太学生的老师，但因其才华风度，赢得了天下士人的敬重。他为朋友吕安仗义执言，是为了坚守道义。他对故友山涛的举荐作书绝交，是为了坚持自我。生死之间，他从未动摇，哪怕身在刑场，依旧风仪萧肃，弹琴作别，潇洒的一骑绝尘。

但他终究是死了。即使三千太学生上书，也挽不回他的一条性命。毋宁说，巨大的声望变成了他的催命符，压垮了司马昭放他活下去的最后一丝犹豫。

史书上说，嵇康死后，司马昭颇为后悔，但这样的粉饰并不能改变结局。因为很多人的命运，在那一刻已经改变。

三

景元四年，是王戎人生的岔路口。

十九岁时，王戎遭遇父丧，父亲的同僚给他几百万钱的赙金，他却分文不取，唯恐损伤了父亲的令名。但后来的他，却以贪财俭啬著称，《世说新语》里记载了许多这样的故事。比如他卖李子都要把核一一钻破，生怕别人种出跟他一样好吃的李子。比如，他因为给女儿陪嫁了几万钱而郁郁不乐，女儿猜到了他的心思，把钱还给了他，他才喜笑颜开。

有人因此怀疑他年少时拒金的动机，觉得他是个城府颇深、处心积虑追求名声的人。却忘了，当时他还是个聪慧桀骜的少年，正悠游于竹林下，是令所有人可望而不可即的琳琅珠玉。

或许他是故意宣扬出这样的名声，卖世人一个破绽，让人以为他贪财好利，才不会令当权者对他忌惮太深。或许，他是根本不在乎了。名声好有什么用？他故去的朋友嵇康，名声难道不好么？

王戎的贪财，从某种意义上说，也是一种任性。他的堂兄弟王衍，清高到不愿意说"钱"这个字，称作"阿堵物"。但最不爱钱的王衍和人们眼中死爱钱的王戎感情甚好，俩人常常同进同出，不能不说也是一奇。

王戎还以任诞闻名。他的母亲去世时，他哀毁过甚，瘦到鸡骨支离，但被人挑剔他礼仪不完备，哀痛超出了人之常情。他的爱子王绥过世，他悲不自胜，无法自处。就连他的朋友都不解他为了一个没长成的孩子痛苦如斯，何至于此？他跟自己的妻子情好甚笃，妻子以"卿卿"呼他，甚至还催生出了"卿卿我我"这个成语，在当时却被人嘲笑他溺于所爱。

所有这些，都是世人眼中的狂狷之处，他却觉得自己情之所钟，并无不妥。

他用一种旁若无人的强悍保留住了竹林下滋养出的至真至性，然后，把世间功名富贵，当作了一场游戏。别人越演越认真，他却越看越无趣。

在王戎尚未出仕之前，有很多人看好这个少年。有人说他目光如电，洞察人心；有人说他尚约，是辅弼之材。后来他果然一路仕途通达，从司马昭的掾属，做到了太子太傅、中书令，乃至三公之一的司徒。但他的政治生涯却一直庸碌无为，从没有积极地投身其间，或者试图扭转日益败坏的政局。后人诟病他最主要的原因，也在于此。

明明目光如炬，胸藏山海，却不发一言，唯图明哲保身。那些想用他的人，又担心他谲诈多端，难以驾驭；想杀掉他吧，他又选择了佯狂装傻。最后，不了了之。

其实个中缘由昭然若揭，因为这个皇帝，不值得他去效忠；这个王朝，不值得他为之努力，仅此而已。

四

西晋的开国史充满了诡谲、杀戮、阴谋、背叛……仿佛是曹魏篡汉的升级版。之所以说升级，是因为曹丕至少还让汉献帝刘协寿终正寝，而司马昭却让高贵乡公曹髦横死街头。

三国魏甘露五年（260年），不愿做傀儡的皇帝曹髦亲自带兵去诛杀司马昭，与贾充、成济等战于南阙之下，年轻气盛的曹髦只剩魏武子孙的一腔气血，却没有魏武挥鞭的膂力，被成济当场刺死，史书上说，"刃出于背"。

据说东晋明帝司马绍听丞相王导讲述了这一段历史后，掩面覆床道："若如公言，祚安得长！"顺便说一句，东晋名相王导，是王戎的堂弟，虽然比他小了三十多岁。

这还远远没有结束。

曹髦被杀三年后，王戎最为推重的两位好友以别样的惨痛方式先后离世。龙章凤姿的嵇康，弦断刑场；旷远不羁的阮籍，恸极而终。无论是决绝还是妥协，都无法见容于世。他的知己们，用生命澄出了时世的凄黑苍凉，这两条路，他都不会再走。

他的偶像，是春秋时的蘧伯玉，谦谦君子，至情至性，有道则仕，无道则隐。可是他不幸生逢一个无道的年代，却欲隐而不得，只能在仕途上随波逐流，清醒而又冷漠地做一个旁观者。

他看着外戚主政、贾后弄权，朝政乌烟瘴气，权臣尔虞我诈；他看着八王之乱起，楚王、赵王、齐王、长沙王、东海王……像走马灯似的，把洛阳城清洗了一轮又一轮；他看着他的女婿裴𬱟死于赵王之手，他挚友的遗孤嵇绍死于乱军之中，他自己也跟着皇帝被裹挟到一处又一处……

这是一个颠沛流离的时代，也是一个背信弃义的时代，更是一个独善其身而不可得的时代。哪怕目光如电的王戎，也看不懂这城头变幻的大王旗。看了许多年，他早就看厌了。

相传，王戎在做了司徒之后，常常驾一辆小车从便门出游，见到他的人并不知他位居三公。有一次，他又乘着小车从洛阳城外黄公酒垆经过时，停下了车，对后面车上的人说："我年轻的时候，跟阮嗣宗嵇叔夜他们在这家酒垆痛饮游乐。自从他们亡故，我就被世俗牵绊，再也没有这样的时刻。今日再看到黄公酒垆，视此虽近，邈若山河。"

"视此虽近，邈若山河。"夜读至此，不觉泪如雨落。

（作者单位：北京学校）

我永远是个学生

王 莺

好像在初中的时候，我的理想很多，其中之一是当老师，但一定是小学教师，因为我更喜欢小一点儿的孩子。

做教师的第一天，我穿着一件蓝底粉海棠花，白领子的连衣裙，学校的旁边是大片大片的花田。

每年的 9 月 1 日，是我青春中最美好的一天：夏末，早已理好行囊，浅秋，正欢畅走来。我，一定要站在朝气蓬勃的操场，神采飞扬，面朝你们，沐浴阳光。

开学典礼这天，天空，总是又高又蓝，温度，刚好不冷不热。

你们怎么好像是就地长高了呢？重新排队时才发现，五年级的女生是最先蹿个儿的，只好往后排。前面是一串儿好像没怎么长个儿的男生。

崔校长不让新老师代主课，我一开始教《自然》。为了讲解关于地球的公转自转，还有日月与白昼的问题，我让同学们分别扮演星星、月亮、太阳。我还跑到两三公里外的"花乡中心学区"的一个小学去借大一点儿的能转的地球仪。"你这个小老师太认真了！"赞许和诧异的眼光目送着我驮着大地球仪离去，大地球仪就在我的屁股后边一圈圈儿地转。

后来，我到了京铁十二小学。那里的孩子大多数是铁路沿线职工的子女，憨憨的娃，年龄不一，操着天南地北的口音。那时候小升初全凭考试。周边最好的唯一一所市重点中学是北京十二中，数学、语文两科成绩要 199 分以上才能被录取。王立骏老校长曾经是我的高中政治老师。教导主任对我说，王校长胆忒大，让你教毕业班。腊月二十六七了，我还挨家挨户求着几个学生补课，一心想让我们班出几个十二中的学生。当然，肯定是免费补课，顺便还要搭上几块钱的零食和小玩意儿。有一年下大雪，我沿着一眼望不到头的铁路线，掰着保温段火车上淌出的大白冰坨子，对着几排小平房，扯着嗓子喊孩子们的名字，一个个小脑袋露出来，马上就藏起来了……

当教师二十几年，有几件事我很骄傲：我没有让一个孩子留过级。我这样"请"家长：促膝而谈，不控诉孩子的"罪行"，了解孩子为什么出现目前的状况，分析孩子心理、生理、家庭背景等对目前状态的影响……临别时敲定规定用语："王老师表扬你了，但是，你的……如果在这个方面努力一下就更棒了！"

我做不到的事绝对不会让孩子去做。我让孩子写作文《我的××》，我一定要当着孩子们的面出口成章，并且情真意切："我的妈妈……"后来到了海淀，记得我们班容通常是四十几人，一学期大作文七八篇，小作文五六个，学生写前我必和学生一起列提纲并辅导一番，然后自己写下水文，读范文。学生写的时候往往开头难，我必要大大鼓励一下。每个孩子的作文，我要看三遍，初看，改批，面批，定稿……记得一个叫高燕松的同学在毕业时说："我过去的作文本红字多，黑字少，后来慢慢地老师的'红字'越来越少，我的'黑字'越来越多。"就是这个理工男，现在是新华社出色的主编。

那时候北京市举办市级作文大赛，我竟然带着全班十八九个孩子，开着一辆小面包车，去燕山、去水库、去詹天佑纪念馆、去火车站、去驼峰采风体验生活，我们班的《驼峰见闻》《北京人的微笑》等奇迹般地获得了北京市一等奖一名、二等奖两名，一个丰台区地处偏僻、毫不起眼的小学能接二连三地得大奖，在那时真的很光荣。去市里开会时，我逮谁和谁说"我就是十二小的，那个一等奖、二等奖都是我们班的"。回校后，老校长笑着批评我："真不成熟，一点儿也不虚心。"

我后悔的事太多太多了！那时候特爱"臭美"，冬天穿了一件翠绿色的呢大衣。那时干洗店很少，我们班有个女同学的妈妈在燕京饭店上班，一次她接孩子的时候对我说："我帮您干洗这件大衣吧！"我竟然毫不犹豫地答应了！也没付干洗费。我还曾经把一个上课总玩东西不听讲的同学的书包扔到楼下，我还曾经多次在孩子们做操的时候找同事聊天。早自习时因失眠而多次迟到……学高为师，德高为范，我真是差得太多！

1985 年 9 月 10 日是中国第一个教师节。我的教师节，对我来说最大的旨意是：我要尊重我自己。我教过一个叫陈竹青的同学，她的作业本你都不知道有多漂亮：每个字写得像是电脑版。数学、语文、钢笔字，铅笔字一水儿正楷，一笔一画，间架结构，运笔，顿笔，像是资深书法家的墨宝。一次课间，她用红色粉笔在黑板上纠正我的板书，"这个横写歪了，这个点儿点得太丑了"。从此，我不敢不把板书写漂亮了。一个叫吴迪的女生有一双长睫毛的大眼睛。因为有个孩子过生日，午餐时我们难得有一份很高级的甜点。当这份散发着诱人味道的小蛋糕摆在爱吃巧克力的吴迪面前时，她忽闪着大眼睛对我说："王老师，我的眼睛出了问题，医生和妈妈说我不能吃过多甜的。"说罢，小辫子一甩，紧闭着嘴，走开了。这么小的孩子就这样自律，让我汗颜。

感谢我的职业，让我自律，让我自信，让我自得，让我自省。太多的小榜样，就是不让我消损一分的童趣，童心，童真。

我曾经有好多理想。而现在，如果让我重新选，我只有一个：做一个好教师。

问渠那得清如许，为有源头活水来。静故了群动，空故纳万境，只有这样，才能"教"别人。要有弓矢之威，要有做楷模，可以被效法的资本，才不愧为"师"者。

现在，以后，我永远都是个学生，学着做更好的教师。

（作者单位：北京铁路实验小学）

怎能不爱邢岫烟

王永莉

邢岫烟是邢夫人的侄女，随父母投奔邢夫人来的。《红楼梦》中并没有交代她有什么特别的才华，但是包括王熙凤在内的所有人都喜欢她，这是为什么呢？

曹公擅长借诗写人，我们先看看邢岫烟的诗：

> 咏红梅花得"红"字
> 桃未芳菲杏未红，冲寒先已笑东风。
> 魂飞庾岭春难辨，霞隔罗浮梦未通。
> 绿萼添妆融宝炬，缟仙扶醉跨残虹。
> 看来岂是寻常色，浓淡由他冰雪中。

这首咏物诗整体上中规中矩，沉稳又不失柔和。中间两联借四个典故写了梅花盛放的景象和颜色，说明岫烟是读过书的；首尾两联则体现了她不畏艰难的从容和洒脱。

"宝钗自那日见她起，想他家业贫寒，二则别人的父母都是年高有德之人，独他的父母偏是酒糟透了的人，与女儿分中平常，邢夫人也不过是脸面之情，亦非真心疼爱。"贫寒、缺爱，本来已经很可怜了，又身处贵族圈子中更加艰难了。

不说别的，芦雪庵聚会别人都是华装丽服，独她仍是家常旧衣，冻得"拱肩缩背"，但并没有表现出自惭形秽，自始至终安静随和：不抢鹿肉，不抢着作诗，一切听从安排。大观园的优雅富丽，众姐妹的连珠妙语，没有给她造成任何的压迫感；虽在文采上压过李纹和李绮也没有刻意表现。

身边的人要么富贵，要么受宠，"边缘人物"李纹、李绮还有个受尊敬的贾府大奶奶可倚靠，更衬得岫烟"一无所有"，但她不自卑自怜，而是淡定雅重、随分从时。她太爱自己了，这份爱让她站在自己一边，坚定守护着心中最为认可的优点——自尊，对抗着财富、尊贵、才华、势力等外来压迫。我不禁想到了明代大学者宋濂的话："同舍生皆被绮绣，戴朱缨宝饰之帽，腰白玉之环，左佩刀，右备容臭，烨然若神人；余则缊袍敝衣处其间，略无慕艳意，以中有足乐者，不知口体之奉不若人也。"岫烟和宋濂一样，把内在的人格追求看得高于一切，所以超然物外。宋濂被朱元璋誉为"开国文臣之首"，岫烟因是女孩无缘开国建业，依然令人肃然起敬！

岫烟一个月二两银子的生活费，还要匀出一两补贴父母，面对刻薄势利的仆人，她隔三岔五拿出钱来给她们打酒买点心。二两银子尚且不够，何况又减了一半，所以她早早将冬衣当掉，宁可自己挨冻也无半点幽怨不平之气。她这样做，首先向他人宣告：我邢岫烟虽然贫穷也是贾府的客人。身为小姐，我不白使唤你们，不占你们这些做下人的便宜，我不屑！同时看到了迎春的懦弱，意识到不能给她添麻烦。她不和下人们一般见识，却能尊重对方的付出，因而她的自尊并不尖锐，还赢得了良好的人际关系。这是自尊与智慧并存的结果。

平儿的虾须镯丢了，一开始疑心岫烟的丫鬟，"本来又穷，只怕小孩子家没见过，拿了起来也是有的"，却没想到是宝玉屋里的坠儿，侧面写出了岫烟自己尊重，也严格管理丫鬟。岫烟和宝玉同一天过生日，但她一声不吭，坚决不去"蹭热度"；王熙凤找了几件衣服包好叫丰儿送去，岫烟不但退回，还送了丰儿一个荷包，困顿之中毫无乞儿之相；岫烟与薛蝌订婚，"心中先取中宝钗"，重人品轻家世。

凡此种种，一个清雅脱俗的美少女跃然纸上，她的自尊、她的骨气隐藏在如水的柔和中，似乎没有棱角却又凛然不可侵犯。曹公写人，秉持"爱而知其恶，恶而知其美"，即优缺点并存的原则，但是他写邢岫烟似乎是为了告诉读者什么才是高品质的自尊，这自尊比黛玉更柔软，比宝钗更质朴，比湘云更成熟，比妙玉更健康。

"看来岂是寻常色，浓淡由他冰雪中"，梅花的红色非比寻常，浓淡相宜，像极了身处贾府的邢岫烟——她妥协着，又抗争着；柔软着，又坚强着；拘谨着，又松弛着——呈现出"自在浓淡"的生命样貌。这种境界，需要一颗强大的内心才能达到。

怎能不爱邢岫烟？

（作者单位：首都师范大学附属丽泽中学）

遇见，就是刚刚好

晏　辉

　　景步航带着她的新书《一骑轻尘》回学校来了。我如一骑，穿廊跨阶，狂奔下楼；思绪此时恰如轻尘，随之起舞飞扬。

　　不见已四年，但四年前石头城里的那弯明月，每个夜深依然还会探过女墙来。

　　景步航从南京转学来北京的时候，我们开学都快两个月了，眼看就要期中考试。那是一天放学后，埋头备课的我忽闻一个中年男声打听我，我转过椅子探出身来向他示意的同时，也第一眼看到了半躲半藏在父亲身后的她，一身宽松的浅蓝校服，娇小得像个小学生，目光相触的一刹，她像被开水烫着赶紧闪开，留给我一个怯生生的微笑，话未出口，脸上已晕满红霞。"老师，您上课的书本我到哪儿去买？"我才知道那日上课我竟然没有发现班里多了一个学生，一个班四五十人，她那么小，好比在一片偌大的森林，谁会注意一棵小草？那时南京、北京两地的教材完全不一样，我有些不乐意，无缘无故多了一个学生，我就要多改一篇作文，哪怕晚几天来也好啊，什么都没学，期中考试还不拖我后腿？可是，几天后的期中考试，我的眼镜就被她撞跌粉碎！她以作文满分、总分97分（满分100）的成绩获得年级语文第一名！我像突然彩票中了大奖，好长时间都觉得是在做梦！后来的日子，就是她的每一次作文，都是我要重点讲评的范文，我甚至怀疑这孩子莫不是文曲星下凡，我怎么这么好运就遇见了呢？我就像中了500万，还得戴着面具去领奖，只能躲在面具后偷着乐了。

六楼大厅，温热的阳光兴奋得像一群过节的孩子，在我们的身前脚后躲着猫猫。景步航背光向我而坐，我能清晰地看到她的眼眸里珠光晶莹，却又波澜不兴。眼前小几上是她赠我的《一骑轻尘》，米黄的底色，一豆胭红和几抹青云轻轻点染，大气端庄又不张扬。我故意开玩笑说："当初要不学文，估计我们现在就少了一个作家了。"

物理拦路设障，她只好学文，让转教文科班的我，有机缘和她继续文学的旅程。是心有灵犀，还是心照不宣，她成了我的课代表。我觉得她的语文水平已远在我的课之上，我便私下给了她便宜行事之权：觉得可听你就听，不可听你就读自己喜欢的书。那时，我正读野夫的散文，就把他也推荐给了她。之后，也陆陆续续借给她一些别的书。只是语文课上我一直看到的还是那个认真专注得有如教徒信众的她，一双眼睛就像追光灯永远追着我。可每到中午问我作业，总是站得远远的，一双眼睛就像被猎人追得无处躲藏的小兔子，几番张嘴，好不容易说清意思，脸早就红得像熟透了的西红柿，弄得我每次也不敢多说，生怕吓坏了她。只是她不曾知道，在同事面前，有瘦弱胆小的她给我撑腰，我总是挺胸抬头，俨然自己就是语文界的大拿！然而，好景不长，到第二年春天，她突然有一阵子不来上学了，班主任说因为季节性过敏，可每次上课看到她空荡荡的座位，我就觉得我身体内的脊柱被人抽走了一样。她不来学校的时间越来越长，我的落寞与担心也与日俱增。

忆及高三，她问："老师，您还在为我没有参加高考遗憾吗？"我点头又摇头。

她高三暑假补课隔三岔五地来，开学月考参加了，然后，又是长时间的消失，好不容易有一天来了，我赶紧把她叫到办公室。她告诉我因为过敏而浑身起红斑，又痒又丑，妈妈不在身边，爸爸又忙于工作，初来北京的奶奶除了能给她做些饭菜再也帮不上别的忙。委屈和无助的泪水，划过她的脸颊，淌进我的心田。可作为老师，我知道高考的重要和艰难，否则，当初何必费心费力地转学来北京，长时间不上课，单靠自己在家复习，又怎么去应对高考？我给她讲我当年上学缺吃少穿、常年住校的经历，就是想让她明白，她这点困难不算什么，只要有决心，就一定可以坚持下去的。我甚至说："如果奶奶无法照顾，你可以暂住到我家，让师娘帮你。"可我忽略了，我是一个中年男老师，她是一个年轻女孩子，有些事情连对自己的爸爸都羞于启齿，又怎会对我倾吐呢？我满心以为，这么一番谈话，就会坚定她上学的信念了，可万万没想到，谈话后的第二天，她从此杳如黄鹤一去再也没来过学校。"不会是我说错了什么吧？"我自责，也为她的不告而别有些生气。

突然有一天，我在楼道里碰到她爸爸，景爸爸声音颤抖，告诉我他是来给景步航办休学的。我如遭霹雳！这时我才知景步航胸部查出了肌瘤，要做手术。"她让我跟您说声抱歉，不能再听您的语文课了。"我无语，直到景爸爸跟我告别，我像突然想起什么似的，让他等我一会儿。我疯了一般冲回办公室，乒乓胡乱地拉开抽屉，找到几张明信片，然后脑子一片混乱地写下了一些话，又赶紧跑出去交到景爸爸的手中。景爸爸走了，也把我的心带走了。至今我都不记得那天我到底写了些什么，只记得自己再回办公室的时候，就像一个泄了气的皮球软瘫在椅子上，泪一下就像泉水般冒了出来。老天这个玩笑开得有点大。

　　高考结束后的 8 月，我们一家去南京旅游，要离开前的最后一天，我试着约她一见。她和妈妈一起请我们先吃了南京菜，又带着我们夜游石头城公园。皎洁月下，她陪着我九岁的儿子一路嬉玩，也像个九岁的娃娃。她爸爸是著名的诗人，我一直以为她的名字"步航"深藏意蕴。那晚，终于得问，她妈妈哈哈一乐，说："哪有什么深意啊？怀她那阵，我在南航上班，每天步行，就给她取了'步航'这么个名字，就是每天步行到南航的意思。"我也乐了，原来有些简单的事情被我无端地搞复杂了，而有些复杂的事情却又被我武断地弄简单了，就像高考之于她，错过了，又何必遗憾！

　　我问景步航是否还记得下面这段话："回顾人生来径，挫折是如影随形的伴侣，无法摆脱它就坦然接受它。人生如滔滔江水泥沙俱下，终究会百炼成钢。好比纤弱的牵牛花，它有了向上的信念，那么料峭的寒风与冷雨都无法奈何它，它终究会在极高极远的地方绽放最美的笑靥。"这是刚来北京时，她写的第一篇作文《我有一双隐形的翅膀》中的一段。看着眼前青春洋溢的她，抚摸着手中这本薄而厚重的《一骑轻尘》，原来答案早在七年前我们刚遇见的时候就已写下！

相聚总是短暂，分别转瞬到来。"老师，下次回国，我一定……"

我赶紧打断："不要许诺。"

人生，不要遗憾相见太晚，也不要担心后会无期，遇见，就是刚刚好。我还奢求什么？！

（作者单位：北京市第一七一中学）

回忆一条河

杨喜来

一

在我的记忆里，村后面就有一条河。

那是一条极为自然地匍匐在大地上的河流。

弯弯曲曲，从西北向东南而去。这条河不是很深，似乎就是大地上的一条浅沟。要不是河两岸有许多高大的柳树，在远方根本就看不见这条河。

夏天的时候，我跟着哥哥来到河边。哥哥和他的伙伴们来这里打草，而我只是跟着他们玩儿。这里的水不深，走进去可能只到我的腰部，但是哥哥从来不许我下河。

一个午后，我们来到河边。河水流动，那水特别干净，连河底密密麻麻的水草都看得清清楚楚。在这些水草中间，有一两寸长的小鱼儿成群结队的游来游去，岸边有各种青蛙"呱呱"叫着，"扑通"一声跃入水中，在河底撞出一缕泥沙，然后清水很快把泥沙冲走，就可以看见躲伏在水草下面的青蛙。

河水中不仅有水草，还有很多柳树丛。一棵棵手指粗的细柳立在水中，把河水挡出一条条小箭头一样的水波纹。哥哥指着一丛皮色青中泛红的柳枝，告诉我那是簸箕柳。那柳枝细长挺拔，从下到上没有分叉。我仔细看时，发现柳枝上有黑色呈椭圆形的斑点。因为我只看见了这一棵，不知道是不是簸箕柳都有这个斑点。它确实不同于其他的柳树，长长的枝条很适合进行柳编。

柳编其实是乡村既勤快又灵巧的人干的事情。小时候，每年的四五月间，河边柳树都飞出一团团白白的柳絮，这些柳絮落在地上，随风滚动，越滚越大，像鸡蛋，滚来滚去就落到墙角、沟坎，还有很多落到河边水面。然后秋天来临，河边就生出一棵棵小树苗。第二年春天，这些小柳树苗就伸展开腰肢，婀娜地蹿起来。这是最好的柳编材料。我的朋友李久玉能成为非遗项目李氏柳编的第五代传承人，就是因为他的爷爷、他的父亲都会柳编。李久玉家和我家相距不到四公里，中间隔了这样自然形成的三条河。

二

在一个夏天，中午时分，父亲骑着自行车，把我放在自行车横梁上，来到河边。父亲让我拎着鱼护，他从后座上取下渔网，准备捕鱼。

那些年雨水勤，这条河似乎从来没有干涸过，河水一直都那样不紧不慢地流淌。

那段日子，父亲迷上了织网，大大小小织了几合网。

大的网眼跟大枣那么大，小的他说叫"蚂愣网"。我问为什么叫这个名字？他说网眼的大小跟蜻蜓的脑袋那么大。蜻蜓，我们这里俗称"蚂愣"。

父亲还织过"粘网"。粘网与渔网不同，渔网的下面都有网兜，一网撒出去，网迅速落下，鱼惊慌游走，一下撞进网兜，就逃不了了。而粘网类似羽毛球网，也是直直地立在水中，没有网兜。鱼游过来，撞到网上，鱼鳃便被卡住，无法动弹。

渔网进水不要拖延，"唰"的一声迅速下水，做到这一点要有两个措施，一个是要安装铅坠，一个是要血网。为了安装铅坠，父亲收集了很多废弃的保险丝，回来用坩埚融化，然后浇铸到一块砖上。那砖上父亲已经刻出了一排同样大小形状的凹槽，铅水灌进去，凝固后像一块没有打开包装的水果糖。中间稍稍粗，两头拧紧，形成细细的连接。将来铅坠上网，就是用网线在铅坠两端细细的部位跟网固定的。至于为什么要血（这里是动词）网，可能是为了让网线光滑，那是一合尼龙线织的大网。父亲从公社副食品公司找来一小桶猪血，回来后不知道还加了什么东西，在锅里熬猪血，等开锅了把渔网放进猪血里浸染，等凉了捞出晾晒。那网线就细了，也凝结光滑了。现在想想，这个过程应该有人指导过父亲，不然那猪血怎么没有煮凝固？那网线怎么没有煮融化？记得还有一合很细的网，是白色的尼龙丝织的，没有血过，一直是白白的。

父亲带我来到河边捕鱼，几乎每一网都不落空。打上来的鱼五花八门，有喜欢游在水面的黄鲢子，有喜欢卧底的鲫鱼，还有一次打上来一条大黑鱼。这条大黑鱼没有进兜，拉网的时候顺着网纲往上蹿。父亲一改平时的缓慢，而是一下子就从水里扯到了岸上。那条黑鱼很大，有三个铅笔盒那么长。还曾经打上来过嘎鱼，父亲叫它"扎鱼"。扎鱼也没进兜，而是挂在网的外面。父亲小心翼翼地择下来，又抛回到水中。他说："这是秦桧变的。"于是给我讲了宋朝奸相秦桧的故事，民间都说秦桧死后，挂在树上变刺蛾，埋在土里就长出蒺藜，丢到水里面就是这扎鱼。那是我第一次听说秦桧。后来，每当我看见刺蛾的时候，就会愤怒地一脚踩上去，一边碾压一边骂道："死秦桧，坏东西，让你害人，踩死你，踩死你！"

多年以后，我读历史，看到一则趣闻。说清代乾隆朝状元秦大士游西湖，在岳飞庙前见到秦桧等四个人的跪像，写下"人自宋后羞名桧，我到坟前愧姓秦"的名联。不觉会心一笑，这既表明了自己的立场，又揭示了秦姓一家对秦桧的反感，真是状元之才。

三

有一次父亲带着我沿河往上游走了很远，把自行车支在柳荫下。这里的河岸比较宽大，两边的河堤也高一些，河堤上堆放着很多苇垛。方形的苇垛下面垫起来，边上是树立的木桩，一捆一捆的芦苇堆放在一起，上面用花秸泥遮盖着。也许已经堆放了几年，暴露在外面的地方满是灰尘，叶子干枯。

这里的水草少了，撒网很容易，但是不知道为什么，每网下去都几乎没有鱼。父亲拿过我手中的鱼护挂在腰上，让我去岸上守着自行车。他双手提着水淋淋的渔网往前面走去。

我站在柳荫下的自行车旁边无聊，想着前天晚上看电影中小八路用树枝编的帽子。于是就在岸边折下几根柳枝，缠绕成一个环形的帽子戴在头上。又从芦苇垛上扯出一根芦苇，去掉苇叶，像一根长长的鞭子，抽打飞来飞去的蜻蜓。

过了一会儿，父亲回来了，鱼护中只有两条鲫鱼，比以前的个头大。他向我看了看，脸色马上沉下来。"你祸害树了？"我很少看见父亲生气，不明白这次为什么这样。

我说："这是从河边那柳树拨子那撅的，不是树。"

"你要是祸害树以后不带你出来了。跟你说，这河边的树都不能乱动，长大了都有用。"又看了我手里的芦苇，"把苇子也放回去，你看谁乱拿河边的东西，手欠。"我乖乖地把那根芦苇放到了苇垛的花秸泥下面。

回来的路上，父亲说在外面不要胡乱毁坏树木，十年树木，百年树人，就是说过几年树就成材，可以盖房子打家具；也不要毁坏庄稼，毁坏一棵庄稼，就耽误了一年的收成。粒粒皆辛苦，哪能随意毁坏庄稼呢。

我问起那一垛垛的芦苇。父亲说那是属于河流的，是防洪物资，俗话说水火无情，这是防止将来发大水的时候，修筑堤岸用的。所以这些东西，不论是不是有人看管，都不能随意乱动。由此我心中生出一种神圣或者叫敬畏的感觉。

四

小时候水资源丰富，村后这条河长年有水。

大人们开始把村边一些荒丘整理平坦，然后种植水稻。那时候家乡的土质含碱量大，经常有一块地寸草不生，边缘只长一些剪刀谷、盐碱蓬、秃老婆蒿这样耐盐碱的野生杂草。据说种植水稻可以把碱压下去，于是原来的沙荒地变成了一盘盘整齐的稻田。田间土埂被水洇湿，全是酱油的颜色，最上面则是白花花的盐晶。

那时，秋收之后，生产队并不闲着，姐姐们参加生产队劳动就是平整土地，一直干到隆冬腊月，大地封冻为止。大约六七年的时间，村里水稻种植的面积不断增大，原来的沙荒地一点点消失了，连村前的几片巨大的坟地都渐渐被平掉。村子周边全是平坦的机耕地，种满水稻、小麦、玉米。只有沿河拐弯的边边角角成了零散地，种植经济作物，豆类、花生、白薯、芝麻等。

那时候站在村边，一眼望去，风吹稻浪，金色起伏。在一片金黄中，村北边一排柳树，那是河流；村东边一排挺拔的杨树，那是出村去的道路。道路上有几个人骑自行车远去，那是特别美好的风景。村东的路在与邻村接壤的地方有一座水泥桥，桥下就是村后的河。

在以后的日子里，姐姐沿着这条路出嫁了，哥哥沿着这条路当兵去了，我沿着这条路进城去读书。

五

我们村后的这条弯弯曲曲的河流，在 20 世纪 70 年代左右被"裁弯取直"。废弃了原来自然形成的河道，改而人工开挖一条笔直的河道，河流便远离了村子，在原来的河床上遗留下一座水泥桥。多少年以后，那桥孤零零地横卧在一片田野之中。村子里年轻的孩子们，理解不了为什么在一片平地中会有这样一座桥。

同样，在李久玉家门口的那条河也归入了这条人工河。而那条河上遗留给今天的是一座水闸，当年叫作"青年闸"。我的姥姥家就是李久玉他们村，说起当年修建青年闸，我老姨记忆犹新。那时八个村子组成一个"西芦大队"，当年老姨是西芦大队铁姑娘队里的一员，青年闸凝结着那一代人的血汗。那应该是 20 世纪 50 年代末 60 年代初的时候，将近二百个年轻人，正是能吃能干的年纪，赶上三年困难时期，他们勒紧裤带，凭着年轻人的激情和革命事业的信仰，修建起了这座青年闸。

原来在我们村与李久玉他们村中间的那三条河流，全部被取直成了一条。

一直到了七八十年代，每年的冬季各村仍然有挖河出工任务。河流被裁弯取直的结果就是，下游要挖很深的河底，不然水流不过去。出工的农民们从十几米深的河底把红胶泥都挖出来，装满独轮车，一个人在前面拉，一个人在后面推，把河泥运到岸上。一个冬季下来，独轮车要修多少遍，铁锨换了多少把，笔直的河道看着完全像是一座地下长城。然而，河流枯竭了。

有许多年，河床里没有水，渐渐堆积了生活垃圾。

进入新世纪以后，绿色生态得到了重视，恢复好绿水青山成为我们提高生活质量的理念。经过几年的清淤疏通，小河开始潺潺流淌。

六

多少年以后，我认真地查看了我们当地的地图，知道流过我们村后边的这条河叫小龙河。我一直没有称呼这条河为小河，是因为在我童年的时候，看这河真的不小。只是成年以后，我了解了我所在区域的主要河流，知道小龙河应该是进入地图的最小的河流了。在我2000年从家乡来到县城黄村工作后，在县城西边一个村子住下来，每天上班下班都可以步行。而村边的这条柏油路旁，就是一条河，一年四季水流不断。在靠近村口的地方，河里有几丛高大的蒲草。水就是从蒲草的根部涌出来的，这就是小龙河的发源地。

我所在的永定河冲积扇平原上，任何一条河流都是永定河泛滥后遗留下来的，南海子、团河、凤河、天堂河、大龙河……从大的水系上说，小龙河也是永定河水系的地表体现。

2018年国庆节，我曾经和几个朋友一起向西奔驰千里来到山西省宁武县管涔山，寻访永定河发源地。站在小木厂村西南的山脚下，看着一股清泉汩汩涌出，那一刻我紧闭双眼，泪水抑制不住地浮上来。这是永定河的源头，这是那曾经汹涌泛滥的浑河源头，这也是北京母亲河的源头。从这里一路跟随着大河的足迹，我们回到了家乡。如果说洋河、里河、妫河是永定河这棵大树的枝杈，那么小龙河应该是最小的一个小杈。尽管我看过了大河，但是我没有说小龙河小，它还是我记忆中的那条河。同样是一股清泉，永定河走过了千山万水，而小龙河只走了几十公里后便汇

回忆一条河

153

入了大龙河，而大龙河最终归入了永定河，进入海河，流入渤海。

小时候不知道村边这河从哪里来，流哪里去，现在我弄明白了，却感到自己的生命不知道从什么时候起，也汇入了这些河里，一路跟随着它，直到大海。

七

永定河，北京的母亲河，在干涸了几十年后，于 2019 年开始补水，并于 2022 年夏初实现全线贯通。尽管水流还不充沛，但是她唤起了我们对于往日的回忆，恢复了作为河流的精魂。也许我们再也听不到昔日的船工号子，看不见打桩镶埽的热烈场面，但是今天的永定河，给我们呈现出了另一种美好。过去的土牛、苇垛已经没有了，换之而来的是巨大的水泥三角锥铸件，左侧过去的那泥土河堤，现在已经修成柏油路，建起旅游观光带，吸引了大批骑行爱好者前来度假。

小龙河岸边也同样修成了柏油路，路两侧绿荫成行，河边不远处就有一处观光台，成为我家乡那些老年人休息聚集的场所。

八

每个人的心里都会有一个安放童年的地方。

这是一个人的精神家园，是自己的一个私密世界，是梦想放飞的地方，也是思念亲人时最先想起的地方。我写第一部中篇小说《寂寞的龙河湾》，脑子里想着的就是这条小龙河。几年后写第二部中篇小说《祖父的影子》仍然没有离开这条河。只有在这条河边，我才可以回到童年，可以飞向未来。

对于城市里的孩子，童年的牵挂可能是一条胡同，一座有百年历史的建筑；而对于那些在乡村长大的孩子，童年的记忆往往就是门前的老槐树，村口的古井，或者就是小时候洗澡捉鱼的一条河。

对于我来说，这条小龙河就是我的全部精神家园。

（作者单位：北京市大兴区少年宫）

锦 华

占爱群

    某日，在地铁上读到胡兰成的《桃花》："桃花是村中惟井头有一株，春事烂漫到难收难管，亦依然简静，如同我的小时候。"眼前，地铁上的人海忽然消失了，回到了小时候那一池春水旁，桃花灼灼开得正旺，锦华正用雨伞捞取水面上那一塘粉红的落花。

    我五六岁的时候，家里遭遇了一些变故，我们从城市中心搬了出来。家里人托了关系在某个村子最外围批了一块地盖了房子，得以安顿下来。这个地方归村子里管辖，也不是真正意义上的农村，住户基本都和村里有些关系，但是各家男人基本都在城里有份工作，家里也不种地。比如邻居锦华，她的爸爸，是一所工厂的会计，人很瘦，一看就是精干的人，家里媳妇特别胖，我叫她胖婶，夫妻俩都特别爱笑，家里一儿一女，日子和和美美。嗯，这就是锦华的家庭，她还有一个哥哥。锦华比我大四岁，我家初搬到这个城乡接合部的地方，我就从以前的幼儿园出来了，又还没到上小学的年纪，我的父母那时候都得上班，胖婶一直在家，于是我就常常在她家疯玩。

后来我上了小学。这个地方只有一所小学，有着一所村中心小学常有的名字——光明小学，在数学应用题中经常能遇到这个名字。我不喜欢这所学校，一方面觉得名字不洋气，不像原来家住在城中心的时候，周围的小学都叫市立第一小学、第二小学，一听就是正规的学校。这个学校招收的学生基本都是农村的孩子，只有我一个是城里长大的，我没有嘲笑过他们是"乡巴佬"，可是他们总是一齐喊我"街巴佬"。因为学习成绩在班里拔尖，老师让我当班长，这些孩子也集体和我对着干，用孩子特有的调皮给我编顺口溜："班长班长，走到大菜场，挨一个巴掌！"巴掌不是说说而已，这些孩子的家庭往往都有不止一个孩子，放学的时候经常就会有些调皮的男孩子带着哥哥姐姐拦住我："你就是那个城里来的小孩？你要是再登记我弟弟不写家庭作业，我就揍你！"所以我经常是哭着回家问妈妈："为什么别的同学都有哥哥姐姐？为什么我没有！"不过我也不总是孤军奋战的，因为有锦华。

有时候我被那些孩子的哥哥姐姐拦住，锦华正好也放学路过，往往不由分说冲上去就和他们一顿对打，从不吝对方是男是女，也许是因为我觉得她站在正义的一方，记忆中她打架就没有输过。锦华随她爸爸，身体颀长，手长脚长，打起架来抡着胳膊提着腿晃出好看的圈圈，我一点也不觉得她打架的样子和野蛮这个词能扯上关系。如果这时候旁边有一台相机，我想，我的形象应该是一脸眼泪结着嘎巴和在脸上，都是黑印子，张着嘴崇拜地看着锦华为我打架的画面。伴着夕阳柔和的光晕笼罩在锦华周身一圈，画面真的好美。每次就像看演出似的，看锦华干净利落地结束战斗，然后一伸手，拽着我一起回家。每次她帮我打一架，我放学的路上能清静好几天。

有时候我俩一起结伴回家，路上会遇到她上初中的哥哥。中学离家更远一些，条件好的家庭会给孩子准备一辆自行车，比如锦华家里。这时候我俩都会很兴奋，锦华和我一起挤在她哥哥的自行车上，哥哥奋力地蹬着，即使只能坐几分钟，我们也总能一路笑开了花。

那时候上学，中午都是回家吃饭。有一天中午，我和锦华吃过饭早早地就去上学了。春雨初歇，路上的空气和天边的浅墨色的云一样吸饱了水雾，一路伴着春天江南特有的清甜，我们路过小小的山涧，走在小石桥上时，岸边一株斜长着的桃花开得正艳，一树粉红，鲜艳若霞，饱满欲滴，横斜在水面上的花枝落下的花瓣漂在水面上，静静地流淌。后来读到《红楼梦》中"花朝节期，正当阳春，桃花盛开；沁芳闸桥畔，落英缤纷"，总觉得与那日的春景很贴合。我正陶醉在这春色中时，锦华已经像一只灵巧的动物般几步跳下了桥，挂在桃树上，撑开雨伞伸着她长长的胳膊去捞落在水面的花瓣。南方多雨，我们出门几乎天天手不离伞。我在岸边看着，既担心她会掉进水里，又忍不住觉得她那样很舒服很享受。其实，以她挂在树上的姿势，完全可以摘到几枝桃花，为什么要那么费力地用雨伞去捞水面上的桃花呢？那时候我并不明白。锦华想来那时也未必读过《红楼梦》，在记忆里，她好像并不爱读书，她父亲爱看书、一手毛笔字写得很棒，她似乎也没有受到太多影响。也许只是一个少女单纯地觉得桃花很美，而去挽留飘零的落花又有那么一点符合少女对朦胧的浪漫的想象吧。

我的母亲后来终于受不了自己的女儿日日哭哭啼啼地回家，在那里上了两年学就给我转回了城里的小学。那所留给我不愉快记忆的小学，却是像锦华和她哥哥那些孩子唯一的选择，不过那所学校也培养出了一些人才，这是题外话。

锦华美好的少女时代很快就结束了。她小学毕业后就辍学了。不是因为贫困，只是她自己不想上学。她那位为她取名"锦华"，对她抱有美好希望，希望女儿将来能建设锦绣中华的父亲，气得把她关在房间里狠狠揍了一顿，这位书生气的父亲之前十几年从来没舍得骂过她一句。锦华已经下定了决心不再上学，绝食几天后赢得了胜利。虽然父亲希望他的女儿将来能有出息，但是他更需要一位健康活着的女儿。父亲叹着气打开了反锁的房门，锦华兴高采烈地像出笼的小鸟，和村里的几位年纪相仿的小姐妹到一位浙江商人开办的工厂里成了一名女工。工厂离家不远，我也曾去厂子里看过她，很多十几岁的女孩坐在那里用鱼线把钻过孔的毛竹块一块一块地穿成麻将席。那时候我也没有什么金钱的概念，也不知道那样从早到晚地做一天能挣多少钱。听胖婶和我妈妈聊天时大概唠叨过，说锦华挣的钱还不够她买零嘴吃的。

　　不过锦华的零嘴很快就不用自己买了，因为总有源源不断的零食送给她。锦华长得很漂亮，不仅身材瘦长胳膊长腿长，脸也很美，发育也比一般女孩早，十二三岁时就已经出落得像十六七的姑娘了。追她的男孩里，看上去像是最机灵的一位叫兵兵。没多久，兵兵就和锦华处了男女朋友。锦华没敢让她爸妈知道，不工作的时候就和她爸妈说带我出去玩，然后我被她带出门去，跟着她和兵兵一道玩。兵兵长得并不高大，眼睛很亮，笑起来弯弯的，特别会说笑话，总是逗得锦华一直笑。

　　工厂的老板，那位浙江商人，生意不仅是这个麻将席厂。村里有一个湖，他带着一些专家考证了一圈，据说当年辛弃疾给自己取号"稼轩"就是来自隐居在这一带时盖的一片房子。老板向村里买了一些农田，沿着这个湖以迅雷不及掩耳之势盖起了一大片小洋楼和小亭子，还竖起了一个大大的古色古香的牌楼，上面大书"宝带山庄度假村"，来自诗句"枕澄湖如宝带"，也许是希望来此入住的宾客都能有此雅意。不过度假村边来往的村民都不知道还有此诗句，大家对着牌楼议论纷纷："来这里的都是贾宝玉、林黛玉那种关系的吧！"言语间神色总是不那么自然，笑容有点意味深长。

　　度假村建好后，锦华和厂里几位长得好看的小姐妹都被老板选去度假村当了服务员，兵兵也去了那里，他好像是度假村里有点职位的人。宝带山庄沿湖而建，夏天湖面上有很多水上项目，像鸭子脚踏船、电动飞艇之类的。20世纪90年代初，这些在我们那个小地方都是稀罕物，锦华因为是内部员工的缘故，日日都能乘坐那些湖面游乐设施。有一次她带我去坐了一回鸭子脚踏船，我踩得浑身是劲，累得直喘的时候就任由鸭子船在湖面上漂着。

回家后我和爸爸说，我原以为只有小孩爱玩鸭子脚踏船，没想到湖面上都是大人在玩，有男有女，在那里玩得可高兴了。爸爸说："以后别再和锦华去宝带山庄了，那里不好。"我很诧异，度假村里的房子都很漂亮，小道上铺满彩色的石子，小亭子也很漂亮，还有秋千，湖上还有那么多好玩的东西，为什么爸爸会说那里不好？爸爸说："锦华现在不叫锦华了，她换了个名字叫雪儿。"我还是不明白，锦华明明叫锦华，家里人高兴的时候还会叫她华华，因为华华在我们的方言里发音和娃娃很像，多可爱的名字啊，为什么要叫雪儿？不明白的事情还有很多，可是看大人的脸色也不会回答我，我不敢再问了。

再后来我见到锦华的次数越来越少。去了城里的小学上学，可还住在这个城乡接合部的地方，每天路途的奔波让我无暇去找锦华玩耍，不过她也没空再陪我玩。某天晚上，我睡得迷迷糊糊的时候，看见锦华由她妈妈带着来到我家，娘俩好像很慌乱。她妈妈在求我妈妈借她一些钱给锦华做路费去沿海，说不能让锦华爸爸知道，他知道会打死锦华的。我爸爸好像还劝锦华妈妈不要允许孩子去沿海。……后来的事情我也不是很清楚。反正锦华是肯定离开我们那了。

大概一年后的某一天，锦华和兵兵一起回来了，还带着一个两三岁的孩子，锦华爸爸不让他们进门。那一天他们家在院子里闹得天翻地覆。刚开始还能听见锦华求她爸爸开门的声音，后来又追来了一个特别妖娆的女人，说是孩子的妈妈，兵兵是孩子的爸爸。那女人在锦华家的院子里又哭又闹，指甲很长，兵兵被她抓得脸上肩上都是血道子，兵兵那亮亮的眼睛也看不见笑了，站在那里一动不动。锦华的爸爸气得直抖，瘦瘦的身子像是单薄的衣服架子，他拿出家长的尊严，勒令兵兵必须解决这件事。

后来女子闹累了，躺在地上哭得泣不成声。院子里的泥土沾满了她的豹纹紧身小 T 恤和露出的那一截白白的肚皮，还有她脚上蹬的那双豹纹小凉鞋，也因为她一直在地上又拖又滚弄得非常脏。

那时的我还不太懂孩子之于母亲的重要意义，也不懂这未婚先孕还得承受男友始乱终弃的单亲母亲的种种悲凉，后来看着这女子拿着从兵兵脖子上扯下来的大粗金项链和一沓钞票离开了，我心里同情的是锦华。觉得锦华找了那么个男的，还得给人当后妈，还被这样的女人抢走了钱。

锦华的爸爸终究还是让他们进了门，不过没待几天锦华和兵兵又离开了，又回了沿海那个城市。留下了兵兵和那个豹纹红唇女的孩子在她爸妈家里。对了，这次回来，锦华又换了个名字，叫莎莎，沿海城市里的人都洋气，得有个洋气的名字，她抽着细细长长的薄荷香烟时，慵懒地吐出了一个又一个烟圈。她还是很漂亮，或者说更漂亮了，烫了头发，画了浓艳的妆，戴着大大的耳环，衬得她的脸更小，五官更精致，也穿着紧身露腰的衣服踩着高高的细跟鞋。我看着她的眼神，有点害怕，虽然她说话时眼神并没有在我身上停留。

锦华再次离开后，那孩子在锦华家里也待了没多久就被兵兵的父母接走了，或许锦华的爸妈也没有理由抚养这个孩子吧，又或许兵兵和孩子的妈妈根本没有寄过钱给孩子。

锦华又一次回来的时候，一切都很宁静。已经不再听到他爸爸训斥她说不认她不让她进门的声音了。每次她回来都会小住一阵，基本一年一两次。她白天常在院子里躺在躺椅上晒太阳，她的脸不化妆的时候，在阳光下白得没有血色，似乎许久没见过光似的。

锦华每次回来的时候，胖婶总是喜气洋洋地进进出出，有时候也会叹气三两声。胖婶脖子上的金项链越来越粗，耳环、戒指也在锦华一次次回来后变化了不少样式。锦华爸爸则在家里变得若有若无似的，尤其是锦华在家的时候，他基本不露面，眼窝越来越深，话越来越少，身上的衣服像挂在竿子上似的。再后来，锦华家又盖起了一栋四层的楼房，装修得特别华丽。胖婶戴着那些熠熠生辉的金饰，站在她家门口前心满意足的样子，就像那位《渔夫和金鱼》故事里的老太婆，打扮华丽地站在高楼大厦前。有时候也有一些难听的话传到胖婶的耳朵里，胖婶就站在院子里，叉着腰，伸出被戒指挤得更加肉鼓鼓的手指，扯着大嗓门指桑骂槐。

又过了几年，兵兵住到了锦华家里，每天在村中心的商店里和一群分得了村里卖地钱的青年人赌钱，总是下最大的注，锦华妈妈有时候也加入他们。锦华还是在沿海城市"打工"，一年回来一趟两趟，她如果太长时间不回来，胖婶和兵兵就会变得很着急。听说兵兵在那个城市混不下去了，好像是因为拉皮条被留了案底，也好像是欠了高利贷还不上，所以他只能回到我们这个小城市躲着。锦华的爸爸得了癌症，一直话不多，然后就无声无息地走了。锦华哥哥成了家之后也不和他们住一起了，因为觉得总被人戳脊梁骨。

再后来，沿海那个城市来了一场彻查，锦华从此也回到了她家那个四层小洋楼里住着，不再去那个沿海城市了。刚回来的时候我们见过一回，她还是抽着烟吐着烟圈和我说话，浓浓的妆下掩饰不住老态，总觉得她一说话脸上的粉就从皮肤的褶皱里往下簌簌地掉。这一年，她二十七岁。

听说因为之前经历的缘故，她生育有些困难，后来做了试管婴儿，得了一对龙凤胎。兵兵对孩子也没有太深的感情，锦华也养不起他了，他就离开了锦华家。胖婶常常一人抱着两个孩子在院子里晒太阳。锦华则在一旁躺着晒太阳。他们一家，院子外面，不常去。

少年时候那个中午的景象，一直映在我的记忆里。那些桃花，一直灼灼地盛开。春事烂漫，岁月静好。

桃花谢了还会再开吧，会的吧。那个连打架时都让人觉得很美的锦华，还会回来的吧，唉，不知道。

（作者单位：北京育才学校）

那年，潇湘飘雪

张芳颖

    公元 807 年，潇湘飘雪，白色雪雾氤氲江面，千山万径行人断绝。雪花乱舞中，有一人乘着小舟，独钓寒江。他自称"翁"，那年，他只有三十四岁。

    小学时，诵读《江雪》，因为心智稚嫩，生活经验不足，并不能理解柳子的心境。初中时，学习《小石潭记》，其中"以其境过清，不可久居，乃记之而去"一句，让多少人对柳子形成了"悲戚消沉"的印象，认为他是一个被贬荒远之地的落魄消极的文人。然而，随着我在教学道路上的求学求思，随着我对柳子了解得更全面，这些片面的印象，全然改变了。

    他少年得志，才华横溢，抱负远大，但尔虞我诈和权力倾轧让他成为阶下囚。随着永贞革新失败，主导变革的王叔文被斩，柳子也被贬至偏远的永州，不具实权，他的热情和抱负被撕碎了抛在风中。"辅时及物""利安元元"

还能实现吗？他问渐行渐远的长安，问随风而动的流云，问送他远去的江水，问一无所有的自己，没有答案。

在永州生活的第二年，"大雪逾岭，被南越中数州"。漫天大雪覆盖了潇湘大地，那时，天与云与山，上下俱白，而江水在寒雪中依旧南去。雪花飘落于江面，旋即沉入江中，消失不见。江上，他披蓑戴笠，被寒意包围。大雪之中，他钓到漫天孤独。他独钓不去，唯有一江执着。他就是这样执着的人，执着于内心的理想和文人的底线。虽被贬放逐，虽千万孤独，但绝不向现实低头，不向小人谄媚，不丢文人傲骨，就这样，他走入了永州山水，走近了永州百姓。

柳子行于永州山水间，长言："予虽不合于俗，亦颇以文墨自慰，漱涤万物，牢笼百态，而无所避之。"他在欣赏山水之美的同时，更把自己和山水融合在一起，在山水中寻找慰藉和寄托。他与山水共情，虽被弃置，但不失风骨，不失本心，所谓"美不自美，因人而彰"。

在寄情山水的同时，柳子也并未忘却根植于内心的济世安民的理想。"虽万受摈弃，不更乎其内"是他对初心的坚守，"凡吏于土者，若知其职乎？盖民之役，非以役民而已也"是他对使命清醒的认识。为官者，必为民。当他深入民间，走到百姓身边，民生疾苦冲击着他的内心。他听到蒋氏倾诉捕蛇的遭遇，不禁叹曰："孰知赋敛之毒，有甚是蛇者乎！""以俟夫观人风者得焉"。他盼望朝廷能早日体察民情，救百姓于水火。他听闻郭橐驼关于种树和为官的看法后说："传其事以为官戒。"希望这能警醒官吏，要体恤民心，让百姓安居乐业。

柳子，始终心中有百姓，始终一心为百姓。在柳州，在他人生的最后四年，他施行改革，终于将他的政治理想付诸实践：整治街巷，修筑庙宇；释放奴婢，废除贩卖人口的恶习；开凿水井，改善民众生活质量；亲自带领百姓开垦荒地，鼓励发展生产；兴办学堂，发展当地教育事业；推广医学，改变当地陈旧思想观念。当他看到百姓丰收时的笑颜；当他听到街巷传来孩童的欢声笑语，当他看到黄昏中村落升起的袅袅炊烟，不禁心有戚戚，在贬谪生涯中所经受的种种迫害和磨难，仿佛都随风而逝，成为过眼烟云。

　　"太上有立德，其次有立功，其次有立言，虽久不废，此之谓不朽。"《左传》中的"三不朽"，大抵是每个文人的理想之光，柳子也不例外。但在永州时，他被要求不得参与政务，于是他曾失落地认为，自己想做到立言都是勉强。但在千年后回望历史长河，他博施济众，功济于世，思想流传后世，鞭策后人。永州十年，当地百姓爱戴他；在柳州任上病逝后，百姓为他立庙建祠，世代祭祀。柳子可谓不朽。

　　2023 年春节前夕，我带着期盼的心情，踏上永州土地，来到零陵的愚溪之畔，寻访"故人"。适逢冬季，南方的冬天没有北方的凛冽，但湿润的微风仍吹来阵阵寒意。走在柳子街的青石板路，不禁遥想一千二百多年前，他曾在这里生活、观景、行船、吟诗、作文……不多时便到达了柳子庙，这座始建于北宋时期的建筑，庄严而沧桑，俯视着面前的悠悠溪水。院内，高阶之上，栽种了丛丛桂花，朵朵小花明艳而倔强地在冬日绽放着，就像柳子不屈的一生。后人为表敬仰之情，置柳子铜像于庙内。铜像生动地伫立着，他右手执笔，左手微抬，坚定地望向前方，仿佛要挥毫作未完成的文章……我终于来到他面前。轻轻握住他的手，触碰的一瞬间，好像那手真的有温度。初到永州的迷茫、亲人离世的苦楚、坚守初心的执着，他的所感所念，所思所想，仿佛通过指尖到达了我的内心。松开手，内心百转千回。转身离去时，我回头望向他，心中甚至有临别之语，不禁流下泪来……他逝世后的七年，好友刘禹锡终于被朝廷重新起用，回到长安，身居要职。如果他没有诸病缠身，如果时间再等等，他也能和好友一样，重得风光。他的一生，太短了，也太苦了。但思绪平复后，我便又释然了，因为柳子追寻的，从来都不是身居高位，而是上利国家，下利百姓。

傍晚，我泛舟愚溪之上。溪水澄澈，缓缓东去。溪岸翠竹丛丛，有的向上生长，有的则弯腰向溪水方向长去。石岸上覆盖着不知名的绿植，有"青树翠蔓、蒙络摇缀、参差披拂"之意。溪水在愚溪桥之下与潇水汇合，天幕下的潇水，日夜不息地流淌着，宽阔、平静，不禁让人想起杜甫"往还时屡改，川水日悠哉"之语。漂泊他乡身是客，沉浮荣辱付笑谈。万里浮云藏明月，潇水尽头是青山。举目远望，江水澄碧，树木苍翠，这一刻，我看到柳子心中的青山。

刘禹锡在柳子病逝后，作《伤愚溪》以表哀惋之情："溪水悠悠春自来，草堂无主燕飞回。隔帘惟见中庭草，一树山榴依旧开。"在刘禹锡被贬播州时，柳子舍身为他求情，播州条件艰苦路难行，担心刘禹锡和母亲受太多苦楚，他直言愿朝廷能将他们换调。这样的挺身而出，如此情义令人动容。他好像一生都在为别人着想，为友人，为百姓，对自己的得失早就看得淡然。

恍惚间，溪水之畔，有一人轻吟着走过，清风吹动他的衣衫，拂过他平和的面容。"久为簪组累，幸此南夷谪。闲依农圃邻，偶似山林客。晓耕翻露草，夜榜响溪石。来往不逢人，长歌楚天碧。"声音渐渐远去，飘散在风中。在不觉中，微小的雪花于眼前飘落，轻舞着，轻诉着。壬寅年十二月，潇湘飘雪，似在缅怀千年前的那场大雪，缅怀那雪中人。

柳子已逝，其人不朽。

（作者单位：北京市通州区运河中学）

◎ 那年，潇湘飘雪

香港教书散记

张国龙

一、沈先生是个好学生

迄今为止，沈先生是我教过的年龄最大的学生。

入学考试时，我就记住了他。他和我父亲一般年纪，却穿着牛仔裤和运动服，还和一群"孩子们"竞争。虽然我久闻香港人惯于进修充电，但还是对他很好奇。

开班时，我见到了沈先生。他做自我介绍，吓了我一跳。因为他说一口纯正的普通话，声音醇厚。我猜测他多半是北京人，或者曾在北京生活过。他说他退休了，还想发挥点儿余热，希望取得中文教师资格证书后能够再就业。"老当益壮，宁移白首之心。"我很感动，还能感受到大多数同学亦佩服。

记考勤，或点名回答问题，我尊称他为"沈先生"。同学们受我的影响，都叫他"沈先生"。

沈先生是个难得的好学生。他从不旷课，从不早退。每次上课，他都会提前十多分钟进教室。每当从我面前经过，他总是笑呵呵地叫我"张老师"，慈祥中带有一丝羞涩，还有学生对老师的那种天然的敬畏。

　　有意无意，我获知沈先生非常热心帮助同学。他会给同学们传授学习中文的心得，用心纠正他们的发音，还与他们分享相关的中文学习资料。

　　我要求同学们背诵余光中的《乡愁》，还有徐志摩的《再别康桥》，并登台脱稿朗诵。好多小姑娘都栽了跟头，沈先生却出色地完成了。我乘机以他为楷模，鞭策其他同学："年龄不是问题，态度决定一切。"

　　沈先生喜欢笑，年过六旬的他依然葆有孩童般纯真的眼神。当我让他回答问题时，可能是没有做好心理准备，他会下意识吐吐舌头，一脸胆怯和无辜的笑。那一瞬间，我依稀看见了他童年时读书的身影。

　　谁说岁月潮汐会将每个人冲刷得面目全非？

　　谁说童真难以抗拒长大成人的悲剧宿命？

　　课堂上，我要求学生写一句话作文，题目为"爱"。

　　"爱，让我不能自拔！"沈先生语出惊人。

　　全班哗然。我亦忍俊不禁。

　　沈先生笑得憨厚、无辜，试图辟谣，试图消除同学们"不怀好意"的哄笑。

　　我赶紧救场，说："沈先生，你没有必要解释……从写作的角度说，你是成功的。因为你表达出了超越年龄界限的特殊情感，没有人云亦云。大家不要自以为是，不要认定'不能自拔的爱'就是你们这些年轻人的专利……"

我一不小心成了"猪队友"，全班再度哗然。

沈先生笑容更加灿烂，与大家同乐。

口语练习时，我了解到沈先生零星的成长背景：出生在上海，是家里最小的孩子，十岁丧父。十七岁去黑龙江插队，在那里一待就是十年……慈爱的父亲活现在他内敛的讲述中……

沈先生什么时候移民香港，他在香港的生活境遇如何，我就不得而知了。

我深信，沈先生是一个幸福感相当强烈的人。否则，他很难有如此纯真的笑容。我还深信，沈先生是一个热爱生活的人。否则，他不会在"高龄"时重返课堂。

我衷心祝福沈先生能够尽快找到合适的工作。

若干年后，当我满头白发时，亦以沈先生为镜。

沈锦荣，是他的尊姓大名。

二、次次迟到的苏先生

教师要求学生上课从不迟到，似乎勉为其难。然而，次次上课都迟到的学生，绝对需要"众里寻他千百度"。

毛主席说过："一个人做一件好事并不难，难的是一辈子做好事，不做坏事！"我化用他老人家的话，"一个学生上课从不迟到很难，难的是次次都迟到"。

苏先生听我的课将近一年了，我便有幸撞见了他这位上课"次次迟到"的学生。

苏先生迟到的时间相当精准，四十分钟。每当我讲课正酣，他便拎着公文包，笑眯眯地推门点头致歉，然后笑眯眯从容不迫地走向教室左后的位置。

更令人难以置信的是，每次考试，苏先生皆迟到。

某次我查考勤，念出苏先生的名字，他正好笑眯眯推门而入。

"说曹操，曹操到；来得早，不如来得巧。"我调侃。全班哗然。

苏先生的笑非常恒定，始终保持着"眯眯笑"的刻度。除了笑之外，我似乎从未见过他的其他表情。笑的品类繁多，但我至今未见过他开怀大笑，甚至未见过他露齿而笑。即或面对考试，他亦笑眯眯，似与考试卷新婚小别。

如若以佛作比，苏先生非笑面佛莫属。生活奔波劳顿，人生变化无常，能始终含笑面对，委实难能可贵。年届五旬的苏先生，究竟经历了怎样的历练和修炼？

我渐渐了解到，苏先生之所以留下次次迟到的"恶迹"，不过是不得已而为之。

苏先生就职于某中学，教设计等课程。他还是学校的后勤主任，自然琐事缠身。放学后匆匆驱车到浸会大学进修，迟到便在所难免。

我暗自思忖：既然没有时间来上课，何必如此费心劳神？再则，他工作稳定，且身为教师，进修此课程有何必要？许多学习此课程的同学，为的是取得在香港地区教授普通话的教师资格，以期教普通话营生。

"我的父亲曾毕业于黄埔军校，因为众所周知的原因来到了香港……父亲生前常常对我说，'作为中国人一定要会说中国话'。粤语不过是方言……因此，我从小就懂得我是中国人，我要说好中国话……小时候我生活在香港乡下，我的普通话是跟我的邻居伯伯学的。他来自北京，是国民党的逃兵……我的'逃兵伯伯'非常善良、慈祥，他说的普通话很好听……他对我特别好……因此，我从小就觉得北京人很好，普通话很好听……可以说，我有'普通话情结'……当我看见浸会大学有北京来的老师教普通话，我就报名来学习……"苏先生在口语练习课上袒露了心迹。

我感动苏先生父亲的"中国人说中国话"之炎黄气概，更感动于苏先生的"普通话情结"。

当内地许多教育专家呼吁"把孩子们从动漫、网络游戏中解救出来，让孩子们爱上我们的汉语母语"，当内地的许多家长痛心于孩子不喜欢文字阅读，殊不知，在这被许多人称之为"文化沙漠"的香港，竟然还有像苏先生这样的汉语迷恋者。

自那以后，我默认了苏先生的"次次迟到"，还时不时给予他一些"照顾"。派发学习辅导材料时，我会提醒他身边的同学捎一份给他。临近考试，我会叮嘱同学通知他。我宁愿冒着"偏心"的风险，尽量帮助一个有"困难"的学生。

苏先生写得一手上佳的硬笔书法，古典诗词亦颇见功底。浑身上下漫溢着中国传统知识分子的气息，儒雅，谦逊，平和。他有3个儿子，其中，有一对双胞胎。"……哇，吓了我一跳……怎么还有一个啦？"他如此描述双胞胎儿子降生时带给他的惊喜。

国家语委的官员如果了解苏先生的"普通话情结"，我建议，应该颁发给他一个"最爱汉语奖"！

三、黄先生，加油！

不知是否有人研究过，大多数南方人为何生得如我这般瘦小？即或同是南方人，地域不同，形貌相差亦甚大。比如，江、浙、川、湘一带的男子多清秀、白皙，而岭南以南的男子则多黝黑、粗粝者。

初见黄先生，不禁暗惊。至少一米八五的身高，皮肤黝黑，表情严肃，恐怕在全港亦属罕见的彪形大汉。不过，他戴的眼镜，以及说话的顿挫感，彰显了他的斯文。

"大块头有大智慧"，此话果真不假。黄先生虽系土生土长的香港人，普通话说起来有点磕磕绊绊，但他一出口就能惹人发笑。浑身的幽默细胞咕嘟咕嘟往外冒，时常惹得全班同学捧腹。我赞其"语音面貌一般般，但表达效果颇佳"。

黄先生的中文功底不薄。课堂上，我提的许多问题，别人茫然摇头，他却能应答自如。他的作文颇显创作功力，张弛有度。

相当一部分香港人认为，香港是文化沙漠。而在我看来，如黄先生之类的相当一部分香港人，国学功底远在一般内地人之上。除却天赋异禀，还有家学渊源，甚至是中文情结。

口语练习那天，黄先生雄赳赳登台，一贯严肃的国字脸上挂着鲜见的笑意。一开口还是那么吃力，也还是那么引人发笑。

"戴（大）家能猜出我是干什么的吗？看看我这体形

和身高，是不是太野蛮了？你们见了我是不是有点紧张？你们紧张那就对了。"黄先生自我调侃。

大家已笑成一片，一致认为黄先生是搞体育的。

"你们都错了啦，我是一个老师，没想到吧？"黄先生声音嘹亮，笑容竟也灿烂。

"你是教体育的！"有人信心十足。

"不是的啦……我教中文……你们想不明白我这样的还可以当教师？我告诉你们，要是不长成这样，我还当不了教师……"黄先生欲擒故纵，竭尽"卖关子"之能事，吊足了全班同学的胃口。

同样是做教师，我感觉我比黄先生幸福得多。我所教的北师大学生大多是中学时代的佼佼者，且大多是爱学习且会学习的好孩子。我在香港浸会大学所教的社会学生，大多经历了人生的风风雨雨，懂得知识对于安身立命的重要性，至少懂得珍惜自己的学费。因此，大多数学生不用怎么"管理"就能恪守师生礼仪。我能感受到做教师的荣誉，每次走进教室心情都是愉悦的。倘若我遭遇了黄先生那样的待遇，我想我多半熬不下去。

我一直认为，大学之前的基础教育在整个教育体系中至关重要，也非常钦佩那些从事基础教育工作的人，是他们将孩子们培养成材，送进大学深造。而我们这些大学教师所做的，不过是锦上添花而已。"巧妇难为无米之炊"，没有基础教育提供的璞玉，高等教育向社会输送精英人才的可能性就大大降低了。因此，提高基础教育工作者的待遇，夯实基础教育，是维系良性教育生态的重中之重。在此，我向黄先生等基础教育工作者致敬！

　　黄先生，加油！

（作者单位：北京师范大学）

露天电影

赵宏伟

　　我越来越怀念儿时的诸多场景，如邻村看戏、赶大集，更深刻的似乎还是露天电影。那时除了个别人家有收音机（当时叫信匣子）能听到外面的信息，露天电影成了大家可以直观地看外面世界的唯一途径。公社为满足百姓的精神需求，就会定期安排放映员下乡放电影，每个月两天的电影放映时间对村里人来说有着很大盼头。每当放电影的日子，一个村庄似乎都像过节一样。广阔的一块儿空场上，大家幕天席地，热热闹闹。

　　我们村关于露天电影有着很多的故事，最富浪漫色彩的是当年公社放电影的放映员晓科娶走了我们村最漂亮的姑娘二玲，而且还流传着类似"古晓科放电影娶了姑娘刘二玲……"这样的顺口溜，更后面的内容，我因为年龄小没有记住，后来忆起那内容多少还带些农村式的粗犷的对男女情感的善意的调侃与戏谑，但不管怎么说瘦高的小放映员风风光光地与二玲订了婚。于是我们村虽然不足一百户，却在一定程度上获得了很多"特权"，其他村是放什么看什么，我们村的人想看什么放什么，最初的"以权谋私"带着些浪漫的色彩，带着最古朴的两情相悦的明媚。当时放映的基本都是革命题材的电影，我们村的小媳妇儿们便都跟着唱《柳堡的故事》的主题歌"九九那个艳阳天来哟，十八岁的哥哥呀坐在河边，东风呀吹得那个风车儿转哪，蚕豆花儿香啊麦苗儿鲜，风车呀风车那个咿呀呀地个唱呀，小哥哥为什么呀不开言……"然后大家一起起哄。另外，还有《英雄儿女》的插曲"风烟滚滚唱英雄，四面青山侧耳听，侧耳听，晴天响雷敲金鼓，大海扬波作和声，人民战士驱虎豹，舍生忘死保和平，为什么战旗美如画，英雄的鲜血染红了它……"锵锵的歌声感染着纯朴的村民，无论大人孩子每一个人心中都产生了最纯真的善与最坚定的信念。他们很多人连小学都没念完，但他们有着最丰富的胸怀。每个月放电影的日子，当村北的土路上远远亮起两点最亮的车灯，孩子们便欢呼雀跃地奔回家喊着"放电影的来啦，放电影的来啦……"。

母亲总要炒上一大簸箕新敲打下来的葵花籽，我会往裤子口袋装上几大把带着余温的瓜子召集一群小伙伴，扛着板凳去放电影的广场，早早占了自认为最佳的地带。有时会看到二玲也早早来，给晓科递一小壶水，但他们并不多说话，二玲就匆匆躲进人影中，远远地望着。比我大两岁的小华说，二玲将来是要嫁给晓科的。那时对于幼小的我们来说那大概是最美的东西：电影快开始了，一束灯光投到架起的幕布上，我们当时实在不明白，那摇曳多姿的人物是怎么走上幕布去的呢？那幕布是一块神奇的布，一面看人是正的，另一面人就是反的。我们村最老实的石头叔嫌人多就总在另一面看，他是唯一在反面看电影的人。孩子们会在开场前站到凳子上借着光做各种手势，活生生的小动物、小脑袋就在幕布上游走，等到老子们几声呵斥，孩子们一个个就蔫下去，装模作样地端坐着，等电影开始。露天电影给人最多的感受是偌大的村中广场上，一群黑压压的人在白亮的灯光照射下和黑白电影的明暗交替中，每张脸都映着一层油亮的光。无论是多么粗犷的汉子那时都是那样的投入，大点的孩子一知半解地咀嚼着电影桥段，追问着谁是好人，谁是坏人；小的孩子已经在母亲或大姐姐的怀中甜睡，梦中有他们自己的影像在光怪陆离中游动。幕天席地，田野的风徐徐吹拂，当幕布上出现两个大字"剧终"时，大人们从意犹未尽中扛着板凳，背着睡着的孩子，嘴里大声喊着"小大，小二回家喽……"。半大的孩子们也已睡意来袭，鼓着嗑瓜子发胀的腮帮子，机械地随着人们往家挪着步子。最后，空旷的广场上只有放映员独自收着器具，把大盘的胶片认真放进箱里。二玲依旧是默默地走过去说一声"回去开车注意安全"，担心别人笑话吧，也就匆匆忙忙地离开了。当车子声突突突地消失在远方小路上，整个村庄就睡熟了，孩子们会说梦话，大喊着台词；而大人们更容易酣眠，他们有自己更丰富的梦境吧。那片土地，那方田野，它给了我最坚实的过往，让我时刻在岁月回溯中找寻着精神家园的光芒。

（作者单位：北京市大兴区第七中学）

雪莲花一样的笑容

赵文新

　　从北京到新疆支教，我一下飞机，远远望去，美丽的雪莲花点缀在群山之间，像欢迎我的小精灵一样充满生机。看着纯洁如玉的花朵，想到即将见面的孩子们，我的心明媚了起来。

　　我教三年级一个班的数学兼做大队辅导员。班里有二十多个孩子。他们的眼睛又大又深，像新疆的紫葡萄一样闪着光芒，脸蛋儿红红的，像早晨的朝霞。有几个小女孩，头发像黑缎子一样又黑又亮，梳了十多条小辫子。她们一说话，一走路，小辫子轻盈地摆来摆去，让我想到北京春天的柳枝随风摇曳的样子。"老师好！""老师好！"孩子们的"紫葡萄"里充满笑意，用不太熟练的普通话叫我。看到他们，我又想起踏上新疆热土看到雪莲花的情景，心中满是葡萄汁般的甜蜜和欢喜。

　　学习之余，我组织孩子们开展活动。我把在北京和学生做过的游戏教给他们，比如"抓落雁""赶猪过河"。孩子们活动起来意犹未尽，让我每周都开展一次活动。每周内容不能重复呀，我看着女孩们摆动的辫子，萌生了灵感。

"咱们来个编辫子比赛好吗？男生当裁判……"我的话还没有说完，孩子们就欢呼起来。"老师！老师！"我忽然觉得有人在拽我衣襟，一看是一个叫拉古丽仙的女孩。她小声问："老师，什么时候……编辫子比赛？""明天下午课间活动时间。着急了吗？"我一边说一边摸摸她戴的小花帽。谁知她"啊"了一声，像触电一样紧紧地捂住帽子，直往后躲，结结巴巴地问我："老师，能不、不参加编辫子、比赛吗？"看着她惊恐的表情，我还想问问原因。"老师，她不爱参加活动，我们也不知道为什么。"班长过来告诉我。我点点头说："拉古丽仙可以不参加比赛，那就当裁判吧。"拉古丽仙听了我的话，长长地出了一口气，捂在头上的手滑落下来。看着小女孩的神情，我留神看看她帽子下露出的辫子，只有六七根。她有什么秘密吗？

放学的时候，拉古丽仙的奶奶来接她。我拉着她奶奶到一边，悄声问孩子的情况。她奶奶不会说汉语，我跟随她们做了一次家访。

晚上七点，我从拉古丽仙家回来，找来从北京带的材料，各色的布块、珠子、亮片，开始做手工。我一直喜欢做一些装饰品，给包包拉链做个彩球；给书皮粘个布贴画；给花盆勾个外套，把生活点缀一下。原来的同事开玩笑说，我的数学是手工老师教的。哈，谁说数学老师不能做手工呢？小学老师应该有十八般武艺，不说样样精通，每一样也应该像模像样。我在灯下做着手工活儿，抬头看见月亮累成了香蕉，向西边弯下去。我做好了十几朵雪莲花，伸个懒腰，把花儿放在办公桌上，就像把山上的雪莲花移来一样，很有动感。甭管是不是老王卖瓜，反正我很满意。

到了课间活动时，我们进行了编辫子比赛。我把女孩们分成两组，她们飞快地编着，小瀑布一样的黑发，在灵巧的手中编成麻花辫。男孩们一根一根地数，拉古丽仙抬头看看辫子，认真地做记录。比赛结束后，我给每个女孩发一朵雪莲花，作为奖励。

在大家的注视中，我迅速地蹲下，让做裁判的男孩和拉古丽仙把我的披肩发也编成小辫子。男孩的脸儿红了，摆手往后退。"拉古丽仙，你教教他们。美丽，从头开始嘛！"我招手。"老师，我们看着拉古丽仙给您编吧。"男孩子围着我说。拉古丽仙慢慢走到我身边，在我头上轻柔地编起来，我看着一条条辫子垂下来。拉古丽仙给我编了十二根小辫。

我摸着小辫说："谢谢拉古丽仙，给我编了这么多的小辫！我还是第一次编呢，也是新疆人喽！"我手背向上、手指相连，放在下巴下面，扭动着脖子，做出新疆舞蹈的造型。我把一朵雪莲花别在头上。女孩们纷纷效仿，我看见拉古丽仙一点儿一点儿地摘下帽子，把花也别在头顶上。女孩们顶着雪莲花，便是移动的小花园。孩子们鼓着掌笑着，拉古丽仙看着我也笑了，笑得像雪莲花一样纯真美丽。

我从家访中得知，拉古丽仙头上有一片烫伤，是她妈妈犯精神病的时候打碎了暖壶烫的。她妈妈离家出走一年多了，仍然没有音信。拉古丽仙变得忧郁，不爱笑，也不爱和同学玩。了解这些情况后，我赶紧联系当地妇联、公

安机关等部门，终于收到两百多里外的救助站的信息，找
到了她妈妈。她们母女就要见面了，我想那时候拉古丽仙
的笑容比雪莲花还要美。

（作者单位：北京市延庆区教育宣传中心）

秋访丹柿小院

周 芸

在秋天的一个银杏灼灼的下午，我骑着自行车特意去追访老舍故居。过了灯市口，一直往王府井大街走，直到过了两个街口，才进入这条著名的南北走向的胡同——丰富胡同。非旅游季节的北京，巷内也安静得很，连行人都少见，在喧闹的王府井大街旁边，就这样静静地在小巷内游走，也是一种难得的享受。

在微信小程序上约了参观时间后，工作人员扫了验证码就可以直接进入。故居院子不大，方方正正，是座典型的老北京四合院。一进门是座影壁，上书一"福"字，我已经做过功课了，知道这是老舍先生之妻胡絜青女士所手书。进到院子里，有老舍先生的半身立像。抬头向上望，院里两棵柿子树挂满了红色的小灯笼。这里就是我国著名的作家老舍先生最后住了十六年的地儿，也是先生写下了脍炙人口的《方珍珠》《龙须沟》《茶馆》等几十部话剧和大量曲艺、杂文、诗歌、散文等的地方啊！

故居院内的西厢房是纪念馆的第一展馆，旁边西耳房是书房，与卧室相连。书房极小，只能放开一张书桌、一把椅子。椅子后面墙厚，老舍先生别出心裁，请人打了洞，将大书橱深嵌其中。背靠书墙，面朝满园芬芳，远胜在饭店对着镜子写作。就在这个斗室，他写了《龙须沟》《茶馆》等三十多个剧本以及无数的散文、杂文。现在耳房是不让进的，但隔着玻璃也能看到这个小房间布置得精巧温馨。

从西厢房出来，进入正厅前，发现窗台上摆满了院里柿子树上摘下来的小柿子，小柿子挂了白霜，今年的秋天来得特别快，柿子有的被冻破了，管理人员把品相好的捡起来，让游客们看看丹柿们可爱的侧脸。

阳光洒进院子，我捧了一个柿子放在手上，和这珍贵的大自然的礼物合了张影。想起书里所写的，以往每到秋冬季节，街坊四邻、亲朋好友都会收到老舍夫妇亲自登门送上的"有机柿子"，这是老北京的传统："送树熟儿。"臧克家记得，那些柿子有方的，有尖的，活枝鲜叶，收到后他舍不得吃，摆在宜兴泥茶盘上，当作艺术品鉴赏。现在先生虽不在了，但院里的这些"树熟儿"们还在，仿佛是先生在跟人们亲切地打招呼……

正房中间是客厅，面积不大，摆放着的几张沙发和一张小圆茶几，也够三两知己舒适畅谈。老北京人，尤其是旗人，无论贫富，讲究体面干净。家里的家具陈设，老舍先生每天至少亲自擦拭一遍。红木的旧式多宝格和条案上，摆着他淘来的古玩和工艺品。这里还有过一段趣事。

老舍搞收藏，标准只有一个：他喜欢。至于是真是假，完整还是残破，值多少钱，他都不管。据说，郑振铎是海内闻名的大收藏家，与老舍相熟多年不见外，进客厅四处看看瓶瓶罐罐，轻轻说了声："全该扔。"老舍一笑："我看着舒服。"

正房大圆桌上则是每日必摆插着鲜花的花瓶和盛满时令水果的果盘。每天，老舍先生会把水果一个个拿出来擦好，把果盘也擦干净，再把水果摆回去。这是先生的习惯，时至今日，院里的管理人员仍然在先生照片下面勤更换着新鲜的水果。实际上，先生因为年轻时出国，在寒冷的英伦半岛，几年没按时吃饭，得了胃下垂和神经性肠炎，不能吃生冷食物，水果摆出来只为好看，闻着清香。

从正厅出来就入东厢房，也是第二展厅了，这里存有老舍先生负笈英伦的资料，一进门最能吸引眼球的就是一个留声机，留声机里播放着老舍先生所编著的对外汉语教材的中文听力，听着先生标准的普通话，感慨先生除了写作以外，也在不遗余力地推广中华文化，他是毋庸置疑的对外汉语教学的先驱。展厅通过大量珍贵的照片、手稿，展示了先生的生平及创作历程。在老舍先生的眼里，新中国成立后的北京，"像一个古老美丽的雕花漆盒，落在一个勤劳人手里，盒子上的每一处都收拾得干干净净，再没有一点积垢"。简朴的小院也在他的手里变得精致温馨，处处体现出平凡人家的生活情趣。展览的设计也是如此，看来设展人也深谙先生之意。

"世态画卷看茶馆龙须沟畔换新颜，骆驼祥子苦挣扎四世同堂皆京味"，这是李岚清同志在老舍素描画卷旁边题的诗句。这位地道的北京作家，一位人民的作家，一位自称是文艺界小卒的伟大作家，他虽然离开了我们，在这秋天的丹柿小院里，那些书里的话仿佛在耳畔响起："生活是种律动，须有光有影，有左有右，有晴有雨，滋味就含在这变而不猛的曲折里。"这是先生的智慧，我们怀念着他的人生智慧。

（作者单位：北京市二十一世纪国际学校）

童年，我和母亲去砍柴

朱喜良

　　童年时，大概六七岁的样子吧，一个夏日的午后，母亲要去地里砍柴，我就和母亲一起去。那时的农家生活很是清苦，小孩子自然也不在家歇着。

　　母亲推着一架平车，让我坐到车上。我不坐，怕母亲辛苦。母亲说，这么个小孩儿才多重呀，坐到车上也不碍事，你呀，长大了再孝敬妈吧。我就听话地坐到了车上。乡间小路，坑坑洼洼，童年的我，一边和母亲说着话，一边摇晃在车上，摇晃着一路的幸福。

　　经过一片西瓜地时，我说渴了。车上本放着水，我却不喝。母亲放慢了脚步，瓜田里的瓜把式已经热情地打起了招呼："给孩子吃块儿西瓜吧，大热天的。"弯腰，起身，一个大西瓜已经在手，大步往地头送来。母亲说吃不了那么大的，来个小的给孩子吃就行了。瓜把式说，天这么热，娘儿俩一块儿吃。瓜把式这么热情，让我到现在都留恋那份淳朴，心存感激。

母亲道了谢，我们走到一片树荫下，用镰刀剖开了西瓜。红瓤黑子，水足味甜。吃着瓜，我把瓜子装在小衣兜里，又期待晒干了的瓜子的美味了。上车，和母亲继续前行。我一手抱着放在腿上的半个西瓜，一手拍着圆滚滚的小肚皮，一边摇晃一边打着饱嗝，还吧嗒吧嗒跟母亲说着明年也种这种西瓜的计划，似乎刚才见到的瓜田就是明年我家瓜田的样子。

到了长满杂树和青草的荒坡，母亲砍柴，我也不闲着，拿着耙子搂干草，过一会儿，跑到母亲跟前说会儿话。累了，躺在草地上歇歇。天空湛蓝，清澈如洗，有几片白云飘浮，时而还有鸟雀飞过。伴随着母亲的砍柴声，还有远处的牛羊声，迷迷糊糊地睡着了，好像还做了一个翱翔蓝天的梦。

太阳快下山了，母亲已砍了一大堆柴。我扶着车子，母亲装车，然后用绳子把柴草固定好。我让母亲留下一节绳头儿，也帮着拉车。母亲直夸儿子懂事……

夕阳的余晖下，一辆柴车，一大一小两个身影，行走在乡间的小路上，一路汗水，一路欢笑，走向爱的港湾。

如今，母亲已辞世十几年了，我也早已过了母亲当时的年龄，而这份童年的记忆却总陪伴着我的人生岁月，把我与母亲和家乡紧紧地联结在一起，永难忘怀……

（作者单位：北京市大兴区第一中学）

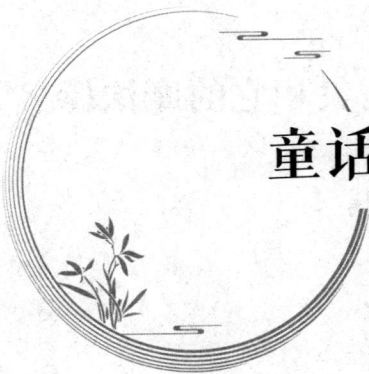

童话篇

梦精灵和它的魔法棒

巩继伟

新年前的冬日，寒冷而充满喜庆。夜空中的月亮女神早早就打扮好了自己，指挥着浩浩荡荡的星星，进行着巡游庆典，洒下柔美多变的淡橘色光束，与冉冉而起的斑斓万千的烟花亲密互动，为这美好的节日增加了绚丽的色彩。

小城街头巷尾张灯结彩，喜气洋洋。红红的春联、飘逸的香气、欢悦的人群、陶醉的歌舞……渲染着新年的气氛。

夜渐渐深了，街道也慢慢安静下来。寒风吃完晚饭后就鼓劲地吹起，吹得圆月和繁星朦朦胧胧的，有了些倦意；吹得忙碌热闹一天的人们也疲乏了，伴着点点星光进入梦香。

这时轻巧伶俐的梦精灵带着它的魔法棒，不声不响地从城北的树梢里钻了出来。它眨着智慧的眼睛，披着透明的翅膀，扭着纤细的身躯，美美的小脸四下张望着，想着今晚要去谁家看看。一年三百六十五个夜晚，梦精灵都会准时游荡在这纵横交错的街巷里，钻进人们各自稀奇古怪的梦中，为他们送去甜蜜舒心的梦境，从未间断过。

在这个特别的日子里，梦精灵更是期望每个人都能做个好梦，快乐温馨。妈妈告诉它，伤心痛苦的梦会让人们新的一年没有好运气，所以梦精灵一刻也不敢耽误，甚至来不及喝完喜欢的草莓味奶茶，就急急匆匆地出门了。

可爱的梦精灵，躲着寒风的追逐，飘过城市大大小小的街巷，跳过街心公园和广场，穿越无数屋顶，透过大大小小的窗子，仔细查看着人们的睡梦。

这里梦精灵再熟悉不过了，小城里每家每户人们的梦境几乎都光顾过。梦精灵就像是一位高超的艺术大师，一整晚都在编织延续着人们的各色梦境。不太爱写作业的宝贝乐乐实现了一百分的愿望；长期卧床不起的张伯伯战胜了病魔，可以在公园散步啦；出了车祸的姑娘晶晶，不再痛苦烦恼，成了美丽的新娘；甚至连动物园里的动物们都自由自在地奔向了森林、草原、海洋……无论梦的长短，悲伤缺失，它都能运用魔法，发挥想象，精心修补，创设美好的结局。

时间长了，城里的人们都很奇怪，为什么自己的梦永远都那么幸福美好，也隐约感到了梦精灵的存在。夜晚他们和梦精灵一起说梦话，起身梦游找寻它的足迹，发现什么也没有，睡醒后也想不出梦精灵的样子，更找不到梦精灵的影子。梦精灵的善良无私已经深深扎根于人们的心中，也改变了许多人的生活态度，让小城的氛围变得更加和谐安宁。

梦精灵很快就飞到了城东，一栋干净整齐的小楼里散发出水果的清香，这是嘟嘟家。嘟嘟喜欢吃水果，家里放满了各种好吃的水果，连他的小床都是个弯弯的香蕉形。

嘟嘟搂着小花狗睡着了，噘着嘴，不太高兴。梦精灵十分好奇，这到底发生了什么，连忙钻进了他的梦中。

这是一个着急的梦。嘟嘟和小花狗正在参加学校的新年联欢会，同学们都带了许多新年礼物，而嘟嘟只带了一张祝福画卡，却被小花狗不小心抓坏了。

"你应该带些水果分给大家就好了。"小花狗埋怨道。

"我不嘛，那些水果我还要吃的。"嘟嘟晃着脑袋反对道。

没了礼物，这可怎么办呀？嘟嘟着急了，想不出办法。

"别着急，这很好解决。"梦精灵迅速拿出魔法棒，亮光一闪，嘟嘟有了魔力，身边的画笔们立刻忙碌了起来，各种造型和颜色很快布满了画面，不一会儿祝福画卡完成了。

白云飘飘，青青草地，清澈小溪，奇特茁壮的大树上结满了各式各样的水果，苹果、鸭梨、香蕉、橘子、葡萄、樱桃，它们晃着身子跳舞，带着成熟的微笑唱歌……

这比原来的画更加漂亮好看，嘟嘟惊讶得瞪大了眼睛。

"还有更神奇的呢。"梦精灵挥动魔法棒再显神通。

画卡变成了立体画，老师上前用手摸了摸，白云就变成了软软的棉花糖；绿草变成了甜甜的棒棒糖，高高的树干是各种口味的巧克力，而大树上的水果更散发出了浓浓的香味，一个个从树上滚落下来……真是令人不可思议。

"这些水果都很好吃，大家快来尝尝。"嘟嘟直接把水果送到了老师和同学们的怀中。

　　老师和同学们都惊呆了，一向小气的嘟嘟懂得分享了。小花狗也随着欢快的乐曲，跳起了舞蹈……大家热烈鼓掌喝彩，嘟嘟自豪地扬起了头。

　　这个结局很完美。梦精灵得意极了，它极其享受这个过程，潇洒地环绕一圈离开了嘟嘟家，夜幕中几只迎风而舞的红灯笼在向它点头称赞。

　　梦精灵飞到了城南，小巷尽头的老房子，是陈奶奶家。陈奶奶夫妇俩十分恩爱，老爷爷喜欢种植，在房门前、走廊间、屋子里和阳台上，种满了花木和果蔬，宛如一个大花园，蝴蝶飞舞……老爷爷喜欢给陈奶奶做美食，甜点蛋糕、水果酸奶、可口的饭菜，甚至还有她爱吃的冰糖葫芦。老爷爷对陈奶奶照顾得很周到，俩人的生活很快乐。可是不久前，老爷爷去世了，陈奶奶就单独住在大房子里了。

　　梦精灵小心翼翼地飞进屋里，看到陈奶奶仰靠在轮椅上已经睡着了，但眉头紧锁，便马上钻进了陈奶奶的梦中。

　　这是一个忧郁的梦。房子里冷冷的，没有了阳光，花木和果蔬都死了，也看不到蝴蝶了。再也听不到老爷爷的声音，更没有好吃的饭菜了。

　　"老头子，我不想让你等得太久。"陈奶奶望着这一切，十分伤感。

　　梦精灵赶快拿出魔法棒，画出大大的光环，里面立刻呈现出老爷爷熟悉亲切的笑脸："老伴儿，不用担心，我就在你身边。"

◎ 梦精灵和它的魔法棒

197

房子又重新亮堂了起来，阳光洒到了每个角落。花开了，果蔬上果实硕硕，蝴蝶回来了……一切恢复如前，老爷爷在修剪着花木。

"老啦！记性不好了，怎么忘了。"老爷爷又奔向了厨房，"这是刚才做好的鸡蛋饼，快来尝尝，还有新鲜的牛奶。"

陈奶奶高兴得像个孩子一样，慢慢地吃着，老爷爷美美地看着……

老爷爷推着陈奶奶到窗前看花晒太阳……梦精灵如愿地笑了。

不经意间，梦精灵感到陈奶奶的轮椅真的在动，十分诡异，梦精灵连忙跳出梦中看个究竟。轮椅真的在动，屋里的灯也亮了，陈奶奶醒了。

"妈、奶奶，我们回来了。"陈奶奶的孩子们一休假就连夜赶回来了。屋里摆上了花篮、亮起了彩灯，还有各式各样的年货……

陈奶奶兴奋地搂着孙子、孙女。"年夜饭好了，过年喽！"全家人的喜庆洋溢在每个人的脸上。

"这真的不是梦境。"梦精灵高兴极了，悄悄地退出了屋门，大门上的吉祥生肖图案都摇摆着为陈奶奶祝福。

最后梦精灵来到了城西。一条古色古香的小街里，街边一扇扇精巧简洁的对开小窗，像一双双灵动的眼睛。

看，青色小窗里的妞妞伤心了，睡梦中看着爸爸的照片在悄悄地流眼泪。

妞妞和妈妈生活在一起，爸爸是个军人，在雪域高原上值守，新年前没回来。

"爸爸、爸爸。"涌出的泪水从妞妞洁白的脸颊上流了下来，怕隔壁的妈妈听见，她就用小手绢捂住了嘴巴，小手绢被眼泪浸湿了一大片。

看来这是一个伤心的梦。爸爸曾答应过她，新年要和她在一起，现在爸爸却没有回来，已经四年了。妞妞想着爸爸的模样，泪水忍不住又流了下来。

梦精灵来到妞妞的梦里，轻轻地拍着妞妞，舞动魔法棒："漂亮懂事的孩子，不要伤心。这个好梦送给你。"

蓝天白云下，妞妞和爸爸一起去郊游，他们在山间无忧无虑地捉迷藏；在小溪边听潺潺的流水声，一起抓小鱼打水仗；爸爸在山边采摘了许多不知名的山花，变成美丽的花环戴在她的头上；爸爸和她一起骑马，行走在夏意盎然的田野中，不时传来父女开心的笑声，这时是最快乐的。

妞妞笑出声来，笑着笑着又哭了。

糟糕，这里全都是过去的回忆，更勾起了妞妞对爸爸的思念。

看来妞妞真的想爸爸了。梦精灵不想让妞妞这样伤心下去，再次舞动魔法棒，咱们现在就出发看爸爸去。

吱吱的鸟儿在前面开道；萤火虫提着灯笼照亮；翩翩起舞的花精灵向她招手；蒲公英送了一程又一程。离开了小屋，离开了城市，飞过草甸、溪水、森林、来到高高的雪山上……终于见到了爸爸，她给爸爸的礼物，是她亲手种的会唱歌的杜鹃花。

夜更深了，所有的窗子都无心抬眼去看什么圆月繁星闪烁。妞妞睡得甜甜的。梦精灵悄悄地给妞妞盖上了被子，不想打断这么好的梦，飞走了。妞妞又梦到爸爸回来了，骏马踏着洒满思念的小路；最后的霞光为爸爸披上彩色的丝带；温暖的小屋里爸爸给她做着香气十足的饺子；搂着她讲好听的故事，妞妞是那么幸福……

午夜的钟声快活地敲响了，寒风也累了，没有了力气，躲到了云层里，小城变得更加安详宁静。梦精灵依然不知疲倦地游荡在大街小巷中，谁也不知道它又去了谁家，溜进了谁的梦中，但小城人们的睡梦都是快乐的，甜蜜的……

（作者单位：北京市朝阳区呼家
楼中心小学团结湖分校）

飞飞交朋友

焦艳艳

飞飞是一只漂亮的小灰兔子。她性格开朗活泼，一刻也闲不住。长长的后腿健壮有力，跑起来那叫快！

飞飞喜欢交朋友，每天都要到森林里找小伙伴玩耍。玩什么呢？当然是比赛跑步喽。几乎每次赛跑的冠军都是飞飞，她可开心了！飞飞觉得和好朋友在一起玩耍，是天底下最快乐的事情！当然，她认为朋友们也是这样想的。

"嘿！球球！我们一起玩吧！"飞飞老远看见顶着一身野果子的小刺猬，激动地跑过去说道，"你瞧，今天的天气多好啊！"

小刺猬球球抬头看了看蓝蓝的天空，呦！还有几朵调皮的白云彩朝他微笑呢。

"是啊，今天天气真好！"球球耸了耸他那尖尖的小鼻子，饶有兴趣地问，"我们玩什么游戏呢？"

"我们来玩赛跑吧！怎么样？"飞飞提到赛跑两个字，

两只眼睛直放光。

"哦——我，我刚刚想起来，妈妈嘱咐我早点回家，她等着我的果子吃呢。"说完，球球头也不回地钻进草丛里去了。

"哎——"飞飞刚想叫住球球，小刺猬已经没影儿了。

球球今天真奇怪！飞飞一边在心里嘀咕着，一边蹦蹦跳跳往前走。

咦？什么声音？飞飞被草丛里传来的窸窸窣窣的声音吸引住了脚步。她蹑手蹑脚地走过去，扒开杂草，顿时哈哈大笑起来。

"你笑什么？"小野鸡毛头感到有些莫名其妙。

"哈哈，你啄小虫子的样子有一丁点儿滑稽。"飞飞还是忍不住想笑。

"呵呵，原来是这样啊！"毛头自己也忍不住笑了。

"我们一起做游戏吧！"飞飞提议。

毛头一听这话，立马激动起来："好啊！总比我一个人无聊得啄虫子好！"

"那么，做什么游戏呢？"毛头眨眨眼问道。

"我们来玩赛跑吧！我最喜欢赛跑了！"飞飞不假思索地回答。

"哦——亲爱的朋友，我，我突然感觉有点头疼。"毛头一副难受的样子，"不如，我们下次再玩吧。我想，我现在需要回家休息。"说完，毛头转身离开了。

"毛头真奇怪！"飞飞一边嘟囔着，一边往家走。

从那以后，飞飞发现小伙伴们只要远远地看见自己，就都匆匆忙忙转身离开了。虽然飞飞有些失落，但是她怎么也想不通，这到底是怎么一回事。

"他们都怎么了？好像都在躲着我……"飞飞琢磨了好多天还是想不明白，最后忍不住问妈妈。

妈妈将飞飞搂在怀里，语重心长地说："飞飞，每个人生来不同，有的热爱游戏，有的喜欢运动，只有彼此包容、彼此迁就才能做朋友。"

听了妈妈的话，飞飞恍然大悟。

第二天一大早，飞飞匆匆吃了几口早饭，就迫不及待地跑进森林里。

飞飞看见小熊比尔就在不远处，她飞快地跑过去打招呼："早上好比尔！我们一起玩吧！"

不等比尔回答，飞飞赶紧接着问："你想玩什么呢？"

"哦？"小熊比尔显然有些不敢相信自己的耳朵，他试探地问道，"那，那你愿意陪我去钓鱼吗？"

"当然可以啦！如果你喜欢钓鱼的话，我十分乐意！"飞飞微笑着露出洁白的牙齿。

就这样，飞飞陪比尔钓了一整天的鱼。她从没想到，原来钓鱼也是一件非常有趣的事！而且，看到好朋友开心的样子，飞飞心里产生出了一种前所未有的、非常美妙的感觉。

毫无疑问，这一天，飞飞开心极了！嗯——好像比从前跑赢任何一场比赛都开心！

（作者单位：中国人民大学附属中学朝阳学校）

虫虫过大年

梁 燚

　　除夕之夜，家家户户张灯结彩，奔波在各地的叔叔阿姨们聚在一起欢度新年，室内回荡着一遍遍恭贺新春的祝福，室外则被小朋友们的欢笑声、烟花色点缀得绚丽起来，毫无疑问这是一年来最精彩的一个夜晚，对于人类是这样，对于虫虫们也是如此。

　　蚂蚁小黑牙正在蚂蚁窝里小心地采集着自己种下的蘑菇，忽然听见门口热闹了起来，原来是螳螂医生和蜜蜂护士回家了，为了让大家能够健康地迎接新年，每次除夕他们都要等其他虫虫都回家后才能下班。蜜蜂护士"嗡"地扇起翅膀，为了抖掉身上的雪片在门前走起了"8字"，螳螂医生则满不在乎，从蜜蜂护士的花粉筐里掏出两瓶蜂蜜汽水，径直撞进屋里来：

　　"大家过年好啊！"螳螂医生一边打着招呼，一边打开冰箱门，随手把蜂蜜汽水塞了进去。

"快去洗洗手，就等你来剁馅了！"蚂蚁小黑牙端过来一大盆蘑菇，看来今天要包三鲜馅饺子，螳螂医生向厨房看了一下，屎壳郎兄妹倒着身子，正把腿伸进面粉里踩来踩去，一会儿桌子上就会揉出一个圆圆的面团。

　　螳螂医生系好围裙，把手上的两把大镰刀洗得锃亮，"唰唰唰"地切起蘑菇来。小黑牙又进了卧室，把正在打扑克的锹形虫、独角仙和竹节虫叫了出来，独角仙和锹形虫两个大力士撸起了袖子，竹节虫挺直腰板把自己变作一根擀面杖，原来他们三位伙计是负责擀面的。

　　蜈蚣队长跑进跑出，用他的一对对步足准备着家人们的碗筷，却看见大厨蛛八脚正用蜘蛛丝把自己挂在空中，他两只脚翻看着菜谱，另外六只脚手忙脚乱地同时做着三道菜。也不知道蛛八脚是眼神不好还是三心二意，他一会儿把盐放成了糖，一会儿把糖放成了味精，还不小心把香油倒在了进屋取面粉的屎壳郎哥哥身上，屎壳郎妹妹说，这是她哥哥最香的一个晚上！

　　过年怎么能少了春节晚会？知了带着自己刚褪下的壳表演了魔术"大变活蝉"；蜻蜓夫妇拿出了最擅长的水上芭蕾"蜻蜓点水"；蚯蚓大叔用自己的脑袋和尾巴玩起了"双簧"；蝈蝈、蚱蜢和蟋蟀组成的草蜢交响乐队献上了他们的代表作《热闹的秋天》；叩头虫、水黾和七星瓢虫展露着在虫林寺苦修多年的"昆虫功夫"：无敌铁头功、轻功水上漂和花衣铁布衫，惹得台下连连叫好；蝴蝶小姐上下翻飞，在花丛中表演着彩蝶舞；萤火虫少年团不断变换队形，用萤火拼出了一副发光春联；苍蝇、臭椿和毛毛虫的笑星组合带来了新编小品《看病》，只见苍蝇医生用嘴巴当听诊器在病人毛毛虫的肚子上"探来探去"，毛毛虫一边要强忍着痒一边还要演出病恹恹的样子，一旁的臭椿大婶儿还在不断地建议着自己可以用"气功"治病，滑稽的场面引得在座的昆虫哄堂大笑……

"上菜喽!"蜈蚣队长摇摇晃晃地从厨房走了出来，他的每一只手上都端着一个盘子，起初大家以为这是春晚的最后一个节目：杂技转盘子，直到小黑牙也端着热腾腾的饺子从厨房走出，大家这才反应过来，连忙上前帮蜈蚣队长把菜端到桌子上。

厨房里，大厨蛛八脚和帮厨蚕胖胖一边争吵一边用自己的丝质抹布打扫着厨房。其他虫虫则端坐在餐桌四周，开始进行年终总结：

"不劳动者不得食。感谢小黑牙和其他辛勤采集食物的虫虫们，我们才能其乐融融地聚在一起过年!请蚂蚁小黑牙来吃第一口菜。"

大家听完螳螂医生的讲话，纷纷为在座的蚂蚁和虫虫们鼓掌，小黑牙站起来谢过各位，用筷子夹了一块儿糖醋里脊。厨房里的争吵还在继续。

"第二口菜我建议由蚯蚓大叔来吃，蚯蚓大叔既是清洁工，又是化肥制造者，因为蚯蚓大叔的辛勤付出我们才能幸福满满地工作生活!"蜗牛慢慢说完后，大家一致表示支持，于是蚯蚓大叔站起身来，品尝起心心念念的凉拌西红柿："今年是孜然味的，还不错!"蚯蚓大叔惊喜地评价道。大家听到厨房里好像吵得更厉害了。

小黑牙听到厨房的吵闹声，起身发表自己的意见："我建议第三口菜由蛛八脚和蚕胖胖一起吃，如果没有他们认真地在厨房努力工作，咱们这么多虫虫就不可能在这里津津有味地品尝佳肴，大家说好不好呀？"

"没错没错。"蜜蜂护士和黄蜂裁缝手拉着手，赞同道，"很久以前虫虫之间还会因为食物发生战争，但是随着科技水平的提升，我们用真菌培养出了代替肉类的高蛋白食物，肉食性虫虫再也不用攻击素食性虫虫。我们还发明了化肥，粮食多到素食性虫虫也不用抢地盘了，所以我们签署了和平共处条约，今后任何的分歧都可以通过大家的智慧合作来解决了！"

虫虫们全票通过，大家一起向厨房涌去，厨房里的吵架声一下就被大家的春节祝福淹没了。

这真是一个热闹的春节！

（作者单位：北京市石景山区第二实验学校）

找不到朋友的兔子小姐

王艺涵

　　兔子小姐独自居住在自己干净整洁的洞里，她的皮毛是可爱的棕色，还有一双大大的耳朵，又神气又灵敏。可是她没有一个朋友。"我的三瓣嘴真丑啊。"每一次照镜子的时候，兔子小姐都这样想着，"有哪个小动物会愿意和我做朋友呢？"

　　春天到了。田野里的小花都开了，阳光照在刚刚露头的、嫩绿的草尖儿上，带走寒冬残余的最后一缕冰雪，只留下一颗颗亮晶晶的露珠儿，像宝石一样耀眼。柳树的枝条柔软地伸着懒腰，小河重新奔跑起来，偶尔吹过一阵风，空气里都是温暖舒服的味道。兔子小姐也挽着竹篮子出门了，她要到田野那一头的奶奶家里去送胡萝卜。她多么想和其他小动物一起在春天的田野上蹦蹦跳跳呀，可是她没有一个朋友。她从前一直是只独来独往的动物，但这会儿，她头一次感觉到了孤独的滋味。"可是谁会和我做朋友呢？

我有一张难看的三瓣嘴。"她在心里琢磨着。

兔子小姐沿着田边的小河一直走。突然，一只鼹鼠冲了出来，差点和兔子小姐撞到一起。

"啊，请您注意一点儿，鼹鼠先生，这样走路多么危险呀。您差一点儿就撞到我了。"兔子小姐有点生气。

"真对不起！"鼹鼠先生眯着眼睛瞅了又瞅，"原来是兔子小姐。真抱歉，我的眼神儿不太好使。您漂亮的棕色皮毛和后面的树干颜色太像啦，我就给看错啦。"

原来他是个近视眼。兔子小姐心想，这样他就看不到我难看的三瓣嘴了，也许他会愿意成为我的朋友。

"您可以做我的朋友吗，鼹鼠先生？我一个朋友都没有。我们可以一块儿走到田野那一头我的奶奶家里，一起吃好吃的胡萝卜。"兔子小姐满怀期待地问道。

"当然可以！"鼹鼠先生是个很热情的小动物，所以立刻就答应了，"不过，我的朋友随后就到，您得等一等他。"

"原来您也有自己的朋友！"兔子小姐很惊讶，"我还以为……"兔子小姐以为近视的鼹鼠先生和自己一样没有朋友。话没说完，她就赶快捂住了自己的嘴。幸好自己没有失礼，兔子小姐心想，鼹鼠先生是一位多么友善的动物啊。

鼹鼠先生一点儿也不介意，笑眯眯地说道："当然啦，每个小动物都有自己的好朋友！"

兔子小姐和两只鼹鼠一起沿着小河走。一路上，他们开心地说说笑笑。兔子小姐很高兴，她觉得云彩的影子都变得五彩斑斓的，蒲公英金黄的花瓣儿也冲她招手。她第一次觉得小河边这么美。

一会儿，他们都走累了，决定坐下来休息。一只高挑漂亮的长颈鹿女士正在旁边喝水。鼹鼠先生开心地和长颈鹿女士打招呼，长颈鹿女士也很热情地摇了摇脖子。她的嘴巴快乐地一张一合，可是一丁点儿声音都没发出来。

　　长颈鹿看起来很快乐，而且她不会说话，也许她愿意成为我的好朋友。兔子小姐想到。

　　"您可以做我的朋友吗，长颈鹿女士？我们可以一块儿走到田野那一头我的奶奶家里，一起吃好吃的胡萝卜。"兔子小姐举起手里的竹篮子问道。

　　长颈鹿女士点点头。这时，又走来一只长颈鹿。她们像所有的朋友一样亲亲热热地互相蹭了蹭毛茸茸的角。原来不会说话的长颈鹿女士也有自己的好朋友。

　　这下兔子小姐有了许多同伴。她高兴地一蹦三尺高，差一点儿把篮子里的胡萝卜都甩出去。几只正在游泳的绿头鸭看到，也嘎嘎嘎地笑起来。

　　"兔子小姐，您真可爱。您如果是我的朋友该有多好呀！"一位鸭妈妈说道。

　　兔子小姐吃了一惊，眼睛瞪得大大的。

　　"什么？您是要和我做朋友吗？可是，您不会嫌弃我的三瓣嘴吗？"

　　"没有哪一只小动物是十全十美的，兔子小姐。但每一只小动物都需要朋友。"

　　说着，鸭妈妈走上岸来，摇摇摆摆的姿势把大家都逗笑了，但是她一点儿也不在意。

　　"看，兔子小姐，大家都一样嘛。我们都有缺点，但是也都有自己的优点呀。您早该出来转转，我们都很乐意和您做朋友呢。"鸭妈妈说道。

　　兔子小姐终于明白了，她再也不为自己的三瓣嘴而难过了。那天下午，他们分享好吃的胡萝卜，互相梳理皮毛，在盛开的桃树下教小鸭子分辨草籽儿。这一整个春天，她都和朋友们在开满了野花的田野里打滚儿，追逐。她觉得自己无比的幸福。

　　　　　　　　　　　（作者单位：北京四中璞瑅学校）

飞跃新生

张子佩

东格陵兰岛，奥斯特冰川谷的悬崖峭壁之上。

我缩在干草绒羽中迷蒙地睁开眼，眼前寒风刺骨，冰雪茫茫，周围寸草不生。我已有两天未食五谷，滴水未沾，此刻有些头晕眼花，我晃晃头试图清醒些。这时一阵嘈杂的呼喊传来，扭头看到哥哥在我旁边惊恐地叫着，身旁的姐姐也露出了畏惧的神情，而弟弟在我身后瑟瑟缩缩，他们的目光一齐看向悬崖边站立的两个身影。见此，我彻底清醒过来，四肢百骸开始被恐慌侵噬。

到今天，我们就出生两天了。

而今天，我们就要做出一生中最重要的选择。去跳崖还是被猎杀。

母亲和父亲此刻就站在悬崖边上，他们双双回头看向我们，目光中带着不舍、无奈和坚定。我们一族向来早熟，虽出生不久，天性里便能明白家族的使命和危机，那就是对抗最大的天敌——北极狐。为了躲避他们的追杀，我们从小只能住在百米悬崖之上，可这里没有食物，根本无法生存。我叹了口气，看向兄弟姐妹们，我们穿着同样的黑白灰色衣袍，脖系黑丝巾，出生时间虽相差不久，可也有着无法割舍的血脉情谊。

我们就是白颊黑雁一族。

我们心里清楚，跳下去的生存率仅有二分之一，但是饥饿逼迫我们不得不做出选择。

悬崖高两百米，跳下去，也许会死，不跳，必然是死。只能跳了。

但死亡也不是一件简单的事。此时的父亲已经展翅飞翔，在谷底呼唤我们，母亲挥挥手，眼角含泪地飞出巢穴，直到离我们越来越远，快要看不见。我们本能地想要跟随，却纷纷停在崖边。

我们一族，出生五十六天后才会飞翔。怎么办？

母亲和父亲仍在谷底不停地呼唤我们，越来越大声，越来越着急。姐姐忍不住了，她使劲闭了闭眼，义无反顾地直冲下去。

"啊，救命！救我！"瞬间就听到姐姐撕心裂肺的呼救声。

我颤抖着向下看去，只见姐姐飞速坠落，在全力拍打着还未发育的翅膀，最大程度想减缓下降速度，减轻不可避免的冲击力，可她的力量太薄弱了。哥哥这时也站了出来，他颤巍巍地上前一步，停在崖边，回头看向我和弟弟，挤出一个勉强而苦涩的笑容，然后纵身一跃。他选择了另一个方向。

轮到我了。我跌跌撞撞地一点一点向前走，摔了好几跤，蹭出一身灰白。微微低头只看了一眼悬崖下，就觉得阵阵眩晕，双腿发麻。我不敢回头看弟弟，怕从他眼中看到自己的胆怯，我用力背对着他挥挥手，拼命憋回眼中的恐惧。抬头看着天空，默念着，这应是属于我的地方，我不能输。

　　白颊黑雁，没有弱者。

　　我闭眼跳了下去。巨大的气流开始疯狂殴打着我，体内器官肆意扭曲着，胃里在不断翻涌着巨浪，天空也在撕裂我的咽喉。此刻我已经没有恐惧，满心只剩快点落地的祈盼。

　　"咚！"在一百五十米的位置，我狠狠地撞在了凸起的岩石上，腹部瞬间凹进一块弧度，血腥也从口中溅出，在空中炸出一串串红色烟花。我的四肢百骸开始移位，五脏六腑也似将从口中吐出。

　　这时，我艰难地扭头看向下面的哥哥和姐姐。姐姐早被撞得晕头转向，她运气不好，是脖子先撞上崖壁，在反复撞击中，身体已经开始解体，她那漂亮的羽毛被剐得只余零星几根，大量的羽毛像暴雨般狂散在空中。她的嘴被磨平，前趾被摔断，而在最后一次撞击中脖子被彻底击碎，她便永远留在那块凸起的石崖上了。

　　空中有泪花不断飘落，久久不愿下坠。我又看向哥哥，可哥哥选择的方向石缝太多，坠落后便不见踪影。也许，他丢失在那里了。

　　"加油！你要活下去！"母亲忍不住飞到我身边，想要救我，可是怎么也不成功，只能守着我，眼睁睁看着我坠落。

"妈妈，我好疼啊。"我本想对母亲说道，可是嗓子已经说不出话，只能吱吱呀呀地发出呜咽呐喊。

眼见离落地只剩一百米了。我拼命挣扎，用力保持自己的平衡，尽可能用柔软的腹部去面对石壁的殴打，在慌乱中躲避着致命伤。我抬头看着弟弟，他还是瑟缩在崖边，恐惧不已。这时，他一不小心失足，滑了下来。可他离悬崖实在太近，碰撞次数太多，跳下还不足五十米，就已经被击垮，没了身影。我看着他消失成一个点，眼泪汩汩，打开双臂，做拥抱状。

五十米，二十米，十米。

"砰。"坠落停止了。我躺在一块凸起的岩石上，感受着血液在流逝，四肢开始逐渐冰冷，意识也非常模糊，浑身没了丝毫力气。

"醒醒！你要活下来！"母亲站在不远处，见我似要放弃，急得拍着羽翅原地团团转。她等了很久很久，发现我依然没动静，似乎有些绝望，哽咽着哆哆嗦嗦地准备转身离去。

我要死了吗，不，还没有。我依然能感觉到疼痛，感受到悲伤。十米，只剩十米了，我一定能坚持。我努力睁开眼，用残破羽翅扒开遮住视线的血污，嗓子这时也渐渐恢复，我用尽全力嘶吼："妈妈！妈妈！等等我！"

我连滚带爬地跌过这十米。这十米，有着我一生的距离。

我趴在地面上，蹭着尖利的碎石一步步向前挪动，余光看到自己全身都在渗血，在地上划出满地血痕。低头看

◎飞跃新生

215

去，身上都是被施虐后的伤痕。但是，我一定要活下来。活下来，一切才有希望。我艰难地哆嗦着起身，向父母的方向靠拢。他们站在那边对我露出鼓励的眼神。

我终于蹒跚着来到他们面前，母亲有些激动。但是，兄弟姐妹们现在只剩我一个，哥哥失踪后，母亲也无法冒险去寻找，我们必须要赶在捕食者来之前，尽快离开。母亲欣慰地看了看我，又期盼地转头盯着石缝的方向。良久后嗫嚅着红了眼。

突然，石缝中一个毛茸茸的身影在此时出现，是哥哥！太好了，哥哥还活着，他踉踉跄跄走过来，缓缓地对我们露出灿烂的笑容。

冬日的阳光终于落下，铺洒在我和哥哥的斑驳翅羽上，映出了璀璨光芒。我们彼此搀扶着蹒跚前行，母亲和不远处一直在观察一切的父亲相视一笑，领着我们快步离开，迎接下一个挑战。

前方路途坎坷，充满未知，可我们无所畏惧。

毕竟对我们来说，经历才能长大，殒灭才能新生。

（作者单位：北京市房山区石楼中心小学）

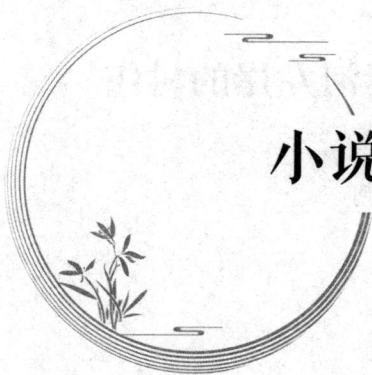

小说篇

北运河左岸的村庄

韩双河

一

> 城中十万户，此地两三家。
>
> ——杜甫

大台村是一个不大的村庄。

大台村地处京津之间、京杭大运河的北端东岸，与古老的通州城隔河相望。日暮时分，可以在漫天晚霞和袅袅炊烟中看得到西北方向的燃灯佛塔，夜深人静时可以隐约听得到大运河的涛声。

大台村虽小，终究也是大运河文化的产物，是通州城的袖珍版，人口颇杂，五方杂聚。只是并没有什么皇族后裔、达官贵人、富商巨贾，都是些渔民河工、贩夫走卒、三教九流、五行八作之类。

心香一瓣——北京教师作家美文

有的据说来自山西洪洞，有的据说是山东人闯关东时留下来的，有满族的后代，甚至有人浑说，有的人身上有外国人血统，那是八国联军的种……

总而言之，具体来说谁也不确切知道自己的祖先分别来自何处，也不甚清楚各姓人家都有怎样的传奇经历，因为家谱在"文革"时，全都集中在大槐树底下烧毁了，虽然也留有许多传说，却也没有什么值得炫耀和记载的辉煌历史，因为大多是苦难的历史。

大台村村民就这样默默地生活着，光阴就这样在西边不远的大运河里流淌了几百上千年。

从清末漕运停运之后，失去了往日的喧嚣与热闹的大台村，渐渐安静下来。留下来的居民以务农为主，也有去京城里淘金的，只是都没怎么发达起来，生于斯，长于斯，歌哭于斯，从古至今，一如既往。

大台村可以说也是中华大地的缩影，日出而作，日落而息，春耕夏耘，秋收冬藏。横陈着几间简陋的茅屋，歪斜着几条并不笔直的街巷，鸡鸣狗吠，炊烟袅袅，家家晾衣绳子上翻飞着花花绿绿的衣裳。

除了本村人和贩夫走卒外，时不时撞将入来的客人，大多会在浓郁的月季花的香气中迷失路径。

二

百年风雨古槐姿。

——张耒

村口那棵槐树，是整个村庄的标志，如果酒后寻浆的落魄诗人迷失了路径，只要抬头看那棵槐树，就可以迷途知返了。

那棵槐树确实很有特色，高度还是其次的。虽然比路西侧的喜家篱笆外的那棵柳树不知高了多少。

在大台村村民的心里，这棵老国槐多少带有一些传奇的色彩，并不确切知道的传奇色彩。

古槐有个响亮的名字，是本村教书先生金老师给起的，叫"五爪金龙"。

树干中空，从主干中部开始分成五条树干，状如龙爪般稳稳抓住地面，该树直径一米以上，树龄无人知晓。这棵老国槐中空的树干里曾着过火，有人说是雷劈的，也有人说是八国联军做的孽，只有约十厘米厚的树干外皮支撑着高大的树冠，在多少年的风风雨雨中，竟然没有被风刮倒，简直就是奇迹！

没有人能讲清楚这棵树的历史，只是据说在这棵国槐的北侧曾建有一座山神庙，但在"文革"时被拆除，山神庙的旧址由村民集资改造成了只有三间房子的学校，金先生住一间，另两间是教室。

这是一所没有院墙的开放式学校，古槐树下就是操场，就是孩子们玩乐的地方。古槐较矮的树权上挂了一口钟，上课下课的时间控制就靠它，它也是全村的时钟。

但凡在村里要召集什么活动或者会议，村民听到钟声，都会赶到这里。这里是露天的会议室。想当年，谢庄的冯婉贞带领民团，抗击英法联军的场景，似曾相识，宛然在目。

古槐就这样守护着村民的家国情怀与文化诉求，守望着身边的村落。离开村庄和返回村庄的人都会习惯性地看上这棵老槐树一眼。在琅琅的读书声中，从古槐身边缓缓走过，挥一挥衣袖，与亲人道别，与古槐道别，与喜鹊道别。

有一年冬天，曾有个乞丐在树干里点火取暖，树干被从内部点燃，被喜老汉发现后好不容易才灭了火，但是这把火对这棵树没造成什么影响，依然枝繁叶茂。

虽然古槐的历史早就被遗忘在过往的风尘里了，但是每年冬去春来的时候，古槐依然葱郁。

夏天不管多热，这棵树下肯定凉快，不是说这棵树带来了多大的阴凉，而是这棵树所在的地方就比其他地方的温度要低，夏天不管多热，这地方总有风，这儿是全村夏天最凉快的地方，甚至二十四小时都会有村民在树下乘凉、拉家常、讲古、聊新闻，孩子们爬上爬下地玩耍。

孩子们经常在树洞里捉迷藏，也有孩子在等家长回来的时候，躺在树洞里睡着的。

三

烟迷芳草苍茫色，鹊占高枝嗄唶声。

——陆游

有人家的地方就有喜鹊，大台村的喜鹊格外的多，这棵古槐更甚。但是没有一个孩子去掏那棵古槐树上的喜鹊窝。因为每个村民都把这棵树当作保护神，何况又是喜鹊，所以倍加珍惜。

这棵古槐上的喜鹊窝，最鼎盛的时期，也就是这个村庄要整体拆迁的前夕，最多有八个吧。很多人都担心，古

北运河左岸的村庄

槐快撑不住了。

全树五个大的树干，除了向北的干枯的那枝没有喜鹊窝之外，其他枝干均有喜鹊居住，而以东南方向的树枝上的喜鹊窝最多，有四个，正东方向的有两个，其他正南和偏西的两枝各有一个。

东南方向的树枝上的喜鹊窝简直就像一串糖葫芦。因为树太高了，从下面目测不出来到底有多大。每一个窝都是庞大的建筑物，可以猜想出，喜鹊祖祖辈辈的辛勤劳动，惨淡经营。

有的巢穴巨大无比，不知道里面住着几对喜鹊夫妻。有的还可能是巢中巢。外巢，负责加固；内巢，材料温软，把风雨、寒冷挡在外面。很多喜鹊窝里还有羽毛、干泥、细草、棉絮、纸片、铁丝、彩色塑料瓶盖，等等。

喜鹊是鸟类中多么有智慧的建筑师啊！

大家都知道"鹊巢鸠占"的故事，大台村的村民在每年春夏之交都不太喜欢彻夜啼鸣的杜鹃鸟，担心杜鹃鸟会挤占喜鹊的巢穴。

虽然村民们，尤其是喜家兄妹年年担心的"鹊巢鸠占"的事情似乎并没有发生，但是，事情总有例外。

有一年，就发生了一件极其罕见的事，古槐上来了两位不速之客——雀鹰。

于是，一场激烈的战斗开始了。

喜鹊们一边叽叽喳喳地叫着，一边三五成群轮流俯冲攻击，可都在两只雀鹰的猛啄下败下阵来。这样前前后后进行了二十多个回合、历经半个多小时的较量，以喜鹊们筋疲力尽，相伴离去而告终。

据喜老汉回忆，两天前，两只雀鹰就侵占了古槐上那个最大的喜鹊巢，为了夺回家园，喜鹊在这之前已经发动两次进攻了，但均铩羽而归。

这可急坏了十岁的喜鹊来，在想尽了各种办法之后，终于用弹弓精准地击落了那两只雀鹰。

四

两塾弦歌日日春，不容坐席更凝尘。

——洪适

大台村是很传统的农村，也都尚学崇儒，以耕读为本。

想当年，金老先生是村子里为数不多的脱离农业劳动的人，他几乎教过整个村庄的人，祖祖辈辈，将近半个世纪。

老先生写得一手好毛笔字，村中红白喜事和年年春节，都是老先生执笔，每一落笔都能引来众人的叫好声。

老先生幼年起就练气功，主要是为了强身健体，村里有好多人都跟着学过。虽然最后都不了了之了，但是这个文化之根却深深地扎在了村民的心中。

五

最喜伊家三树秀。

——史尧弼

虽说大台村村民都挺爱学习的，可是这么多年过去了，村里也没有几个能考上大学的。

但是喜家的三个子女是一个比一个优秀，喜老汉的二儿子更是破天荒，考上了清华大学。

喜老汉就住在大槐树西侧二十米处，和金先生家只有一路之隔。

每个家庭都有每个家庭的离合悲欢，喜家也不例外。

大儿子叫喜春来，因为是早春出生，正是"七九八九隔河看柳"的时候，自家墙外的那棵柳树正是"绿柳才黄半未匀"。

春来小的时候，从槐树的树洞里抠出了一颗子弹，锈迹斑驳，无从辨认，喜老汉的推断是，日本人留下的。后来春来当了兵，屡立军功。

有一年春节回家探亲，在运河的冰窟窿里救人的时候，牺牲了。人人悲叹不已，竖起大拇指，都夸喜春来是条汉子。

二儿子喜鹊来，是早晨出生，门外喜鹊登枝。他天性活泼有灵性，人缘特好。如今，在清华大学土木工程系学习，快毕业了，立志要为副中心的建设贡献自己的力量。

小女儿喜凤来，今年高三，快该考大学了，成绩非常突出。

喜老汉三个儿女的名字都很近身，女儿的名字还是孩子妈难产临死前给起的，因为那一年春天，孩子妈从田里移种了一株梧桐栽在了院子里。

如今，亭亭玉立的，像一个伞盖，树干粗得很，喜老汉的双手都掐不住了。

六

有如出谷鸟，日日望高迁。

——桑悦

当大台村古槐树上的那口钟最后一次响起的时候，全村的老老少少全部到齐，还有几只凑热闹的黄狗也在外围转悠。

金先生代替村长宣读了拆迁的具体文件，号召大家积极响应，要以国家利益至上，先国后家。

其实，建设副中心的消息几年前已经传出，如今终于要拆了。对于没住过楼房的大台村村民来说，没有一个人不盼望着早日拆迁的，大家伙在内心莫大的喜悦之中，总有一种难言的激动。

地面上拆迁得很快，很快就风卷残云了。

地面下的居民也得搬迁，只要是知道的，只要是有主的。

虽然时间紧迫，但是一生都不迷信的喜老汉，还是选了一个黄道吉日，把老伴和春来的墓迁到了大运河森林公园东岸的极乐园陵园。

喜老汉老泪纵横地告诉老伴和大儿子：

"老伴啊，春来啊，我给你们搬新家了，我们终于也过上好日子啦……你们再回来的时候啊……一定要记得这个新地方啊，咱们死去的众乡亲也都在这里，这里风水也挺好的……我会常来看你们的……

"最近你们不要回家了……咱们整个村都拆迁了，我们最近租住的地方啊，你们最好不要去，那里不是咱们的家，那是别人的家，你们老去啊，不好……不太好……

"等咱们的新家建好了，我再请你们回去团聚……老伴啊！我这把老骨头还硬朗着哩，我还得替你们照顾好鹊来和凤来哩……"

一家三口泣不成声，都瘫坐在地上，好久，好久……

当然，也有很多需要搬迁的古墓，最早的可以追溯到汉朝。

大台村来了一拨又一拨的考古队。这些不知名的古墓也的确在媒体上热闹了一番，延误了不少的工期。

于是，在很长一段时间里，马路边经常会有人打扮成工人模样，举着个什么瓶瓶罐罐，迎着行人，来推销假古董。

七

> 倚楼无语理瑶琴。
>
> ——李清照

鉴于政府的统一安排部署，还有金先生在村中的威信，这次拆迁没有钉子户，创造了"通州奇迹"。

在乡亲们一阵焦头烂额的忙碌之后，尘埃落定之余。只有为数不多的几棵树还在站着，还有几只丧家犬在周围游荡。

好多家庭都把私有的枣树、桃树、杨树、榆树、柳树之类，统统卖掉了。收破烂兼伐木的人们，也不管有没有鸟窝，直接放倒，大卸八块，很快就只剩下留有新鲜锯齿印的树桩了。

喜老汉对院子里的那棵梧桐树犯了难，这是老伴留给他的念想啊。卖掉吧，不舍得。把梧桐树移走吧，如今政府出钱给租住了楼房，却没有地方种。他也不忍心看着把树冠都砍去，移栽到森林公园里。最后还是女儿出了个主意，花钱请人做成了一把七弦琴，很小，但是很精致，只能算作一件工艺品。虽然全家人都不会弹琴，但是女儿说等她高考结束后会去学的。

八

> 古槐疏冷夕阳多。
>
> ——赵嘏

大台村土崩瓦解了，一切的曾经都只能去人们的记忆和魂梦里找寻了。

拆迁到了最后，遇到了大难题——那棵古槐的处理。

很多地方在挖完古墓后都开始挖地基了，那棵古槐在越来越深的秋色里挺立着，那一树的喜鹊依然跳上跳下，飞来飞去，觅食衔枝，偶尔也都静静地落在槐树上，等待着也思考着自己和槐树的命运。

村里别的树上的鸟雀，死的死，伤的伤，搬迁的搬迁。有的飞往了更远的不知道是什么地方的地方落户了……

总之，是越来越分散了，再也没有群居的大家庭的热闹了。

唯独，那棵古槐和古槐上的喜鹊，在深秋的暮色中，在周围昼夜不息的繁忙工地的尘土弥漫中，显得格外苍凉，似乎收贮了大台村悠悠的历史，守望着迷茫的未来……

九

亦知壶子不死，敢问老聃所游。

——苏轼

　　闲暇的和行色匆匆的大台村村民，经过这里的时候，必然要多看几眼古槐和飞来飞去的喜鹊。

　　喜老汉常常来这里观望一番，再默默离去。他很关心这棵古槐的命运，他听到了很多关于处置古槐的讨论。

　　据专家们考证，这棵古槐的树龄在五百年以上，当地的居民中确实有洪洞人的后裔。

　　古槐属于国家一级古树，固然没有人敢砍倒。主要的争论有两种：原地保护和移位。

　　移位一直是主流的最响亮的拥有众多粉丝的观点，很多专业公司纷纷请缨来挑战打破吉尼斯世界纪录的工程，媒体和观众们也都希望看场好戏。

　　很多好事者，纷纷找出古树移位的经典案例，茶余饭后，津津乐道。什么为了地铁站的设计移树几十米啦，什么为了修路把古建筑整体平移几百米啦，每个工程都花了多少钱，都破了什么纪录……

　　在植物保护协会、相关专家和几家建筑物移位公司的协同努力下，进行了详细的测量和论证后，与相关承包商、建筑设计师和政府有关部门进行了数次谈判和激烈的较量，甚至都惊动了市长。

　　最后，一句批示击碎了流言：移位等于犯罪！原地保护。

因为古槐那中空的树干外薄薄的树皮，根本就经不起任何折腾。即使有宇宙飞船对接的先进技术，也不能保证"五爪金龙"在移位后仍然完好无损。

十

故地重来何所见。

——毛泽东

大台村真的成了副中心最核心的地带，确实大了起来，好大的一个平台啊，高楼大厦如雨后春笋般拔地而起，虽然都尚未完工，想必将来也都是目不暇接，美不胜收吧。

据有关人士的美好想象，大台村可能是燕昭王的黄金台的另一处遗址，要不然，这里为什么叫大台，现在又何以如此金贵。如此看来，此地重建黄金台就不是不可能的事情。

至于"大台村"这个名字，也许今后只会萦绕在某些村民的魂梦里，镌刻在那棵古槐的年轮里，寄存在那几窝喜鹊的繁衍中了……

（作者单位：中国人民大学附属中学通州校区）

我演一只猫

毕馨元

一、周三的芭蕾课

已经立秋。天空开始刻意疏远和街道的距离，但阳光依然非常强势。王子涵低着头走出校门，脖子和耳朵被烤成粉红色。早上和下午是小学门口最拥堵的时候，如果恰好学校大门又开在马路边，那这时候不识时务硬要挤进马路的车子，就会获得门口人群默契的责骂。声音是没有的，生动的语言只在人群交换的眼神里游动。

游动的句子现在如鱼群聚拢到王子涵身上。距离放学铃声响起还有五分钟，自己这个提前出校的高个子小女孩自然引起了所有人的注意，她低下头，不去接疑问的标点符号。门口正被大家默然谴责的那辆车就是来接她的，妈妈不好意思地和门卫求情："马上走，马上走，我女儿马上出来。"

王子涵的脖颈耳朵被炙烤得更红了些。终于在人群的目光里游出来爬上车，王子涵把书包甩到后面："妈妈，门卫叔叔说了，车不能停在门口。"妈妈自知理亏，深感今天做了个极坏的榜样。周三是王子涵的芭蕾课，而今天几百米外的停车场居然停满了，如果停到一公里之外再下车走过来接女儿，肯定又要迟到……"把背挺直了！"虽然很想自我批评一下，但扭头看到女儿，还是脱口而出。王子涵撇了撇嘴，果然又是这一句。她往后放下脖子，小姑娘的头发高高盘起，光滑的小圆发髻在车座靠背上还没找到合适的摆放位置，妈妈已经发出第二个指令了——"不要扭来扭去！"

"不要弯腰驼背！""不要趴着写字！""不要咧开大嘴哈哈哈笑！"这些"不要"列在妈妈每日念叨的淑女仪态条令里。一般这些句子不会单独出现，触发哪个单独条例之后，其他条例会随之滚动一番，买一赠好几。王子涵明白，不把这一套条例听完，是别想和妈妈讲今天学校发生的事了。

不过今天好像是个例外。妈妈看上去有点心不在焉，甚至差点闯了红灯——虽然她们确实在争分夺秒。王子涵从四岁开始学习芭蕾，显然城西已经没有让妈妈满意的名师了，于是这学期的每个周三，妈妈都要带着她驱车一小时在城里进行对角线运动。三点半放学，四点半上课，为了不在美丽而严厉的舞蹈老师眼皮子下例行迟到，王子涵早上需要在家里盘好头发，然后在车上换好舞蹈服。无缝对接的课程让妈妈必须妥帖安排每一分钟，唯独没有安排出一分钟，问问王子涵的感受。

"我根本就不想去那么远的地方跳舞！"如果用听诊器来听听，王子涵心里这个声音估计会大到吓医生一跳。

二、虐猫狂人薛定谔

又是一脚急刹车。妈妈到底是怎么了？王子涵研究了一下妈妈的脸色。不过来不及细分析，她得把今天的大事告诉妈妈——

"我们班的音乐剧今天竞选主角了！同学们说我和童童唱得都好，张老师也不知道选谁。妈，如果我没选上主角就惨了，现在就剩马戏团的一只猫没有人演了，那只猫只有一句台词！——喵。对，就只有这一句台词！"

妈妈嗯嗯啊啊地答应着，王子涵对妈妈的敷衍一点都不满意。今天妈妈有什么心事呢？

每周三的晚饭由爸爸负责。如果做得好吃，那妈妈会宣布她教导有功；如果不好吃，那妈妈自然是没有责任的。王子涵和周三的晚饭有奇妙的相似之处——比如当王子涵展露舞蹈天赋时，那毋庸置疑女儿像妈妈；而马马虎虎丢三落四时，自然就像爸爸了。爸爸把这种现象称为"薛定谔的像"，意思就是实验对象王子涵小朋友叠加在两种状态中，根据观测者妈妈的功劳程度，决定她到底像谁。王子涵早就忘了这位姓薛的老先生是做什么的了，只记得爸爸讲了一大堆"粒子""量子"。不过她不喜欢薛定谔，因为爸爸说他是拿猫做实验的。天哪！怎么这么坏，我有小猫的话绝对不会拿它做实验。有一只宠物多好啊，童童就有，就连班里女孩子最讨厌的男生刘家琦，都有一只鹦鹉。我为什么就不能有只小猫呢？

想到这里，她放下筷子拉拉妈妈："如果我选上了音乐剧的主角，我们就养一只猫好不好？"妈妈头也没回："早就和你说过了，宠物很脏，我们家里会添多少活儿啊！你连自己的碗都不愿意洗，还能每天管它的吃喝拉撒？"王子涵撇撇嘴，她不是第一次提这个要求了，每次的回答都大同小异，反正就是"太脏了"和"你怎么会提这样的要求"。

　　她有一个大发现。心里话就像可乐里的泡泡，大人很爱听你的心里话，就像小孩很爱摇可乐。不过大人比不上小孩儿的就是，如果拧开瓶子可乐泡沫飞溅，孩子会超开心；而大人听到你的心里话，只会做惊讶又伤心的表情说"你怎么这样想"！虽然妈妈做这个表情时眉毛会飞到额头上，特别好笑，但王子涵还是不希望妈妈伤心。已经十岁的王子涵现在是个很不好摇的可乐瓶，她要防止心里话喷出来把妈妈吓坏。你看，有时候就得这样保护一下脆弱的大人，而他们还以为自己无所不知呢。

　　饭后，王子涵把这个"可乐心里话"的理论讲给爸爸听，爸爸绝倒，说她深谙"捂在瓶子里大家就相安无事"之道。王子涵现在满脑子都是那个薛定谔，为什么要把猫反反复复关起来？猫那么可爱。薛老先生，您的妈妈同意您养猫多不容易，您还对它不好，不如把它送给我吧！

三、"三号"和"纸巾"

　　和细长高挑的王子涵不一样，童印初圆圆的、肉乎乎的脸蛋，让人联想起年画娃娃。从一年级到四年级，这一长一圆的两个小女孩儿就形影不离，彼此分享所有的秘密——王子涵羡慕对方有一只可爱的白猫，童童妈妈居然让这只猫进了门，太不可思议了！童印初羡慕好朋友的妈妈会弹好多曲子，王子涵跳舞时还会给她伴奏，有这样一个妈妈简直太酷了。

这学期初，小姐妹有了新的共同话题——刘家琦真讨厌。比其他男生都讨厌。班里十四个女孩哪个没有他赐名的外号？王子涵在他嘴里是"三号"，因为本年级叫"zi han"的，同音不同字的就有四个！王子涵被他排在了老三；而童印初更惨，叫"纸巾"，因为刘家琦说她的名字里有两个纸巾品牌。这次竞选音乐剧的角色，女生们很默契地选了他去演马戏团的大灰熊，被演主人公的小女孩儿指挥，在地上滚来滚去的——该！

刘家琦丧气的时间可连半天都没有。下午，他一进教室就开始鬼叫了："三号，张老师说要展出大家写的人物小传，根据内容同学们投票，你可得小心咯！"王子涵心里咯噔一下。写作文是王子涵最讨厌的事情，如果要王子涵写作文，不如让她跳一百个芭蕾小跳。可童童不一样，门口的展示板上经常有她的作文，张老师的评语一大篇，什么"感悟深刻"啊，"语言优美"啊，"用词准确"啊……而王子涵呢，张老师一般会评价她"字迹工整"。张老师早就说了，排演的虽然是音乐剧，但我们要更重视语文活动，更重视阅读和写作，可王子涵此时特别不平衡——我作文写得不好，跟我要扮演能歌善舞的小驯兽员有什么关系啊！

等看完了展示板上的习作，王子涵的委屈就被另一种感情取代了。她觉得自己心里很复杂，好像很服，又好像很酸。她偷偷看了一眼抿着嘴有些紧张的童童，心想，为什么都看同一本书，童童看到的主人公和自己看到的这么不一样呢？这一对比，自己作文里蹦蹦跳跳的小姑娘好像一张纸片儿，被童童笔下那个有哭有笑、有信念有爱心的女孩子挤走了。

"字迹工整"自然没有"感悟深刻"得票多，"三号"没选上，"纸巾"成了大灰熊的驯兽员。王子涵心里酸酸的，她看着好朋友的笑脸，突然有些愤愤不平。凭什么呢！你又没有舞蹈考级证书。

王子涵一回到家，就哭得哽住了喉咙。妈妈的眉毛又惊讶地跑到了头顶上："怎么了怎么了？"手里还拿着一截晚饭要用的胡萝卜。王子涵突然觉得自己委屈极了——什么都在跟我作对，芭蕾舞老师非要在城东开班，刘家琦给我起了那么难听的外号，音乐剧只有一句唱词，我不能有宠物，而今天晚上又要吃最讨厌的胡萝卜！王子涵摔下书包进了自己的房间，她觉得自己刚才完全就是个淑女的反义词，可她管不了那么多了，今晚的胡萝卜，谁也别想让她吃一小口。

四、摩洛哥在哪儿不重要

王子涵总算知道了妈妈最近的心事。自从周三舞蹈课回来，连续几个晚上，父母都在她睡后讨论同一件事情。妈妈的生意伙伴邀请她去摩洛哥工作一段时间，可能要一年。爸爸表示自己是老婆大人的坚强后盾，一定稳固后方，而妈妈每天晚上的主意都不一样。昨天说坚决不去了，今天晚上又开始自我辩论，王子涵偷听得困得要命，妈妈还没做好决定。总归最后会讨论到她头上来：学习怎么办？

我演一只猫

课外班谁来接送？王子涵听够了，溜回房间滚到床上。就和上芭蕾课是一样的。王子涵心里很生父母的气：为什么没人问问我的意见呢？小孩儿就得被瞒着吗？

下课时，王子涵蔫蔫儿地趴在桌子上。一个纸条小心翼翼地伸过来，是童童。"今天放学来我家看大白好不好？"以前这是两个人的和好暗号，可今天她实在是没什么心情，不全是因为音乐剧，可王子涵连对童童解释的心情都没有。摩洛哥……摩洛哥在哪儿呢？

"喂！刘家琦！"这个人虽然讨厌，但不得不承认他是个地理小学霸，"摩洛哥在哪儿？""怎么啦？咱们马戏团的猫要跑到非洲去卖艺啦？"刘家琦嬉皮笑脸的，王子涵一下子后悔了，真不该问他！"不说算了，摩洛哥在哪儿也不重要。"她瓮声瓮气地答了一句，突然觉得混沌的心里清明了好多。就是这样！摩洛哥在哪里不重要，重要的是你们为什么不和我商量呢？王子涵觉得自己极不受尊重，不管是舞蹈课，还是家庭生活。

中午，张老师突然来找王子涵，想让她加一段独舞，多发挥一下她的舞蹈特长。女主角都没有独舞哪！王子涵感觉一下子振奋了，她想马上把这件事告诉妈妈，可又想起刚才的想法，嘴角弯出一半的笑又按原路折了回去。张老师有些奇怪："怎么了，你不想跳吗？""张老师，我觉得我现在没那么喜欢跳舞了。"王子涵垂下头看着鞋尖。张老师侧过头来眯缝着眼睛看了看王子涵。班里同学最怕张老师这个眼神，似乎心里的小算盘全被老师拿出来扒拉了一遍。张老师突然笑了，问："你是不喜欢芭蕾了，还是不喜欢现在的芭蕾课啊？"王子涵想，张老师真是太厉害了，怎么我心里想什么她都知道呢？

正式演出就在明天。王子涵没有告诉妈妈自己独舞的事情，只是把邀请函放在了妈妈的包里。她知道妈妈一定会来的，她已经想好了，如果演出结束后妈妈冲到台上夸奖她，她就板起脸来说，"没什么啊，就自己编几个动作而已"。临上场前，王子涵又在心里复习了一遍表情和语气。灯光亮起来了，王子涵像猫一样走上舞台，气壮山河地"喵"了一声。她深吸一口气，等待着伴奏响起。突然，舞台角落被灯光打亮了，钢琴前，坐着一个熟悉的身影。

"妈妈！"

五、我替你问过我啦

黄昏被火烧云点燃了，天空好像一方肥沃的粉红土壤，云海被耕成一垄一垄的田。一家三口迎着夕阳开车，爸妈都穿得很正式，比以前看王子涵其他的演出都要正式，在学校小小的礼堂里，在所有观演的家长和观众中，甚至显得有些滑稽。

王子涵怀里捧着一大束花，那是刚才演出结束后爸爸上台送给她的。花束卡片上是妈妈娟秀的小字：不管你扮演什么角色，你永远是爸爸妈妈心中第一位的主人公。她想起刚才在舞台上，自己跳得那么自然；她想起童童拉着自己的手合照，那么亲热……对了，今天要告诉妈妈自己重要的想法，虽然妈妈并没和她这位家庭成员商量，但王子涵是个宽宏大量的小姑娘，她决定给妈妈一次机会。

"我知道你和爸爸晚上在商量什么，如果你问我呢，你要想出国工作一段时间的话，我觉得没问题。我绝对能照顾好我爸。"夕阳还没褪去，母女长长的影子铺展在小区地上。趁着爸爸还在停车，王子涵尽力模仿着大人的语气，把想了好久的话说了出来。她的声音有些虚，她想妈妈肯定又要说"你连自己的袜子都不会洗""你丢三落四的，我怎么放心""你和你爸两个人绝对搞不定"……可是妈妈什么都没有说。她只是停下来揽住王子涵的肩膀，把下巴搁在她的头上。才十岁，就已经这么高了，妈妈心里一瞬间有些恍惚。

"妈，你的下巴好尖。"王子涵从妈妈怀里钻出来。她现在十岁了，在大街上被搂进怀里，已经有些不好意思了。"那你责任就很重咯。你不仅要照顾自己，还有别的责任呢。"妈妈的话说得莫名其妙，但王子涵没怎么细想。她闻到自己身上有妈妈香香的味道。"妈妈要是真出国了，就没有人给我梳头，给我伴奏了。"王子涵想到这里，突然有种从来没有过的情绪。她想起第一次上学时和妈妈说再见的感觉，于是情不自禁抓住妈妈的手，似乎妈妈明天就要走了一样。

妈妈没有感觉到王子涵的异样。她打开家门时有些急，进了玄关甚至连鞋子都没有换就冲进了客厅。妈妈今天太奇怪了！王子涵跟了过去，就看到妈妈得意的笑脸下，是一个大大的蛋糕盒。"今天谁生日啊？"王子涵跳起来。妈妈不说话，笑意更浓了。还没等她继续发问，一个虎皮猫的小脑袋从盒子里钻出来，怯怯地冲着它的新家打了个招呼——

"喵——"

（作者单位：丰台二中附属实验小学）

《剩山图》

姜思琪

　　五百年前的江南小城宜兴刚下了一场雨，肃穆得像一卷墨染的生宣，青砖灰瓦，点不进其他颜色。城南的一户宅门外，挂起了大白灯笼，院门里七七八八的杂役轻手轻脚地忙活着。宅门里同整个江南一样静，只听得到喘息、脚步声，听不见一声言语。

　　本家吴老爷快要咽气了，子侄们跪了一地。此时的江南已过了梅雨季，闷热得厉害，吴老爷长年缠绵病榻不肯开窗，妇人齿童，全都汗津津地湿了一后背，整个堂屋已经凝固了。

　　方才已经不大动弹的吴老爷忽然使尽全身气力慢慢抬起一只手，两个儿子赶忙凑上前去，又被吴老爷拨开了。顺着他那只枯瘦的手，众人的目光落在一旁的侄子吴敬堂身上。他长叹了口气，上前取出放在床头的一只宝匣，走到近前，吴老爷的手才算放下。敬堂捧着匣子像是钉在了地上，迟迟不动，眼神里闪烁着说不出的万般滋味，他深知，匣子里的东西又躲不过这一劫了。

"烧！"大儿子一声令下。

炭盆里笼起了火，比平时的都要猛烈，恍惚中似要攀上房梁。吴敬堂看着它，好似看着从十八层地狱里爬上来的怪物。恍惚之间，大儿子抢过那只匣，甩出一幅卷轴直接丢在火堆里。烈焰如虹，卷轴瞬时被吞没了，冉冉而升的薄烟照映出五百年前富春江畔那一地凋零的残枝。浑浑噩噩的吴敬堂猛地被刺醒，撕破人群大叫一声："不可！"他像是着了魔，疯狂地扑向火堆，扑在了烈焰上……

吴敬堂是爱画之人，夺出的那幅叫作《剩山图》，是前朝黄公所作。吴老爷活着的时候教他画山水，《剩山图》临了几十遍，爱不释手。他知道这画早晚是要殉的，于是想一遍遍地背临出来记在心里，可它终究还是长进了他的灵魂，断画如断足，痛不欲生。他从此搬离了吴家，带着两个孩子独自谋生。做过裱糊生意，做过纸，制过墨，闲暇时也画上几幅半卖半送，再就是教两个孩子画画，几十年下来甚是艰辛。画了一辈子，割舍不下，生活再难，只要拿起笔来心就有了着落。抢出来的那两截《剩山图》他寻了江湖上的一位高人给修复好了，视如生命。山石栩栩，寒树萋萋，风烟寂寂，笔墨了了，只是当年的火痕，还依稀嵌在画里，磨灭不去。

临终前，吴敬堂把画一分为二，交给两个儿子，吴金玉和吴奇玉，让他们各自带着半卷《剩山图》谋生去了。两个孩子颇有灵性，父亲教给的作画本事都能融会贯通，更有"青出于蓝"之势。可惜敬堂只教了他们临摹，还未有进阶就撒手人寰，他们画的最多的仍是那幅《剩山图》。大到山峦沟壑，小到一草一木，都能仿得和原画分毫不差，尤其是奇玉，足可以假乱真。若将他的仿品带到市面上，就是同时找来十几二十个名家高手来查验真伪，也验不出个所以然。

兄弟俩找了个画坊落脚，靠作赝品为生，专供那些收不起真迹的爱画之人。这些人里有的是附庸风雅，有的是专爱收非名家的临摹品，钻研笔墨之间的细微妙处。当然画界有画界的规矩，临摹与仿品是一大门类，若作仿品，就须得做上标记以区别真伪，要么在落款处明着题写，要么在关键笔触上略做调整，让明眼人一看就能看出是仿作。

这一日，画坊里来了位姓卞的先生，手持一幅仿前朝倪云林的立轴，要见作画之人。吴奇玉一看是自己的手笔，想必来者不善。那位先生开口道："在下卞南阳，卷轴是在你们店里收的，仿的是一幅散逸之作，且不说笔意墨色，就连用笔习惯都仿得一模一样，若不是小兄弟在画中特意留了拙，还真以为是倪云林又活过来了呢。"吴奇玉打量着卞先生，约莫五十岁，鬓发斑白，风雅非常，一看即知不是庸人，他小心应承着，不敢多言。卞先生目光炯炯，继而说道："小兄弟那一处陋笔留得不厚道，落款仿的费心，连章盖的都不错位，只在树丛里留了一处今人笔法，幸亏老朽不算眼花，否则这画流落出去，不知要荡尽多少人的真金白银。"

金玉是厚道人，见弟弟背着自己弄险，有些气恼，刚要道歉，奇玉拦下说道："先生是高人，我只想试试众人的眼力，也并不曾坏了规矩。当下自称爱画之人甚多，可如果连真伪都辨不清楚，那不过是叶公好龙。"卞南阳摇摇头："公孙龙说'白马非马'，世间真伪善恶本就难辨，比如你我这样面对面说话，人心隔肚皮，我们何以能看清对方的肺肠呢？"吴奇玉沉默了，遇着高人他真心敬佩，也有些心虚。这位卞先生，好像什么都知道，能把他的心事看得一清二楚。

"这画我收了，今天来不是为讨债，"卞南阳继续说道，"我是来见一见高手，这样的技法老朽可画不出，小兄弟前途不可限量，但要走正途才是。"卞南阳的背影隐没在夕阳光亮处，同时也给即将到来的夜色划上了一道黑的长痕。吴奇玉心头一沉：有他这样的人在，就得时时谦逊收敛，山之外还有太多看不见的高山。

这一晚，兄弟俩都没有心思睡，非只为今日之事，金玉一直有很多话想对弟弟说。几年的仿画生意让他心生厌倦，和奇玉不同，他不想固守原有的画法只一味模仿，想在技法上有所突破，摸索出属于自己的独特笔墨。他知道，父亲还没来得及教给的那些东西，才是画中的无尽瑰宝。弟弟却被困在了父亲的意志里，他一直痴迷模仿，苦学各家笔法。许是天赋使然，弟弟学画很快，无论什么笔法看一眼就会，他从小得到的夸赞就比金玉多，也因此被束缚住了。

金玉心里暗自较着劲。哥哥要走，奇玉也不拼命挽留，这一阵子兄弟俩的分歧越来越大，到后来连话也说得少了。分开也是好事，不管往后谁发达了，终究还有兄弟在。中秋节一过，吴金玉就收拾好行囊准备离开了。那幅《剩山图》，从前每年的端午、中秋，父亲都要带着兄弟俩临上一遍，一分为二之后就很少再展开，而今卷轴上已经生了尘。金玉摩挲着那半卷图轴，装进了行囊。

兄弟俩简单道了别，山高水长，也许后会无期。

吴奇玉的生意越来越好，他的临摹技艺已然炉火纯青，画界都知道有他这么一号奇人，渐渐声名远播，来求画的不在少数。后来，他干脆把画坊盘了下来，自己做生意。有些是为了见识一下他的手艺，专求冷门画家的作品；有些是为了防盗，在家里挂上一两幅以替代真品，旁的人看不出来，也可以撑足门面。另有一些别有用心的，是想以伪充真大发横财，对于这样的，吴奇玉也并不拒绝，只需将败笔藏得深一些，除非遇见内行高手，否则明眼人看不出来。既不坏了画行规矩，又不耽误生意，岂不两全其美？

那位卞先生偶尔也会来，他看得出，此人明着是来切磋技艺，其实醉翁之意不在酒。常见他一连借好几幅不同时期的仿画，专看单个笔触和款识，时常盯着一个局部看上一两个时辰。吴奇玉也不逐客，每每笑脸相迎。他看他的，吴奇玉就忙自己的，撂着他故意不睬，留着一只眼睛观察。一些重要的临摹自然要背着他，能拿出来的必定是有把握的，这一点他比谁都有分寸。

仿画生意熟门熟路，日子趋于平淡，哥哥所说的那种厌倦的感觉，他偶尔也会有，但眼看着真金白银和各种声誉从身边流水一样的过着，也就一笑置之了。

一次店里来了个小厮，背着一包袱的卷轴要和他做生意，声称手里收了不少名家大作，什么米元章的烟雨，八大山人的水禽，吴道人的竹子……上至宋元下至当代，应有尽有。吴奇玉展开一看，差点把自己气乐了，这些画竟然都是自己的手笔。他不动声色，问那小厮："前朝黄公的《剩山图》，可有？"

"这个倒没有，那个黄公……比不上这几位有名气，掌柜还是看看倪云林的吧，他的画如今最好卖……"

奇玉暗笑，《剩山图》当然不会有，他若不仿便没人能仿得。当然，《剩山图》他绝不会动，这是他的底线。

市面上的仿画越来越多，那些附庸风雅的王公子弟便免不了要上当。有时骗到了位高权重的人头上，当权在位的一怒之下，设一道令：禁止出售高仿书画，若作临摹必须落款。

风水轮流转，吴奇玉的生意难做了。

他关了店铺，当了房产，租了个书斋拮据度日。他叫苦不迭，未知是否因先前风头太盛，竟亲手把自己陷于今日这步田地。步履维艰，吃饭的手艺更得牢牢守住，对于模仿这件事，他倍下苦功，力求做到万分之一的差别也没有，无论是哪路人要收画也只能求到他头上。

立秋一过，街巷更显冷清，许久没有人上门的书斋又添了几层蓬草。忽有一日来了位不速之客，吴奇玉强打起精神，听那人说是从朋友处七绕八拐托到了卞先生，才打听到他的住处，特意登门造访来求吴金玉的画。

"吴金玉，世上还有几个吴金玉！"

他心里一阵乱，既是卞南阳介绍的，那就没错了。便问那人："阁下如何知道家兄？他非名家，况且我已将近十年没有他的音信了。""先生可真是谦逊了，如今画界谁不知道吴金玉，此人大器晚成，十年磨剑，一扫陈腐，自成一派，说是当代宗师也不为过。据说他这个人极清高，很少以画换白银，所以难求。若是能求得真迹，多少金银也在所不惜。"说罢，那人打开一箱子，足两的金元宝熠熠生辉。

吴奇玉的脑中霎时一片空白，兄弟俩一别十年，杳无音信，没想到再次得到哥哥的消息竟是以这种方式。当年哥哥离开，并没想到他真能闯出条生路，那时还觉得他早晚有天混不下去了还会回来。这十年辛苦自不必说，哥哥到底还是胜他一筹，想到从前他处处不如自己，对比今时的潦倒落魄，吴奇玉倒有些哭笑不得。

正说间，一阵大笑划开神思，卞南阳到了："你们兄弟相逢，老朽特来贺喜！金玉如今是名家了，一画难求，我受人之托，本意却是想借此机会让你们兄弟见上一面，一家人团圆岂不美哉？"说着，他拿出了吴金玉的手书交给奇玉，语重心长地说道："这金银事小，手足情深啊！人生一世，草木一秋，他是你世上唯一的亲人了。"

奇玉却起了疑，这个卞南阳为何对他们兄弟这么上心？展开书信，确是哥哥手迹：

"奇玉吾弟：一别十年未知君安，我幸得卞先生照顾得有今日之成，如今资用有余，望吾弟于中秋之期，携另半卷《剩山图》来我书斋一聚，届时二图合一，你我兄弟此生不离。金玉顿首。"

读罢，吴奇玉冷笑一声，将手书放在桌上，兀自低语：

"说到底还是为的《剩山图》……烦您转告家兄，中秋佳节我必不爽约。"

送走了二人，吴奇玉暗自思忖：看来这《剩山图》必定藏着秘密，哥哥已然功成名就，却还是想要这幅整卷。当年父亲如此珍视这图，临终将其一分为二，也许就是防着某个人独吞！如今天赐良机，《剩山图》在世上已是孤品，兄长你若不义就休怪我贪图富贵了！

"也罢！"吴奇玉把心一横，捉笔画来，近山草木，细细勾勒，苍翠遥遥；远山寒树，晕染皴擦，凛凛生风。他对手中那半卷《剩山图》早已熟稔，无须开卷，使出平生绝学，笔笔求真，一夜之间摹出一幅没有丝毫破绽的完美赝品。

中秋期至，兄弟二人相对而坐，吴奇玉有些说不出的滋味，只见吴金玉满眼风霜，老态已显，还是和从前一样气定神闲。卞南阳坐在中间，两人的气质愈发相近，吴奇玉大概猜到，这些年应该是他从中襄助。金玉取出图来，奇玉也将带来的那半卷展开，霎时山川合璧，云水相接，笔意气韵包括画中神思，已然完美诠释了黄公的手笔。奇玉暗暗自得，这回卞南阳就是开了天眼也看不出来了。

卞南阳见罢惊出一阵阵的冷汗，只觉得脊背发凉，他尽力稳下来，不让声音有颤抖，二人听得他长叹一声，一字一顿地说道："这幅是赝品。"

奇玉拍案而起，大叫道："你不要从中作梗！莫不是你觉得我以仿画为生，便怀疑我的人品，连自己亲哥哥也要骗？"

卞南阳冷笑道："我从前就对你说过，人心隔肚皮。"

"你的证据呢？若能道出一二破绽，我便服你。"吴奇玉露出一丝狠光。

"这幅画毫无破绽，"卞南阳无奈地摇摇头，"方才你的态度已经证明了我的猜测，要看证据，我手中的便是。"说罢，他从布袋里拿出一幅画，二人的目光随着卷轴的舒展落在纸上的山川、草木，直至瞠目结舌：这竟然又是一幅《剩山图》！

看着怔在那里的二人，卞南阳缓缓道出了实情："我手上的这幅才是真正的《剩山图》，是你们父亲亲手托付给我的，这画还是我修复好的。"说罢他抚摸着接缝，往事袭来，不由得百感交集，"奇玉要证据，这画里的火痕便是证据，你们手上那幅一分为二的，是你们父亲仿的，天衣无缝。"

原来吴敬堂在临终前留了后手，他知道两个孩子性情迥异，日后必生嫌隙，便想用这幅画让兄弟俩能时常有个牵念。可《剩山图》是他的命，怎可再一分为二！思来想去只有仿一幅假的，将真迹托付给卞南阳，他们是至交，知道他定会用生命护着《剩山图》，护着他的两个孩子。这些年他费了不少苦心，暗中关照两兄弟成才，尤其是奇玉，生怕他误入歧途，才不得不时时盯着。

卞南阳揭开裱背，露出缝隙里的火痕，山脚下隐隐的灰翳掩着风烟俱净的富春江。"当年我想尽办法也磨灭不去的，今日却成了它身份的唯一证明，果真天意如此。"奇玉苦笑一声，自己一辈子工于模仿，自认为天下无二，到头来竟被自己的父亲骗了。

"敬堂说，世间是非曲直本就不像真伪二字这样分明，只是画中之真易得，人心之真难求。是真是伪，只有你们兄弟心在一处，画才能合到一处啊！"

（作者单位：北京市丰台区南苑中学）

亚里桑桑是个秃子

李小彤

　　亚里桑桑已经三年级了，可是他的头上一根头发也没有。

　　但是他从不认为这是什么值得羞耻的事情，尽管每天都有好多人盯着他的秃头看，他觉得这是他的家族留给他的最珍贵、最独特的标记——他的爸爸是秃子、他爸爸的爸爸也是、他爸爸的亲兄弟们都是，每一年他们家族去照相馆拍合照都把大厅映得富丽堂皇。

　　他的同学们也认为亚里桑桑的秃头是不可多得的。他们喜欢借着亚里桑桑的秃头开玩笑。

　　亚里桑桑喜欢坐在教室第一排挨着门口的那个座位，因为这样每个进教室的人都可以看到他的秃头。也的确是这样，每个同学进教室前都会摸着他的头说这样的话："呦，亚里秃秃的光头还是这么锃光瓦亮""亚里秃秃我得谢谢你，要不是你的秃头这么亮，我想我早就近视了"诸如此类。亚里桑桑得意地享受着他们的"赞美"，光头就这样在"抚摸"之下一天比一天亮。

可是并不是所有人都喜欢亚里桑桑的秃头，就比如那个脸上长满了雀斑的小麦迪逊。麦迪逊是亚里桑桑的好朋友，他们虽然不在一个学校上学，但是他们可是穿一条裤子长大的。麦迪逊讨厌亚里桑桑的原因就是他们在玩弹球游戏或者抓小昆虫，甚至咬耳朵说悄悄话的时候，亚里桑桑的秃头无时无刻不在晃着麦迪逊的眼睛。而麦迪逊最近被检查出近视眼，不得不戴上眼镜，而那副丑陋的眼镜会把他最性感帅气的雀斑遮住！麦迪逊理所当然地把这件事的责任推到了亚里桑桑身上——要不是他那个碍眼的秃头，我才不会戴上眼镜呢！

我们的小麦迪逊，戴着那副眼镜，闭上眼皱着眉，暗暗地想了个主意。

这一天，第一个进门的约翰尼跳进教室，像往常一样拍了一下亚里桑桑的头，准备把自己的书包来个帅气的三分球。但是，他突然停下了。他慢慢退到亚里桑桑的位置，双手按在亚里桑桑的头上，来回摩挲着亚里桑桑的头："不不不，这可不太对劲"。

"怎么回事？"亚里桑桑漫不经心地问道。

"这里，哦不是这里，不是那么……嗯……我是说不是那么光滑。"约翰尼将眼睛贴了上去，待他看清楚，大叫道，"你猜怎么着！亚里秃秃你长了一根头发！"

"什……么？"亚里桑桑惊讶地跳了起来，反反复复地摸着自己的秃头，"哪呢？哪呢？我没摸到！"

"这儿！就在这儿！"约翰尼将亚里桑桑的右手食指放

到那根头发茬上。

亚里桑桑终于感受到了那个坚硬的执拗的发茬："哦……不……"他沮丧地坐回了他的椅子，把头埋得低低的，一整天也没和同学说话。

第二天，其他的同学也发现了这个秘密，因为这天亚里桑桑又长出了两根头发。同学们请来了学校里最有权威的白胡子先生来确定这件事。白胡子拿着放大镜仔细在亚里桑桑的头皮上左看右看："瞧，这儿确实长出了两根头发。好了，这也如我所愿，亚里桑桑不再是个秃头了，以后你们不能再叫他亚里秃秃。"

"哎，没劲……""我们班上再也没有秃子了……"同学们抱怨着一哄而散。

"可是……为什么我会长出头发呢？按照我家的基因来说，不可能出现这种问题的！"亚里桑桑回到家垂着头走到他和麦迪逊的"秘密基地"，将自己的心事说给自己的老友。麦迪逊听着亚里桑桑的抱怨，心里很不安，但又想起自己鼻子上架着的那副眼镜，也就平静下来，心想："反正……我们扯平了……"

亚里桑桑越说越难过："一想到我要变成长满头发的亚里桑桑，我就伤心……头发那玩意儿多烦人啊，这样我就不能每天起来慢悠悠地吃早饭了，我还得照顾我那莫名其妙的发茬儿。"亚里桑桑好像突然想起什么似的，边说边哽咽了起来，"更主要的是，我不配做我们家族的人了！你懂吗，我不配！也许叔叔爷爷他们见到我也不会认出我，认出我也不会像以前那样把我当成宝贝儿了……我是怪物！"

"呃……"麦迪逊没想到事情会发展到这种地步，那个平时自信又快乐的亚里桑桑说了这么多以前从没有说过的丧气话。麦迪逊艰难地吞了口口水，他后悔了，比起捉弄亚里桑桑来抒发心中的不快，他更愿意看到以前那个永远开心的亚里桑桑！麦迪逊坚定地对亚里桑桑说："嘿，亚里桑桑你知道吗，作为你多年的朋友，这事儿我帮到底了！我没办法让你长出的头发消失，但我可以向你保证，我会让它们成为世界上最漂亮的头发，你还是独一无二的！"

原来，麦迪逊买走了小镇上所有的生发剂，将它们调制在一起，再加上泥巴、铁锅皮、强力胶水，制成了无敌生发剂。他用仙人掌做实验，仙人掌上的刺长出许多分支并且越来越长，到现在都没人敢碰。麦迪逊明白自己的实验成功了，他悄悄地把无敌生发剂灌进水瓶里，就在很普通的一天，他"不小心"将药水洒在亚里桑桑的脑袋上——大功告成。麦迪逊相信自己既然能让亚里桑桑长出头发，就一定能让这头发是世界上独一无二的头发！

亚里桑桑听了麦迪逊的话，半信半疑地回了家，把他长头发的事情告诉了他妈妈。妈妈安慰他说："虽然我们亚里桑桑家并没有这样的先例，但是有头发的亚里桑桑一定会更帅气，不必担心！"

麦迪逊四处搜集各种彩色的东西：MM 豆的糖衣、柠檬汁、蝴蝶翅膀上的彩粉等，最后，他加入了最关键的一样——五颜六色又吹弹可破的肥皂泡！麦迪逊兴奋地搅拌这些材料，在亚里桑桑的同意下，将药水抹在了亚里桑桑的头上。

神奇的事情发生了！亚里桑桑的头发一天比一天多了起来，头发也从一开始的硬茬变得更加柔软。

三个月后，亚里桑桑完全不再是亚里秃秃了。但是当他走在街上，走进教室，人们的目光仍然会聚焦在他的头顶上。

　　那是一头多么美丽的金发呀。这金色无法用语言来形容，仿佛是上帝特意为他调制出来的新颜色。

　　亚里桑桑为他的这一头金发感到自豪。虽然他不再是那个独一无二的亚里秃秃，但是他从秃子变成英俊的金发少年，他觉得他是世界上最独一无二的亚里桑桑。

　　"麦迪逊，谢谢你，你真是我最好最好最好的朋友！"

　　"嘿嘿……不客气。只是，我再也不会干这种傻事了……"

　　"嗯？"

　　（作者单位：中国教育科学研究院丰台实验学校）

大衙门街的老鸹

刘晓晴

　　大衙门街的孩子没有上幼儿园一说，家家都是给脖子上挂一串钥匙，往大街上一丢，放羊一般地散养。由着大的带着小的，随心所欲地在街区闲逛。街往南是市中心，往东是马神庙街，大衙门往西是甘泉湖，往北几公里则是湿地沼泽——如果有个直升机视角，就会发现大衙门像一个被自然生态包裹的半岛，大地皓白，田野宽阔。孩子们也像被大自然哺育过的野孩子那样，眼睛发光，行动敏捷，一个个支棱着头，真的像一株挺拔的玉米或者热烈的向日葵，昂首走在大街上，生机勃勃。

　　大白天，大人都在单位上班，这条窄窄的街像孤岛一样，绝无车辆通行。小孩子们大汗淋漓地隔着街飞跑，拽沙包，传电报、捉迷藏，跟槐树和老鸹较劲。整座城市的老鸹不知道为什么都聚集在这里，一到黄昏，几棵树影婆娑的百年槐树上结果子一样黑压压的落满了全城的老鸹，一张嘴就是称王称霸的语气，啊！啊！啊！啊！那意思小孩们不用翻译，都能听明白，有时候是警告小猴崽子不能往树上扔石头，有时候吓唬小孩留下买路钱，丢个馒头啥的。大衙门街的小孩儿也是听老人说，这地界儿原是清代提督署所在地，那截半埋在土里的雕花石料，就是威严高大的门楼的遗址。老鸹许是冤魂变的，抑或包青天老爷或者衙役变的也不一定。总之，大衙门街的小孩莫名的就有些优越感，啧啧，冤魂！啧啧，包青天！

老人们还偶尔说到一句歇后语：大衙门前的老鸹——胆子大。大衙门街的孩子，自然也是胆大包天。可惜创世立业的机会并不多，精力旺盛的孩子团只好四处游荡挥霍时间。

每隔几天，大家就聚在一起交换情报。

"道光庙飞来一群猫头鹰。"大力蹦着高兴的形容，"一树黑压压的猫头鹰，像结了一树果子一样，那猫头鹰的眼睛，有这么大！"

"掏几个鸟蛋吃？"

"嘿，鼓楼街区那帮坏蛋上回还吓唬咱们的老鸹来着，往树上丢石头！"

"太岁头上动土！老鸹是大衙门的保护神呀！"

"敢欺负我们街的老鸹，就是欺负我们！"

"必须逮回几只烤了吃！解解气！"

大家越说越激动，街头巷尾聚集的孩子越来越多，一个个义愤填膺地挥拳撸袖子。

道观庙探险

　　大衙门街的集体活动向来是有组织有纪律的，不论是穿越街区逮坏蛋还是横行霸道找麻烦，街头巷尾的孩子聚齐了，那也是黑压压的一队人马。队伍连连不断地蠕动着，从大衙门出发，穿过马神庙街区，水亭街，一直走到鼓楼大街的胡同深处——大家都兴奋极了，一路唱着歌儿，新奇地打量着熟悉又陌生的其他街区，倘若路人驻足观看，又按捺着一些激动的情绪，强装文明礼貌的小集体。

　　这座城市曾经是佛国古城，寺庙不少见，但荒凉和威严还是震慑住了大家。道观庙大隐隐于市，藏匿在深深的胡同里，迎面雕梁画栋的楼阁，里面香烟缭绕供着哪门子神仙。院子里有一棵几人环抱的古树。

　　仔细看了一阵，大力没瞎说，树影里密密麻麻地卧着鸟儿。

　　从没见过这样肆意的树，枯掉的枝条与新生的枝条错落纷杂，刺猬一样一根根刺向蓝天，像是不修边幅的爱因斯坦的花白头发。微风吹过，满树的枝叶都荡漾起来，如同大海里翻滚的波浪。如果大衙门街的诗人老鸹也来了，它准口无遮拦地惊叫，瞧那树，真傻，啊啊啊啊！

　　不单在童话里，猫头鹰总是最美丽、最优雅、最神秘的物种之一，是智慧、好运和严肃的象征。它们有着一对深不可测的黑色大眼睛，轻轻地扑棱着翅膀，盯着你，仿佛举头三尺的神明。孩子们仿佛被某种神秘的氛围震慑住了，一时间不敢大声说话，叫嚣着要逮鸟烤了吃的劲儿早松懈掉了，只敢仰着脑袋和树上的猫头鹰静静地互相观望。

一缕风徐徐吹来，身后阁楼的铜铃轻摇，叮当作响。

"来都来了，上去逮两只！"大力和大斌围绕着古树悄悄地商量着爬树的方案。

松香四处机敏地侦查了一圈说："道光寺的道士老头儿不在，咱们爬到阁楼顶上，从那儿发力往前猛扑，就能跳到大树杈上。"

"太危险了，摔地上怎么办？"明朗发现松香的缺点了，有勇无谋！也不算无谋吧，她的馊点子层出不穷的。那年出了一个偷盗案件，松香这小丫头竟然带着大家找线索，深入贼窝捉了几天的贼，也不怕贼惦记。

一帮浑小子早就在松香的率领下你争我抢的爬阁楼去了。刚上二楼，突然惊恐万状地惊叫着又往回跑——"有死人"。问了半天，胆大的又回去看，原来是一具棺材，新油漆的，闪着鲜亮亮的光芒。黄盈盈的阳光从阁楼栏杆外斜射进来，边边角角都被阳光覆盖在温暖安全的光线里。

大概是老道为自己提前准备的。大着胆子看了一会儿，发现其实一点也不可怕。

探了半天险，才又想起来猫头鹰。小混子召集几个人环抱着树，企图把猫头鹰晃下来，一时间热闹非凡，有大声吼叫助威的，有扔石头的，还有骂架激将的。

猫头鹰突然倾巢而出，绕着树上下翻飞，好几分钟才偃旗息鼓安静下来。孩子们只觉得噼里啪啦落了一阵雨点子——所有人脑袋上衣服上都浇上了花白的鸟屎，大家都惊呆了。你望着我，我望着你，面面相觑。

正在提心吊胆的时候，老道回来了，穿着一件道袍，挽着灰白的发髻，仙风道骨，仿佛从西游戏走出来的神仙。

老神仙一看情形心中就明白了，说："鸟聪明着呢。"

他没有骂人，一脸温和地让孩子们去洗一洗，并且叮嘱大家不要四处宣扬，免得惊扰鸟。

说起阁楼上的棺材，老道笑呵呵地捋着胡子骂："小兔崽子。"

水亭街和荷花池街的同学闻风打听，马神庙的小孩死不承认，渐渐地连自己也不相信了。有一天地方电视台竟然播了一条电视新闻，说据爆料在某座道观里发现了大批猫头鹰，还采访了老道，老道在电视里捋着胡子说："没听说过。"

没听说过？孩子们疑惑地跑回去看，猫头鹰果然已经飞走了。

大家变得安静和庄重起来，默默地仰头盯着树看。

眼珠漆黑明亮，像两块静静燃烧的煤炭，闪烁着恋恋不舍的光芒。

松香和明朗

松香和明朗是一个学校的，松香三年级，明朗四年级。

松香的父母费心给她起了个文雅名字，希望她成为小淑女——没想到生生在大衙门街养成了一个孙猴子。松香的淘气，在大衙门街无人能敌，一个三年级的小姑娘竟然当了整条街的孩子王，率领学龄前至五年级的一群孩子呼啦啦来，呼啦啦去。

只有少数几个游离分子不给面子——六年级的一对龙凤胎出来进去视若无人，胳膊上戴着三道杠的是当大队长的哥哥，两道杠的是妹妹，还有每天关起门来忙着练琴的小白脸。初中的几个破小孩则是这条街的大反派，一个个像黑社会似的忙着抽烟穿喇叭裤跳《路灯下的小姑娘》，躲还来不及呢。再就是明朗，目不斜视地经过孩子团，瞟一眼都没兴趣的样子。

其实明朗只是不服气被自己年龄小的孩子领导。她脖子上挂着一串钥匙，领着上幼儿园小班的妹妹，整个假期，妹妹都由她管。他们所在的街区，是整座城市最宁静的街区，有两人合抱的古树，有破败的衙门，曲里拐弯的错节的胡同网，吸引了大衙门街的孩子走街串巷探索奇迹。明朗一开始总是抱着点不服气地观察松香，松香上房，她也上，松香轻轻一跃，越过了两节墙头，她也一跃——掉进了底下的建筑沙子堆里——明朗灰溜溜地爬起来，承认松香的胆量和体魄的确比她强健点。

松香突然大大咧咧拦住明朗，从书包里拽出一条裙子递给她。是鼓号队的队服。

明朗做梦都想参加鼓号队，穿着统一的制服裙，在阳光下神气地排成壮观的队伍，骄傲地走过人群。可是她没被老师挑中——同学们穿着鼓号队的制服走过明朗的面前，像一只撅着尾巴开屏的小孔雀。明朗感到难堪。只有她和腿有残疾的大雁落选了。同学们排练的时候，明朗和大雁就孤独地坐在空荡荡的操场，帮大家看书包。一个女孩子被一个集体拒绝，这是多么惨重的失败啊。更屈辱的是要接受全校学生眼神的拷问。

我哪里不够好呢？明朗嘴硬，不哭，也不问，她把眼泪和不甘心深深地藏在心底里，每天照常上学、放学，只是话越来越少了。

屋漏偏逢夜雨。班级搞活动，需要统一服装。小红老师说："我们班大部分都是鼓号队的同学，就穿制服吧，没有的同学去跟别人借。"明朗听了，就像晴天滚雷矅朗朗的响起。她独来独往，哪有其他外援。班长李丹大大方方地说："老师，大雁和明朗的制服我去借，学校没有我李丹不认识的人！"小红老师赞许地一笑。

　　明朗的脸涨得通红，又因为脸红而难堪得抬不起头，仿佛全班的目光都落在她的身上，让她不堪重负。李美玉还趁机窃窃私语："为什么鼓号队不要她？她多怯啊，没见过世面，我告诉你，她妈妈……"

　　彩排前一天，李丹还没有动静，明朗提醒她，李丹却大剌剌地说："哎呀，忘了！你不是鼓号队的，赶紧的，明天你一定要借到！"

　　李丹是包工头家的孩子，小小年纪就很有高谈阔论的派头，说话总是自带着权威。明朗没吭声，背起书包走了。一个人走在放学路上，身上穿着不合时宜的衣服。穿过大衙门街幽深的槐树隧道，满大街都是老鸹叹气的声音，啊，啊，啊……明朗需要集中心力想这个问题：跟谁借制服呢？

鼓号队制服

　　二年级的时候，大衙门街小学承担了校级健美操比赛，演出服据说是霹雳贝贝的款，金银色针织紧身服，红色勒额，可精神了。消息传来，同学们欢呼雀跃，摩拳擦掌。明朗听了，心里暗暗高兴，放学走在路上，觉得树啊房子啊都明媚可爱。一回家就告诉爸爸妈妈，要演出了，爸爸正在写领导的讲话汇报材料，妈妈正忙着熬她的大骨头汤，两人都没空理她。只有妹妹明月很兴奋，鼓励姐姐做几个劈叉动作。

明月在市委家属幼儿园上学，里面的小孩儿都是市委领导家的娃儿，明月当然也算是，只不过她是垫底的那个，穿的最寒酸，不受老师待见，一进幼儿园就怯生生的。幼儿园举办晚会，小孩子们化着妆在台上开心地蹦蹦跳跳，只有明月没有被老师选中，孤零零地和家人坐在台下看节目。明朗替妹妹心酸的不行，晚上临睡前，她还想，买演出服还要花钱，要不就不参加了吧，去人民商场给明月买一套绣花的公主裙，老师准立刻喜欢上明月。

音乐老师是个额头饱满扎着马尾的年轻女老师，她终于来挑健美操队员。率先挑中的是学习好的岚，狐狸脸的魏莉，然后是那些穿着打扮干净漂亮的。明朗胆战心惊地绞着衣服角像等了一个世纪那么漫长，最后，其他的同学都被老师带走了，他们欢笑着。教室里只剩下大雁和朗月。大雁腿跛，走路都是颠的。可是为什么留下我呢？上课的时候，我是很乖的孩子，纪律也很好啊。

放学回家的路上，她留心观察橱窗的玻璃，没问题，左手右手，走路很正常。

明朗突然想起有一次合唱的时候，她想试试滥竽充数——南郭先生在合奏里怎么能够不被发现呢。她比对着口型认真热情地歌唱，以为音乐老师一定发现不了。一只粉笔头突然凶狠地砸在她的脸上。明朗顺着粉笔头的路径，看到音乐老师愤怒的脸，已经有些变形了。她愤怒地骂了足有三分钟，明朗的左边脸肿胀麻木，最后左边身体也麻

◎ 大衙门街的老鹄

木了，灭顶一般的羞耻感和恐惧感挟持了她，她惊恐地立在那里，一句话也不敢说。

明朗每天上学的路上，都会遇到二年级的优秀生们在晨跑训练，他们穿着一模一样的服装，高喊着口号轻盈的高傲的满不在乎的从她身边跑过。明朗强撑着笑脸，每走一步都像刀扎在心窝上。

明朗不搭理松香的眼神是学来的，就是同学对待她的表情和动作，那是一种看你一眼，你立刻局促到不会走路的眼神。

可是松香一直满不在乎。这次她又拦住明朗，笑眯眯地说："给你制服！"

松香是个马大哈，明朗抖开裙子一看，果然有情况，胸前一团黑墨，松香咧着嘴笑嘻嘻地说："不好意思哈，洗不掉了，我妈还骂我一顿。"

"你怎么知道我要借制服？"

"多大点事儿，我掐指一算算出来的"松香满不在乎地随意往天上一戳。

"好了！裙子的事情解决了，劳什子鼓号队迟早解散掉才好！说正事儿，我们要去道光庙探险！你帮我压压阵仗，五年级的那几个男生太淘了，别出什么事儿！"

看着毫无芥蒂评价别人"淘气"的松香，明朗忍不住扑哧笑了。制服的难堪解决了，心里的疙瘩也松动了。压着她的山一般沉重的"鼓号队落选"事件好像也没那么屈辱沉重了。她心中涌起一种很温暖、很踏实的感觉，仿佛行走在春天里，感受到扑面而来的春风一样，大大咧咧的松香让她同频共振了，她觉得世界既强大又平和，一切都刚刚好，一切在"探险"这等大事面前都不算什么——似乎没有任何东西能让她感到恐惧。

大衙门街的天空纯净高远，像滤过一样。

（作者单位：北京市经济管理学校数字艺术系）

考 核

马玉兰

　　当主任在会议上宣布年度考核通知之后，老张就有些按捺不住的兴奋。趁没人注意，他在桌子底下掰着手指头盘算：大前年的优秀是王会计和曹红，前年是李委员和小美，去年是张大能和小刘，今年是——没错，今年应该是赵姐和自己了。

　　老张之所以这样确信，有一个非常重要的原因：这几年，社区新换了主任以后，考核优秀一直都是"轮流坐庄"。算到今年，同事每人都轮过一回了，接下来该轮到老张了。

　　老张在居委会工作快二十年了，身边的同事都纷纷转正了，老张因为超龄，一直还是个合同工，工资也是最低标准。虽然如此，但要让老张换工作他还真有些不情愿：一是这工作干久了，和辖区居民都混熟了，就像街坊四邻似的，几天不见心里就有些抓挠；二是他年岁大了，又没别的本事，给个技术工种又干不来。"再忍忍就退休了。"别人这样给他宽心，他也就这样顺水推舟地过来了。最让他感动的是辖区的几个老哥们儿，每次他提起换工作，他们就说："你这一走，我们老哥儿几个有啥事儿去哪里找你呢？"就仿佛他即使走了，也要对以前的老住户负责似的。他听出来大家舍不得的意思，再提换工作就有些不好意思了，仿佛对不住这些人似的。

　　别看是个合同工，老张的职责可不少，防汛、征兵、计划生育、消防、信访……还有一些临时性工作。虽说老张对文字和电脑有些发怵，可处理辖区的事儿却很有一套。因此，辖区有事的时候大家都会说："这事儿啊，还是老张去处理吧，他拿手！"老张笑眯眯听着，心里很受用，他不等人家吩咐，三下两下出了门，双腿夹着一辆破自行车就去了。他不爱坐办公室，去辖区走走，和居民聊聊天，替他们张罗些杂七碎八的事情，这在他是乐意的。

　　在大家看来，老张即使不能说是出类拔萃，至少也是敬业的。但是，群众的口碑并不代表奖杯。别看平日老张在辖区居民面前挺能说，可在正经场合却啥也说不出来。开总结会，他躲在角落里不言声儿，被点名了才吭哧吭哧站起来，可声音直打战，说不了两句就说："咳，我这工作……工作，也没啥，可说的……"他两只手不闲着，不是抓头发就是揪耳朵，惹得几个女同事捂着嘴偷偷发笑。他这人还有个毛病——怕领导，远远看见领导过来，他就赶紧转弯，或者假装跟旁边的人搭讪，非逼到墙根他是不会主动打招呼的；要给领导交材料，他就让同事顺道带过去；需要向领导汇报工作，他一拖再拖，最后不了了之。

他逃避一切和领导接触的机会，因此和领导的关系也就不咸不淡的。更不走运的是，老张年轻的时候，社区重视有经验的老同志；等到有了点岁数，单位又力捧懂信息技术、敢创新的年轻人。他就这样不尴不尬地蹉跎着，换了三四届，快要退休了还没得过什么荣誉。

通常，一个人到了快退休的年纪，那万事就都想开了，谁还会在乎一个考核优秀呢，赶紧回家休闲养老抱孙子，过一过舒心的日子比什么不强，什么优秀不优秀的，见他的鬼去吧！可"轮流坐庄"激起了一辈子籍籍无名的老张对荣誉的渴望，这个渴望是那样强烈，以至于他做梦都梦见自己站在台上领奖，台下响着热烈的掌声。

可一个星期过去了，领导和同事该干吗干吗，考核的事情谁也没再提起。老张心里有些打鼓：每年通知一发布很快就评选，今年这是怎么了。他在自己和小刘中间的地面上溜达了几圈，假装无意地和小刘攀谈起来："嘿，你这鼠标垫，不错！"他夸赞了一下小刘新买的鼠标垫。

"嘿嘿，还行。"

看小刘应声了，他接着道："那个，你说，小刘，今年的考核，还会按照、按照以前的办法吗？"

"以前什么办法？"小刘不看他，眼睛直盯着电脑，他正在学习摄影技术。

"不是、不是大家轮流……"小刘的平淡衬出了老张的急切，他有些心虚，脸也发烫了。

"什么轮流？"

"不是、不是轮流坐庄吗？"

小刘诧异地抬头看了他一眼，哧的一笑："啥时候轮流坐过庄？我说老张啊，你想什么呢？"

"嘿嘿。"老张干笑了一下，站在地中间走也不是，站也不是，他不自觉地提了一把松弛的腰带，松松垮垮的裤腰就一下蹿到胸前，裤脚吊起来，显出了他细瘦的小腿。他在心里寻思："以前明明是轮流坐庄的嘛，怎么会不是呢？社区就这十来个人，每年两个，都不重样的，我还能记错了。"可是，小刘的话还是让他打了个激灵，难不成他听到了什么新消息。

老张有些不淡定了："如果评不上优秀，可怎么向老伴儿交代？"他将两只手重重地在膝盖上拍了一下，无声地叹了口气。

老张已经在去年就向老伴儿"预言"了——今年他能评优秀，他要为自己的一辈子画上个圆满的句号。这几十年，老伴儿骂他窝囊，成天在社区瞎混，周围人也说他没出息，他有过什么脸面。在退休之前，他要直起腰杆儿给大家伙儿看看，咱老张配得上一个优秀的称号。他要把三百元奖金拍到老伴儿手上，告诉她喜欢什么就买什么；在同学聚会的时候，他可以理直气壮地和那些当了官的、发了财的同学一起喝酒划拳了——毕竟，咱也是在优秀员工上退下来的嘛；还有，今年儿媳妇就要进门了，他要让亲家看看他们找到了一门怎样的好亲事。虽然听小刘的话音儿事情似乎并不简单，可转念一想，就算是退一步不轮流坐庄了，咱这些年拼了命的工作，凭良心说，评个优秀应该没人反对吧。

想归想，老张在工作上可一点儿没松劲儿。中午吃完饭他不休息，去社区发放宣传材料；他甚至主动加了两个晚班，全然不顾老伴儿高血压犯了，在家等他伺候。一次，老张帮曹红去社区换宣传板，不知是感激还是怎么的，曹红说了句公道话："老张啊，你干这么多工作，要不评你优秀那就是瞎眼！"听了这话，老张心里就像六月天吃了个凉冰棍，爽歪歪了。在回去的路上，他不由得哼起了小曲。

　　眼瞅着日子一天天过去，考核的事情似乎被大家遗忘了。"怎么回事，会不会是领导忙忘了呢？"老张竖起自己的"触角"向四周探听，希望得到一些关于考核的"电波"。他故意在消息灵通的曹红和几个委员周围走动，侧耳倾听她们在说什么。几个女人谈论的无非是买了什么衣服，用什么化妆品之类的，没人谈考核的事情。他感到百爪挠心，坐立不安，吃饭都不香了。他偷偷拍打着自己的胸口，那里有个什么东西，像块石头似的压得他心里发慌。

　　最先没忍住的是老张的老伴儿。

　　那天，老张很晚才回家，进屋就听到老伴儿的声音："呦，这不是咱家的优秀回来了嘛！"她声音不大，但每个字都像是从枪膛里挤出来的子弹，带着"嗖嗖"的寒意。

　　老张自知理亏，想打个马虎眼："嘿嘿，两口子，别这么说话。"

　　"别这么说话，那你要我怎么说话？老婆在家里放命，你泡在社区不回家，你还知道是两口子啊！"她干脆爬起来盘腿坐在了床上，"你都快退休的人了，还整天琢磨什么优秀。人家半辈子都没评你，该退休了会评你？我看你真是猪油蒙了心了……"老伴儿的话刹不住车，嗡嗡的在屋子的角落里回响。

　　老张听得脸上红一阵白一阵，却没敢再回一个字。他在心里说："哼，你别急，这回，我一定让你看看我是不是优秀！"

他做了一辈子都在逃避的事情——找主任汇报工作，想借此提醒主任考核的事情。看到老张进来，主任转着眼珠子，在心里快速做着各种推测，为老张反常的举动找到合理的解释。主任就是主任，他很快明白了老张的小心思。听完老张的汇报，主任表现出浓厚的兴趣，接连夸赞老张工作扎实、效果突出，最难能可贵的是老张同志近二十年来工作勤勤恳恳、任劳任怨，不争名、不图利，值得全体社区同志学习……

老张站在主任的办公桌前，口里有些发干，他咽了口唾沫，用手在脑门上胡噜了一把，捋下一把汗。他心里暗暗高兴："嘿，别看主任和咱没说过几句话，可人家不糊涂，知道咱老张不争名不图利，再提考核的事情，未免……"他感到脸上臊拉拉的，垂着的手有些哆嗦。正在这时，响起了敲门声。

主任歪着脑袋冲门口喊了一声："请进。"

蔡琳笑吟吟地推开了门，脆生生地叫了一声："主任！"她的后面，跟着镇委财务处的李主任："王主任，在忙啊，没打扰到您吧。"

主任立刻离座小跑着迎上去："哪里、哪里，难得您这财神爷大驾光临，快，快请坐！"

老张讪讪地退出来了，心里感到好笑："领导看得见你的工作，同事也看得见，煮熟的鸭子还怕飞了不成。"这么一想，他心里又有了底。

这天，老张被副主任大李派往各辖区给失独户送防暑降温品。毒辣辣的太阳像是一口烧红了的铁锅扣在头上。女同事们怕晒，就把外出的活儿都推给了老张，她们认准了老张面皮薄，不好意思拒绝，就不害臊地说："张大哥，您看，我们女人都穿裙子，没法蹬三轮车啊，还是您辛苦一趟吧。"老张想到女人穿裙子蹬三轮车确实不方便，就答应了。接连几天在日头下晒着，他的脸和后脖颈都被晒成了酱紫色。他正蹬着三轮车，手机响了，副主任发来一条信息："张哥，部门考核评选优秀，您把您选的人名报一下。"

老张在心里乐呢："这大李，就该是我了，难道让我报自己不成？"他回了一条："谁都可以。"

第二天早上，大李拿着一张考核优秀的报表让老张签字，上面赫然是赵姐和新入职不到一年的蔡琳的名字。他感到血冲上了脑门，手哆嗦着，半天写不出一个字。大李出去了，小刘自言自语地说："听人说，这蔡琳，是镇委财务处李主任的外甥女呢。"

老张这一天是在昏昏沉沉中过来的，他丢了这个，忘了那个，在给社区修门把手的时候把抡起的锤子砸在了自己的手上，手肿起老高。回到家，饭菜已经摆上桌了，他举着筷子只是干打嗝，咽不下一口饭。儿子关切地问怎么了，老张就叹息一声，把事情向老伴儿和儿子说了。老伴儿狠狠瞪了他一眼，拉着脸半天没言语，一个劲儿低头扒饭。倒是儿子安慰他说："我的爹，人家评选的时候把您支出去，这意思不是明摆着嘛，咱一辈子都这样了，还在乎最后一次。这全是套路，您就别当真了。"

他不能不当真，人人夸他勤勤恳恳，任劳任怨，是个好同志，可是好同志怎么就得不到一个优秀呢，那可是一辈子啊！他再也别想在人前抬起头来了。要命的是，他在老伴儿面前说了大话，这够她讥笑一阵子了。

老张有些惧怕走进社区办公室，他感到小刘看他的眼神有些不对劲儿了，那些女人会突然莫名地笑起来，笑得他后背直发麻。他的心"突突"的，低着头不敢作声。忙完自己的活儿，别人给他推活儿他还会接着，以前他都会说"好嘞"，尾音上扬，透着意气风发；现在他只会说"好的"，只有两个字，第二个字还往往被他吞掉，剩下一个含混不清的"好"。

一次，老张去辖区检查消防设施。检查完之后，时间还早，他便替张大能检查了一个小区。别看大能年纪不大，工作起来脑子却很糊涂，老张经常顺手帮他干点什么。在检查中，他发现一处居民楼的消防栓坏了，就通知大能上报。

后来，大能负责的辖区发生了火灾，因消防栓无法使用，影响了救灾，造成重大火灾事故。问责的事情从区里、镇里一路追到社区，大能当着王主任和老张的面一摊手说："这个，是老张检查的，我不知道。"

老张梗着脖子怔了半天："我，我，我通知你上报来着!"

"单位不是有规定嘛，应该谁发现谁解决。"大能一改往日的糊涂。

大能还找到了证人，证明消防设施是老张检查的。老张百口莫辩，他还能说什么呢："唉，要怨就怨自己多事，赖不着别人。"

有人私下议论说，老张在这次事故中负有主要责任，受处分事小，恐怕要丢掉工作了。听的人都在替老张惋惜，唉，还差三个月就退休了，却没能在岗位上顺利地退下来，老张这辈子——够冤的。辖区的居民也听说了这件事，替老张打抱不平，他们找社区主任反映说，老张平日工作认真负责，替居民做了不少工作，不该冤枉了好人。

这期间，上级部门的火灾事故鉴定组也走访了居民和社区。不久，镇委副书记来到社区，代表上级部门公布处理结果：张大能在本次事故中因工作失责，造成居民重大财产损失，为惩戒本人，警示他人，对张大能做出解除劳动合同的决定。另外还宣布了两个决定，一是居委会王主任工作失责失察，提出党内警告处分；二是根据居民反映，对老张顾全大局、工作认真负责给予口头表扬。

宣布完决定，镇委副书记拿出一封信在眼前晃了晃，说："在调查中，我们还收到一封辖区居民的联名信，他们在信中对事故情况做了说明，肯定了老张踏实工作、热心为居民服务的情况，帮助我们很好地查清了事实。同志们，我们工作不能脱离群众，心里要装着群众。老张的工作让百姓满意，百姓的口碑就是对他最好的奖励。"他转头对王主任说："咱们领导干部可不能让好人受苦受累又受气啊！"

主任有些动情，他拍着老张的肩膀说："老张，让你受委屈了，有些事情也是没办法，赶上了。不管怎样，我们还是了解你的。公道自在人心，你其实一直是个好同志！"

（作者单位：北京市昌平职业学校）

深山里的守望

徐有三

一

"大志，我明天就走了，你在家自学四年级的课程，坚持每天读书习字，做算术题。有不懂的，打电话问我。"

"知道。"

"学无止境。为了好前程，不能三天打鱼两天晒网。"

"知道。"

"要坚持锻炼身体，多吃饭，多吃蔬菜，长得像我这样，高高壮壮。"

"知道。"

兴国、大志四掌相叩，结束了简单的告别仪式。

二

兴国连夜将自己简单的行装打点利索，洗漱用品、衣服鞋袜，装了半满不满的一个旅行箱。

从前年中秋回家至今，兴国整整一年零九个月没出过家乡这座山。这次出山，而且是出远门，他有点激动。

在杭州工作的老舅家表姐来电话说，他的工作已托人找好，一家物流公司的业务经理。"专业对口，为你这个物流管理专业的高才生量身订制的。"

他没有理由再留在村里了。

大和娘的愁容像一把火炙烤着他。长期当个不拿钱的孩子王也不是个事，已经三十出头的他还没娶上媳妇，因为连县城的房子也没个影。

男女恋爱前，女人会问："你城里有房吗？"不是女人有多功利，而是这社会太现实。城里没房，将来孩子上学就成了问题；孩子上不好学，前程就成了问题。

三

为了房子和媳妇，兴国决定听从表姐安排，再入江湖。

老家县城的房子前年就涨到八千一平了，近期有没有涨，兴国没有关心。

曾经，兴国差点买了房，结婚也差点顺理成章。五年前他拿走大和娘的全部积蓄二十万，要去深圳和几位同学办厂，生产行车记录仪。大很心疼："这是攒着给你买房娶媳妇的钱呀。"娘反复叮嘱："钱攥紧着用，攥紧着用。""大，娘，你们放心，我会让钱生钱，买更好的房子，娶更好的媳妇。"那时的兴国大有长风万里的豪迈。可是，世上总有那么多"可是"，三年后，由于货款收不上来，资金链断裂，合伙人撒手撂挑子，厂子关门。

血本无归。兴国的发财梦破了，房子、媳妇梦如一缕轻烟相跟着飘远了。

因为交不上房租，兴国被房东赶出来。举目无亲，兴国流落闹市街头，恨没有一块地洞收留他。他平生第一次品尝到什么叫损兵折将、鸡飞蛋打、狼狈不堪。

社会有多残酷、有多冷血，不去蹚蹚水永远不知道。三年的青春，三年的没日没夜筚路蓝缕，还有大和娘流在庄稼地里的血汗，一股脑儿被吞噬，连皮带骨。一同被吞噬的还有兴国描绘的创业蓝图，对改写命运的赤子般的梦。

当初信誓旦旦"不混个人样绝不回来"，多么幼稚。混成熊样，不回家又能去哪儿？

四

大志是兴国回家一周后由村书记介绍认识的。

大志，男孩，九岁不到，上过一年学，辍学在家已一年有余。

"兴国，你那么有学问，现在闲也闲着，能不能来我们山洼小学当一名支教老师？就教大志这一个孩子，能教几天是几天。"

娘不假思索替兴国做主答应了。看着兴国一天天闷声不吭蒙头睡觉，娘急，睡傻了怎么办？

"大志，苦命娃。"娘说，"娃妈，外地人，在娃没满周岁就离家出走，至今未归。父亲在江浙一带打零工，一年回家一次。村里其他有娃读书的人家，不是住到镇上就是县城，租房或买房，陪读。大志本来可以在镇上中心小学读下去，由爷爷骑电动车来回接送，谁料到爷爷会突然中风呢？奶奶眼不好，不敢骑车上路。尽管政府给咱村修路了，可是没客车进来。十多里路，娃小，身体弱，走不下来；山高路峭的，也不安全。山洼小学已经多年没开门了，老师跑光了。"

五

兴国就这样突然地当起了老师，颇有点戏剧性。

高考填志愿那时，班主任为了不浪费兴国高出重点线的那三分，建议他填省内重点师范院校，被不谙世事的他果断拒绝。他听过一位家里办纸箱厂的同学说老师穷，社会地位低，连找老婆都难，稍稍出俏点的女孩都瞧不上当老师的。"打死不做老师！"他傻傻地奉牢骚话"家有三斗粮，不做孩子王"为经典名言。如果一切可以重来，兴国会坚定不移填师范，现在就可以名正言顺地教大志这样的孩子了。这些年他看到有编制的老师，哪怕在某些生源严重不足的村庄学校，也没见他们荒了房子和老婆。

六

山洼小学，就坐落在兴国家对面的山脚下。

这个兴国待过六年的地方，没想到久别重逢却陌生得让他心绞痛。

推开吱嘎作响的大门，如同走进了一座古墓。四合院式的校园里杂草丛生，墙脚的扫把权足有一人高；屋檐下，鸟粪斑斑，成群的麻雀肆意地上飞下窜，张着尖尖的喙叽叽喳喳，好像这里是它们的课堂。教室还是那个教室，但木门已烂得差不多了；桌椅缺胳膊断腿的，随意摆放；蛛网遍布，灰尘满地。

七

没有上岗培训，没有开学典礼，兴国直截了当开始了"传道授业解惑"。

真奇妙，自这对师生进驻校园那日起，死寂的环境立马温馨起来。角角落落都充满生机，照进来的阳光格外金灿灿。屋里敞亮了，麻雀的叫声也斯文了。大门还吱嘎作响，但不再瘆得慌。

课表写在黑板上，上午语文，下午数学。

体育课安排在课间。蹦蹦操，跳跳绳，师生齐上阵，练得一丝不苟。有时也做游戏。兴国喊："抓小偷啦！"大志就跑。兴国假装晕倒，大志立马上前做心肺复苏。大志叫："着火了！"兴国匍匐在地，爬行几步。

音乐课也安排在课间。兴国用手机下载了一些欢快的儿歌，师生跟着唱。"大哥哥好不好，咱们去捉泥鳅……"唱着唱着，小手牵着大手跳起了舞。

有时兴国也带大志种花、拔草、修剪树枝、打扫教室，算是劳动技能课。

师生俩没有星期几的概念，没有周末，也不过寒暑假。"山中无日月，寒暑不知年。"习惯了每天太阳出山便去学校，有时兴国先到，有时大志先到；太阳落山，师生一前一后离开了学校。

八

有一次，课堂上，兴国学孔子问志。

"大志，你的名字有大气象。"

"爷爷取的名，希望我有大志向。"

"你的大志向是什么？"

"将来找个能赚钱的工作，在城里买个大房子。"

"怎么能找到赚钱的工作？"

"多学文化。爷爷说有文化就有一双赚钱手。"

"读书为了赚钱买房，这充其量是小志。"

"不。有了房，妈妈就会回来。爷爷说，因为爸爸没文化，找不到赚钱的工作，买不起城里的房，妈妈生下我不久就走了。有了房，爸爸有媳妇，我也会有媳妇。"

兴国笑了，摇头又点头。

"老师，您的志向呢？"

兴国愣了一会儿。他的名字是大大取的，本希望他能成为对社会、对国家有用的人，如今怎么看，这名字于他都有讽刺意味。潦倒至此，何谈兴国？学生时代写励志作文，兴国常常引用名人名言"为中华崛起而读书""奉献乃生命之真谛"。人如果永远年少该多好，那是梦幻般的日子，梦里总是将军，"敢教日月换新天"；梦里不知愁滋味，万里晴空，康庄大道无限延伸。

"此时我的志向是当个好老师，你信不信？"兴国拍了拍大志的肩膀。

"以后呢？"

"以后嘛，和你一样。"师生四目相对，笑了。

九

大志很聪明也很用功，一年多时间跟在兴国后面扎扎实实学完了小学四年级之前的全部课程；能读懂一些儿童文学作品；能用简单的文字表达自己的情感；能熟练运算一百以内的加减乘除，加法交换律、结合律，解方程。

爷爷抚摸着大志的头，欣慰地说："我的能孙，这么小就有文化了。"

"爷爷，我这不算有文化。老师说人的知识好比一个圆圈，圆圈里面是自己懂的知识，圆圈外面是自己不懂的知识，人懂得越多，圆圈也就越大，不懂的也就越多。"

没想到孙子能说出这么有学问的话，爷爷开心地笑了。

十

明天就要走了，兴国一想到大志这娃，心里像坠着千斤石，呼吸不畅。

窗外黑沉沉的，草虫扯着嗓子咕咕唧唧，是奏响别离的曲子。兴国辗转反侧，无法入眠。

镇上中心小学五年级学生可以住宿，大志明年蹲五年级跟得上班吗？

如果成绩跟不上，挫伤学习积极性，然后无心向学，辍学，最后踏上父亲的老路，那他的"大志"岂不泡汤了？他的前程又在哪里？

十一

兴国挨到天亮，心里依旧翻江倒海，搅成了一锅粥。下午的火车，出发还早，他现在最需要的是出门到山上走走，让憋闷的胸腔透透气。

兴国推开门，借着熹微晨光，他看到貌似一只蜷伏着的小狗窝在门槛石上，定睛细看，原来是瘦弱矮小的大志。

"老师，这是奶奶煮的元宝蛋，十二个，带着路上吃。奶奶说，元宝会给你带来运气，赚许多钱，买大房，娶漂亮媳妇，事事圆满。"大志把一个暖暖的布兜递到兴国胸前。兴国一把抱起了大志，许久许久没有放下，眼泪模糊了双眼。

"好孩子，谢谢你奶奶……老师决定不走了，再陪你一年吧，让你明年顺利升五年级。"

大志挣脱了兴国的怀抱，一蹦三尺高。

"老师不走了？不去赚钱了？"

"赚钱不急，你的前程可耽搁不起。"

兴国一下子舒畅起来，呼吸的都是晨露草木的馨香。

东面山峦的尽头，天空一点点红润起来。

（作者单位：北京中学东坝校区）

相　逢

赵春光

赵清逸是琉璃渠村里最悠闲的人。悠闲二字说着容易，做起来可就不是一句话的事了，你得有资本。穷人们整天价为生活所迫，吃了这顿愁着下顿，怎能悠闲得起来？琉璃渠是个大村子，琉璃渠大街是西山古道的必经之地，两边买卖铺户鳞次栉比，卖烧饼油条豆腐脑的、甩开膀子在铁匠铺里叮当打铁的、药铺里坐堂切脉看病抓药的、豆腐坊做豆腐的、烧锅铺里酿酒的，还有街上戴着老花镜弯了腰锔盆锔锅的……这些人，哪有工夫悠闲！

赵清逸有资本也有工夫悠闲。

赵清逸什么营生都不做。人家靠着祖上传下来的家业，和同族的帮衬过活。赵清逸是乾隆时期的窑主赵邦庆二儿子赵士魁的后人。赵士魁是乾隆年间的武探花，做官做到浙江衢、严二州的总兵，那时赵家家境殷实，赵士魁不仅给家里置了房产，在琉璃渠村和祖籍山西榆次南小赵村盖了两处探花府，还攒下不少银两。到了下一代，对做官没有了兴趣，也不愿意和赵氏同族一起在村里经营琉璃窑场，就愿过悠闲的乡绅日子。再到了赵清逸这辈儿，继续悠闲着。同族的琉璃窑主劝他也学学赵家祖传的琉璃手艺，好发扬光大，赵清逸摇摇头，烧琉璃那玩意儿太脏太累，不干它。

赵清逸在琉璃渠有房子有地，不愁吃喝。他家还有个菜园子，就在探花府西边。地里的一应活茬儿，自有人打理，主家宽厚，下人也就不欺负人。到了相应的时令，新鲜的粮食、蔬菜、水果，都会准时产出，留够自家用，赵清逸再拿多余的产品换来银子。

赵清逸就这么整天的无所事事，什么都不干吗？不是，他下棋、上酒馆、到村里的戏台听戏。赵清逸什么人都接触，有钱的、穷得叮当响的，官家的人、最底层的人，都和赵清逸喝过酒。赵清逸生得佛相，不管跟什么人坐在一起，都稳如磐石，脸上总挂着浅浅的微笑。村里的三教九流，都喜欢他。这真的不假，连村里戏班子的姑娘，他都结交，经常去给人家拉拉京胡，弹弹弦子。姑娘坐他一旁，或听，或唱，赵清逸就享受她们专注于自己的眼神。罢了，赵清逸起身拱手，告辞。

茶余酒后，有人就拿赵清逸打岔："戏班子里那么多年轻姑娘，不瞅机会睡她一两个，多冤！"赵清逸坚定地摇头："要去，你去，那是累人的活茬儿。"

琉璃窑，西山古道，永定河板桥西岸，琉璃渠的地理位置十分重要，村里更是人来人往，杂七杂八。村里本地人都觉得怪，赵清逸是怎么和那些陌生人一见如故的。几千里外江南一带的客商，回去几个月后，就会托人来捎些上等的茶叶，请他品尝。村里的人差不多都认识赵清逸："那可是一个好人！"

这天，打村东头的三官阁下走来一个乞丐。

乞丐一现身，正在大街旁茶馆里的赵清逸，目光猛一下落在他的脚上。乞丐走道儿，脚尖先着地，只轻盈地一点，身体就像失去了重力，弹簧般跃起。赵清逸见此，微微一笑，左手端起八仙桌上的青瓷茶碗，右手拿盖儿在上面轻轻一抹，然后慢慢地低头呷上一小口，再抬起头微微闭目细品，之后扭头朝肩上搭着洁白毛巾的伙计赞道："好茶！"

茶馆东边紧邻的是刘婆子的烧饼铺。刘婆子雇着两个小伙计，和她一起起早贪黑地忙活。她们家烙的烧饼是村里一绝，层多，味儿香，外焦里松，一面上撒满香白的芝麻，买的人很多。乞丐走到刘婆子烧饼铺门口，停住了，两脚叉开，伸出右手探向里面，也不说话，但别人都知道他要干什么。刘婆子探身，拿起了一个火烧，递向乞丐。乞丐好像没看见一样，就是不接，可右手依旧向前伸着。刘婆子脸上的笑容僵住了，心里也似乎有了怨气，她把手上拿着的火烧很不高兴地扔进了盛烧饼的筐篓。乞丐把手伸向了小伙计，小伙计不知所措，就看着刘婆子。刘婆子"嗯"了一声，小伙计拿起火烧递过去，那乞丐这才接了，然后伸向嘴边，大口大口地吃起来。

赵清逸拿出几个铜板，往桌上一叠，起身，茶馆伙计忙弯腰点头："您走好。"

随后，大街上的人见到赵清逸与那乞丐边并肩走边呵呵笑，彼此并没有感到对方奇怪。

两人一前一后进了赵清逸的宅院，乞丐四下打量："院子不错呀！""哦，没啥，都是先人留下的，惭愧。"院内西北角有一株古槐，茂盛如一把巨大的绿伞，遮出了树下一大片阴凉。两人坐在树下的木凳上，家人沏好了茶端来，爽爽的凉意，从他们的心底升起。见树下木桌上摆着围棋棋盘，乞丐对赵清逸说道："先生也喜欢这个，咱俩何不下上一盘呢？""好呀，你会下？"赵清逸这次倒真显得有些吃惊，"其实，我早看出你不是什么乞丐。"乞丐微微一笑："围棋只是会一点而已。"有槐蚕挂着细丝从树上滑下，落在棋盘上。

两人于是在方格间厮杀起来。赵清逸和乞丐的棋风迥然而异，赵清逸的棋细腻扎实，考虑周全，左右逢源，他将棋形尽量走厚，暗中蓄势，于不动声色中步步收紧。乞丐的棋风则大刀阔斧，出手凌厉，总是能走出刁钻怪异的路数，是典型的力战型，但他的招数都被赵清逸一一化解，让他无处发力。突然，乞丐右手朝头上一抖，一道寒光飞到大槐树上，随即一声惨叫，一只麻雀扑棱着翅膀跌落在棋盘上。赵清逸把双眼眯成了细缝去瞧，那麻雀的脑袋上，有一个血孔，兀自汩汩地往外流着血。

乞丐双目凝视着棋盘，眉心紧锁。赵清逸微微一笑，他伸手用两根手指轻轻捏起奄奄一息的麻雀的翅膀，然后提到一边，放在了槐树根下。乞丐终于开口，他双手一摊："您厉害，我输了！"

赵清逸没理会下棋的事情，却问道："为何那烧饼铺刘婆子施舍烧饼给你，你却显得无礼而不接着？"

乞丐听了，脸上一下子多了些许豪气："女人本来依赖于男人，我堂堂的七尺男儿，怎会让一个女人施舍！"

赵清逸听了，心底对乞丐再起敬意："你说得在理，可是有时人落魄了，或生不逢时，面对境遇也是没办法的事。"

乞丐仍旧惦记着棋盘上的事："为何我的棋这么勇猛却总是在你面前占不到半点便宜，在你的按部就班、围追堵截下，总是无路可逃？"

赵清逸并没有搭话，他伸出了右手食指，慢慢点向乞丐的胸口。两人随即对视了一眼，然后都仰天哈哈大笑。老槐树上的许多鸟儿，被他们的笑声所震，都扑棱扑棱地飞散去。

自此，赵清逸和乞丐朝夕相处。他们一并纹枰对弈，一并去茶馆、酒肆，一并去村里的戏台子听戏，赵清逸还把村里六合戏班子中那些年轻的女演员介绍给乞丐："我当家子叔伯是村里琉璃窑的掌事，他爱听戏，这戏班子就是他资助的。"乞丐每天仍旧是那身行头，但从他身上已丝毫看不出一点猥琐的形态。他俩最爱去的地方就是大街上的老烧锅，那里酿出的高粱烧酒劲而不烈，回味悠长，远近闻名。二人喝得酣畅后，常会手牵手走出老烧锅，沿着西山古道，随着商旅、驼队向西走上一段子的路，也晃出了一道风景。

一日，他俩又在老烧锅喝得酣畅淋漓后，照旧沿着大街向西，沿着古道一路走去。这次他们的兴致更好，出了村就走下古道，往南拐了个弯，赵清逸说："我带你去一个更清净的所在。"

南面是九龙山，山上树林茂密蓊郁，小的野物不少，快到山顶的地方还建有一个龙王庙，赵清逸带乞丐去的目的地就是那里。一路上他们还顺手捉了几只野物，乞丐身手敏捷，动如脱兔，凡是让他撞见了，都别想跑。可是谁曾料到，过了不大会儿，二人就撞见了一幕不该见的事情。

村里的大财主李胡子的小少爷，正在戏弄一个年轻的女子。李胡子在村里可不是一般的人物，他家拥有好几座好几层进深的宅院，有着几百亩地，还在远近做着不少的买卖，阔气得不行。他这个小儿子，从小受到一家上下的溺爱，长大后仗着老子有钱，官府背景也很深厚，不免得意忘形，横行乡里，尤其最爱拈个花惹个草。年轻女子已被他压在身下，那小子正在撕扯开女子的衣襟，女子嘴里早被塞上了衣物，此时正像一只折翅的小鸟儿在他身下拼命地挣扎。

赵清逸觉得年轻女子好面熟，那不是村里六合戏班子的红英吗？怎么被挟持到这儿来了？于是一股气血直往头上撞，赵清逸的眼中已透出寒光。赵清逸看一眼乞丐，乞丐却皱着眉，不看赵清逸，只仰头看天。过了会儿，乞丐竟扭转身，往前走去。赵清逸叹息着，在那一瞬间失望极了，他顾不上那么多了，急步向那恶少而去。可刚走几步，赵清逸又突然忽地站住了，只见恶少脑门上已有一道血孔，正在往出呼呼地冒血。赵清逸恍然大悟，再回头看乞丐，他正立在一个高坡上，在残阳映衬中，兀自冷笑。

次日傍晚，赵清逸和乞丐坐在烧锅二楼靠窗户的位置，几杯烧酒下肚，昨天捉的一只野鸡，让厨子早做好了，他俩一人才吃了半个鸡腿。乞丐冲赵清逸拱手说道："我早就有一身血案，不在乎多除一个恶人，这事恐怕会累及先生你，能与先生相识相交是我三生有幸，此处已无我容身之地，今晚就此告别。"

赵清逸望向窗外，眼睛里潮潮的。不远处，村口三官阁上的红灯笼，红透了半截子的街道。赵清逸扭头对着乞丐说道："我何尝不珍惜与你的相逢呢？这世道，遇上一个彼此懂对方的人，很不容易，尽管短暂，但毕竟曾经拥有。"

乞丐站起身，抱拳向赵清逸一躬，往外便走。哪曾想，才走几步，他就用右手使劲按住腹部，慢慢弯下腰来。身后桌旁，赵清逸的额角，也渗出了密密匝匝的汗珠，他一下子趴伏在桌上，四肢再也不听使唤了。

楼梯口，几名官兵面带冷笑，持刀冲上来。

赵清逸和乞丐都被绑进了牢房。两人每日在牢房里仍隔着木栅栏谈笑风生。

"我一身血案，是没得活了，这次人也是我杀的，我不会连累赵先生！"

"别叫先生了，咱们是兄弟，这次你是替我杀的人。"

"好，那兄弟有一事相求。"

"只管说！只要我能做到。"

"我本是山西大同人，因杀了家乡的几个狗官逃到这里，我死后恳请兄弟把我埋回老家吧，顺便看看我的爹娘。"

"只要我能从这里活着出去，一定会把兄弟带回家乡！"

数日后，乞丐被官府的刽子手在村外永定河边的大沙坑砍了头。由于家里多方奔走，卖了一处田产，花了不少的钱，还有同族官琉璃窑主赵花农托人的面子，赵清逸被无罪释放。

赵清逸帮乞丐收了尸，请人把乞丐断开了的头颅缝回到他的脖颈上，又买了口棺材把乞丐装殓。第二天，赵清逸收拾停当，雇了辆马车，亲自护送乞丐的棺木回他的山西大同老家。

打那以后，赵清逸再也没有回来，听说赵清逸安葬好乞丐，又去看望了乞丐的爹娘后，在五台山出家当了和尚。

（作者单位：北京市大峪中学）

毕业生

赵红霞

　　思妤站在临时架子的第二排上，看着摄影师数着"5—6—"，然后跟着同学一起喊"7——"！身边传来同学的轻笑声，思妤忽然觉得眼前的阳光分外刺眼，眼睛有些湿润，她微昂起头，朦胧中看见了一年前的那个自己，正趴在窗边向楼下张望。

　　"哎！"她捅了捅旁边的小蕊，小蕊是她最好的朋友，白脸圆眼，常带着一副专注又严肃的表情，"明年这时候咱们也得照毕业照吧。""当然啊。"小蕊皱了下眉，不知道是对这个问题不以为然，还是忽然想到了什么，"毕业当然要照毕业照了。""你说照毕业照的时候咱们会不会哭？"小蕊觉得很好笑："哭什么？哭能有什么用吗？""要分别了啊，万一以后我不能天天跟你在一起了，怎么办？""你们在干吗呢？"嘉嘉带着风扑了过来，"思妤又开始多愁善感了吧，来来来，听听周深这首《大鱼》，唱得可真好！"于是两人立刻停止了关于毕业照的交流，一人一个耳塞听了起来。

五月的阳光热烈地铺满了教室的每个角落，像给每个人都镀上了一层灿烂的金边，少年嘴角挂着笑意，世界一片静好。

其实对于思好而言，这也就是顺口而出的话，提到毕业照自会提到毕业，想到毕业自会想到分别，可事实上，毕业这个概念对于她而言，简直像是外星人一样遥不可及，虽然每天被班主任点名，虽然数学定理让自己痛不欲生，可是有好友相伴，有精彩的书看，还有什么不满意呢。

可初三终究是要来了，而且迎头就给了思好一个重重的打击。

根据新中考的选科考试特点，学校准备进行分班。于是原本毕业才会面对的分别被唰地一下提到了眼前。

思好的数学一向学得很烂，可是数学是必考科目，而且妈妈说必须上高中，还必须上重点高中！她经过艰难的抉择，最终选择了物理、化学、历史。小蕊是外地户口，根据北京的硬性规定，外地户口的学生不能在北京上普通高中，不能参加高考，她只能回老家去上高中，而老家那里是不选考的。所以小蕊完全不用斟酌，根据自己更偏好理科的特点，选择了加考物理、化学和地理，这样一来，思好就不能和小蕊一个班了。而嘉嘉呢？

在操场北侧的栅栏外有一排梧桐树，很有些年龄了，粗壮高大，其中一棵树的高处竟然有两个大鸟窝。思好常常望着大鸟窝出神。那里的长凳也因此成了她们三个聚会的老地方。

带着这个令人抓狂的噩耗，思好和小蕊在长凳上呆呆地坐着。正是六月，炽热的阳光透过树叶的空隙，洒下斑驳的光影，让人感觉不真实的眩晕。这时嘉嘉走了过来，思好觉得哪里有些不对劲："嘉嘉，你是走过来的？"嘉嘉带着一脸不同寻常的黯然："告诉你们一个更糟的消息——我爸不是一直在给我办出国吗？办好了，过完这个暑假我就要走了。"嘉嘉和小蕊有相同的遭遇，不是北京本地户口，供她们选择的或者是回老家读高中，或者上国际高中的同时准备出国。

　　冥冥中，不可知的命运似乎第一次来到了每个人的面前，而她们却不知如何面对。

　　该来的永远不会迟到。嘉嘉出国了，那个走路带风的小女孩儿，那个不是在听歌就是在唱歌的小女孩儿，独自一人踏上了异国求学之路。而思好和小蕊则在不同的班里，开始了毕业班的生活。

　　思好的新班主任姓张，教数学，一向以严厉著称。

　　和思好分在一班的还有原班的高天和贾小康。高天是那种高高大大满脸孩子气的大男孩儿，对于他来说，选考什么都一样，都能很轻松地学个差不多。贾小康个头略矮，天真烂漫，选考什么也都无所谓，因为学什么都学不明白。所以贾小康是最没有选择障碍的，他的选择依据绝对清晰，好朋友选啥，我就选啥，还有什么比好朋友一起玩儿更重要吗？这对搭档很快在新班级里脱颖而出，被誉为活宝二人组。

　　或许自己会一直笼罩在分别的伤感中吧。但是很快，思好就发现自己的想法太天真了，接踵而来的初三生活如

◎毕业生

291

山呼海啸般汹涌澎湃，瞬间压得她喘不过气来，她觉得现在连悲伤都是奢侈，眼前所见全是层层叠叠的压力。

小蕊的班级在二层，思好在三层，她俩约好一下课就到三层西侧走廊尽头的窗台前见面。她俩很喜欢这个窗台，把它擦得干干净净，思好还将自己喜欢的小贴画悄悄地贴在了台面上：两个小女孩儿肩并肩地站着，向远处张望，稍远一些还有一个咧着大嘴笑的小女孩儿。站在窗前向外望，能望见学校新开辟的樱花园，能望见远处的大操场，和操场上似乎永远奔跑不停的学生。

期中考试成绩出来了，教室里一片混乱。看着惨不忍睹的数学卷子，思好觉得连呼吸都变得艰难，贾小康从旁边路过，没心没肺地大叫了一声："思好，你怎么啦？没考好？"思好愤怒地瞪了她一眼，贾小康吓了一跳，意识到自己说错话了，赶紧补救，"你的语文好啊，全班第一！你看我……"这时高天走过来一把拉走了小康。上课了，听着班主任带着冰块般的语调，思好觉得浑身发冷，她把自己变成一块石头，一动不动地熬到下课。一下课，她便逃也似的冲到走廊尽头，面对窗外无声地流泪。一只手温柔地搭在了她的肩上："一次考不好没什么的。""不是一次，是每次！"小蕊无言，转而下命令般地说："别哭了！哭有什么用？以后每天晚上我给你补数学！"思好泪眼蒙眬地看了眼小蕊，不知道该说什么才好。回到教室后，她发现自己的课桌上多了两样东西：一块巧克力，一张画着一个鞠躬道歉小人儿的皱了吧唧的纸。

每当觉得自己凄惨无比，而小蕊又不在身边时，思好就悄悄拿起那本《奇风岁月》看上那么几眼，即使只是几眼，也像止痛药一样，能让自己的疼痛减轻些。书里说："当你遇到你爱她比爱自己更多的人，你就会变得勇敢。"思妤相信自己也是如此。无论怎样，身边还有小蕊。遇到困难时，她总会伸手相救，就像跑步时她总是穿过人群，跑来陪着自己。嘉嘉偶尔会发来微信，简单说几句她在那边的生活，无比的轻松，让思妤羡慕不已。还有那对活宝二人组，也会时不时地冒出头来，表现一下对老同学的关心。

适应了一段时间，思妤发现初三不像刚开学时那么可怕了，在小蕊的帮助下，她的数学成绩慢慢有了好转。她也慢慢地接受了这个新的集体。

几乎每个课间，高天都会和贾小康拉上班里另几个男生，在教室后面挤作一团，玩儿各种幼稚到家的游戏。

教语文的是孙老师，最擅长的就是讲道理。这节课她提前来到教室，看见贾小康正和另一个胖胖的男生在地上厮打，大有拼个你死我活的劲儿，孙老师愤怒地大喝："给我回座位！"两个倒霉的家伙见势不妙，迅速爬了起来，贾小康一边往座位溜，一边满脸不服气："他摸我屁股。"有同学想笑又生生憋住。语文课课前是有个两分钟演讲的，第一轮进行的是分享自己最喜欢的成语。这天就那么凑巧地轮到贾小康，这个家伙一上讲台，就忘记了自己刚才的狼狈样，兴致勃勃地讲起看样子是早有准备的成语——张冠李戴。成语本来很寻常，但他讲得贼眉鼠眼，引起班里几个同学的笑声。思妤反应了一下，才明白他是在暗讽英语老师。英语老师姓张，是个刚毕业的年轻老师，可能是曾经跟班主任反映学生问题的缘故吧，班里总有几个学生明里暗里跟她作对。思妤皱了下眉头，觉得他这样很不好。

抬头看孙老师，只见孙老师已经眉头紧锁，怒气在周身环绕，小康还不知晓，继续不知死活地胡编乱造，孙老师终于忍不住了，一声厉喝："贾小康，你能明明白白地说清楚你到底想表达什么吗？"她转身面对全班同学，"刚才还有几个人应和着笑，能告诉我你们为什么笑吗？一个老师教了你们那么长时间，就得到你们这样的对待吗？……"班里一片寂静，像荒无人迹的旷野，而孙老师的训斥如旷野的狂风，在愤怒地旋转呼啸。

下课铃救命一般响起，每个人都暗暗地长呼了一口气。思好无意间的一瞥，竟然看见贾小康眼里似乎有泪水。这个满脸稚气的男孩儿，正在想什么？这时高天走了过去，"啪"地一拍贾小康："走，哥带你玩儿去。"

可能每个人都需要适应吧，适应新的环境，适应新的有形无形的压力，无论思好还是贾小康，无论是学生还是老师。

一天深夜，遥远的嘉嘉发来一条微信，上面只有两个字：想家。

元旦的联欢过后，思好和小蕊去附近的必胜客吃午饭。小蕊放下手里的餐具，平静地告诉思好："现在摆在我面前的有两条路，一条是五月末回老家参加当地最好的高中招生考试，我要考上重点 A 班，只有这样才有可能在那个考生多得吓人的地方考上一个好大学；另一条就是去北京附近的燕郊读一个私立高中。我不想去私立高中。也就是说，我只能也必须考上重点 A 班。"小蕊的表情有一种和她的年龄不相称的平静和决绝。思好也郑重地点点头。她知道，小蕊不可能接受一个凑合的结果。那自己呢？

人生的前路虽然尚未可知，但是总有些什么是自己能够控制的吧。

初三下学期开始了，小蕊每天在面对学校课程的同时，晚上都要刷一套四川当地的考试题，还要自己判过改完。很快，她原本的圆脸就显出了尖下颏。

思妤看见好朋友这样积极地面对自己的将来，也在不知不觉间努力起来。

日子继续沿着自己的轨道向前滑行。转眼又是北京最美好的"人间四月天"。校园里也是一树一树的花开，有喜鹊在草坪上信步呢喃。

思妤和小蕊仍然每天在三层的窗前见面。有一天她俩到了窗前，忽然发现窗台上有了变化，在两个肩并肩的女孩儿旁边，多了一幅铅笔画的简笔画，一棵大树，树上有好几只小鸟，还神奇地长着各种水果：苹果、樱桃、菠萝、香蕉……

最近一轮语文课前演讲的内容是自己最欣赏的一句话，这次轮到了高天。开始演讲了，他清了清嗓子，然后潇洒地一拉黑板，右侧黑板听话地向右滑行，露出左半块黑板上已经写好的两句诗：苟利国家生死以，岂因祸福避趋之。看着这两句话，思妤觉得有些奇怪，这是那个满脸稚气的大男孩儿最喜欢的句子吗？听着高天庄重的演讲，思妤心里涌起一种难言的感动，原来每个人都在以自己的方式慢慢地长大。高天讲完后，教室里自发响起一片掌声，思妤和贾小康的掌声最响亮。

小蕊回四川参加那所重点高中的招生考试了，连考两天，第三天一早就会宣布考试的结果。小蕊只在第一天考试前给思好发了一张照片，是无数考生纷纷走向各自考场的场景。思好忍了又忍，不敢跟小蕊联系。到了第三天凌晨，她一下子从睡梦中醒来，抓起手机，才十二点多，她毫无困意，也不想再睡，就一直紧紧握着手机，等待小蕊的考试结果，简直比等待自己的成绩还要心慌。思好平生第一次看见时间的脚在一点一滴地行走，看见天光慢慢流进屋子里，看见屋子里慢慢地亮起来，无数的往昔转换成画面在眼前交叠：她俩带着嘉嘉的耳机听音乐，撕名牌时小蕊宁死不屈，密室逃脱时小蕊如春花般灿烂的笑，她俩拉着手看着嘉嘉离开的背影，环校跑时小蕊跑在旁边陪着自己，三层的窗台边小蕊无声地流泪……五点了，"嘟嘟"，手机一阵颤动，思好条件反射般点开，只见几个清晰的字："我考上了！重点 A 班！"清晰的字瞬间变得模糊，思好的眼泪大滴地打在屏幕上，旋即她又开心地笑了起来，心里如释重负，倒头安然入睡。

很快闹钟响了，思好轻快地起身，准备去上学。在厨房忙碌的妈妈看见女儿轻松的样子，很是诧异，自从上了初三，已经有多久没看见女儿这样轻松的状态了，妈妈心里一热，也跟着轻松起来。

虽然睡得很少，但是思好精神百倍。她全力以赴地听课，没有听懂的问题，还鼓足了勇气迈进了从前自己的禁地：办公室。张老师看见思好来问问题，欣喜地高声表扬："思好来问数学题了，这可是开天辟地第一次啊。"思好感受到老师的好意，只是静静地微笑。

新的年级排名出来了，高天在前五十，思好终于破天荒地进入了前一百名。

哪里有少年，哪里就会有希望，就像哪里有高天、贾小康，哪里就有笑声。

下了语文大自习，天光已渐渐暗淡，教室里还很热闹，探讨问题的，收拾书包的，打扫卫生的……孙老师还在讲台前判学生的作业，这时高天率领着他那一群狐朋狗友，嘻嘻哈哈地走向孙老师，鬼鬼祟祟地说了句什么后，孙老师也笑起来，扬声说："免你不死，退下。"

晚上，思好看见班级同学的微信群里，高天正在发布惊天大秘密：孙老师有毒品！孙老师有毒品！孙老师有毒品！紧接着贴了一张照片，只见孙老师的办公桌下有一个袋子，里面装着一个包装盒，上面赫然四个字：天津大麻。思好愣了一下，反应过来后笑个不停，在"麻"字的后面有一个字的地方被挡住了，该是"花"吧。

临近毕业了，同学之间越来越友好，师生之间也越来越默契了，虽然这默契过后就是人生路上的又一次分别，但是前辈高人不是已经说过了吗，每一次经历都是为了走向最好的那个自己。

"好，再来一遍，我说5、6，你们说7。"摄影师又一次叮嘱，"5—6—"，思好和同学们一起喊"7——"又是一阵轻笑，她扬起头来，在微曛的阳光下，看着一年前自己趴过的那个窗台，看着当年的自己，小蕊，还有嘉嘉，相视而笑。

（作者单位：北京市育英学校）

◎毕业生

297

梅六之死

周玉贤

　　梅六死了。听村里人说，是被地板砖砸死的。

　　梅六是招拐到我们村的。旧社会招拐要在契约上写上
"小子无能"之类的话，结婚时要改名换姓，婚后也是"干
活在前吃饭在后"，在家中没有任何地位。但梅六幸运多
了，因为他丈母娘是个哑巴且有点儿傻，他的老丈人也是
半哑。

　　但是，村里人都说梅六的老丈人算个精明人。据说在
饥荒年代，他自己用木板刻模子印饭票，土豆刻章就和真
的一样，还真买到饭了。老两口现在膝下只有一个女儿名
叫桂花，因为遗传说话不算清楚。梅六来到这样的家庭自
然也就成了顶梁柱，受到老两口的特别优待。这种优待主
要表现在他并没有随风俗改名换姓，而且孩子还随了他的
姓。这在当时的社会是不可思议的事情，梅六却做到了。

　　虽说梅六可以对一些小事情做主，可还是畏惧老丈人

的火暴脾气。老丈母娘死的时候，老丈人干了一天活回家，吆喝了几声没有人应，他几乎是破门而入的，并且对着睡在炕上的老伴连着踹了两脚。见老伴还是没有声响，他这才感觉到不对劲儿，一摸鼻息早没气了。安葬了老伴以后，剩下的日子就显得格外漫长。人们看到梅六的老丈人每天到吃饭的时间就拿着黑黑的饭盒到闺女家去拿饭，有时在大街上遇到和他打招呼，他会和你嘿嘿地笑，算是回应；有时他会和你嘟囔两句话，具体是什么听不太清，可能是嫌饭不好吃，但大家对于他的牢骚也不会多想些什么，因为一个不会做饭的老鳏夫能有人照料就算不错了。

梅六很能干，家里孩子太多也就显不出富裕来。他生了七八个孩子，只活了五个，两男三女。老大是个男孩，很聪明，记性好，成年后成了梅六的得力助手。可是老大太老实，说话又有点结巴，岁数挺大了还说不上媳妇。后来托人在贵州说了一个，条件是三万块钱彩礼。老大准备好钱就去贵州相亲去了。到了女孩家里正好是晚上，女孩家里穷，只点半支蜡烛，众人借着烛光看不真切，再加上老大怕人家发现他结巴的毛病，就依着媒人嘱咐尽量不说话。女方看他不爱说话，挺老实的，就同意了这门亲。后来才发现他结巴的毛病，可是已经收了钱不好反悔了。

梅六的大女儿上完中学，没考上高中就回家放羊了。羊圈建在一个小山沟，和村子相隔三四里。那时交通不发达、信息不流通，和外界很少接触。大女儿渐渐长大，也就成为村里小伙子的追求对象。其中有个小伙子岁数大了些，穷追猛打，把生米煮成了熟饭。可是梅六不愿意呀！小伙子家里太穷了。小伙子托媒人去说媒，说了三天三夜梅六才点头，条件是：三万块彩礼钱。小伙子虽然没钱，但也高兴，毕竟事情有了眉目，过了老丈人这关。他让亲戚们凑了点儿，又向大队借，总算凑够了。但是梅六的大女儿，还不到法定结婚年龄，两人只好先订婚。一年后生了一个女儿，大家都挺高兴，可梅六不知为什么，突然又不同意这门亲事了。众人好说歹说最后还是同意了这门婚事。但是，很长一段时间梅六都耿耿于怀。

梅六的二女儿学习很好，初中毕业考上了中专，一家人心里很高兴。在当时那个年代，中专生就是捧着铁饭碗的文化人呀！梅六家就要多一个吃公粮的人了。可是，天有不测风云，偏偏二女儿面试没通过，一家人空欢喜一场。后来，二女儿只好上了其他的学校。

二女儿毕业后，工作顺利解决，家里人可高兴啦！村里人都说梅六的二女儿有本事，命好。

二女儿要结婚了。村里的人都说：瞧瞧，刚工作几天呀就结婚，也不说贴补贴补家里。其实梅六更是想不通。二女儿只好和梅六说自己已经怀孕。梅六差一点就晕过去，好几天都没说话。原来二女儿工作没几天就有人给介绍对象，说大她三四岁，有工作人长得也挺帅的。两人见了几次面，感觉不错就发生了关系。后来无意中发现男的大她十多岁，二女儿当时就晕倒了。醒来后开始哭，心里很是委屈，有上当受骗的感觉。但是已经晚了，因为她已经怀孕了。梅六心里过不去这个坎，没有为她操办，草草地嫁走了二女儿。

梅六的三女儿没上完初中就退学了。在家中待了几年也找不到合适的工作，对象更是找不到合适的。闺女一天比一天大，已经成了梅六的心病。后来，经别人介绍嫁给了邻村一个承包建筑队的，据说日子过得还不错。

就剩下小儿子了，这时梅六反倒不担心了。因为这几年村里搞旅游开发办起了农家乐，梅六的手里有点钱了。村里从外地雇来好多小女孩当服务员，而村中的小伙子们当然也不会放过这么好的机会。梅六的小儿子更是如此。夏天的时候，他一边挣钱一边谈情说爱。到冬天不忙了，竟然也开始张罗起自己的婚事。这时的梅六一家，就像俗话说的一样：又娶媳妇又过年，好不热闹。

儿女们都长大成人，各自经营着自己的小家。梅六轻松了不少，现在只盼着早点抱孙子了。他为了给儿女们减轻负担，也为了给未来的孙子攒点零用钱，买了两匹马开始拉零活，这样几年下来也攒了不少钱。可儿女们并不让他省心。

大儿媳怀孕的时候，梅六心里可乐呵了，心想以后主要任务就是看孙子，可以享受天伦之乐。天有不测风云，大儿媳在怀孕七个月时，家中的两只狗打架，她不知想起了什么拖着重重的身子非要去把狗分开，结果狗不打架了，孩子却没了，还是个男孩。小两口很伤心，梅六更是难受，蹲在地上抽起了旱烟，愁眉苦脸的。过了一年多，大儿媳又有喜了。这次梅六千叮咛万嘱咐让儿子一定要小心。又到七个月的时候，大儿媳感到不舒服，赶紧去了医院，孩子还是没保住。梅六躺在炕上心想：老天要绝我后呀！但是，他在儿子面前还是沉着冷静地说："到医院去看看医生吧！"到了医院一查，大儿媳子宫有问题。大儿媳积极配合医生看病，很快又怀孕了，住在医院开始保胎。为了能顺利生下孩子，大儿媳受了不少苦，最终顺利地生下了一个女孩。梅六虽然有些失望，但想想他们还能生第二胎，到时候再生个男孩不是更好吗？心中也就宽慰了许多。

时间如流水，转眼好几年过去了。大儿子该要第二胎了，大儿媳就早早去看医生准备住院。医生一听是二胎，就说："没床位回家养着吧！"结果顺利地产下了第二胎，可是大家并不高兴，因为还是一个女孩。梅六像泄了气的皮球，一点儿精神也没有。更让梅六难受的是村中的流言蜚语：肯定是上辈子干了缺德的事，这辈子让他绝后。梅六夜夜无眠，每天天刚亮就上山干活。无论发生什么事还得活着，活着就有希望，不是还有小儿子吗？

这两年村中旅游很好，村民的生活也好多了。但是，生活中总是有一些不如意的事情。二女儿年前回来了，说："我要离婚。"梅六叹口气走了，心想这年怎么过呀？二女儿婚后两人经常打架。有一次，女婿把女儿的肋骨打折了两根。梅六又气又恨，更是心疼，他警告女婿如果还有下次绝不轻饶。可是两人还是两天一小吵三天一大吵。女儿这次回来，是下定决心不过了。可是想想孙女，他还是劝女儿回去，孩子不能没有妈。大年初二那天女婿和家人来说和，梅六数落了女婿半天，还是让女儿跟着回去了。从窗玻璃上看着二女儿坐的车去远了，梅六踏实地坐在了炕上喝起了小酒，感受到了一丝过年的喜悦。

梅六要过六十大寿了。儿女们想想父亲这一辈子不容易，在饭店订了一桌酒席，想好好为老父亲庆贺一番。儿女们全到了，就剩小女婿没到，大家开始催小女儿给丈夫打电话，让他快点儿。小女儿说："不用等他了，咱们先吃吧!"梅六说:"那怎么行,到齐了再吃。"小女儿一看这样只好说:"他不会来了,我们离婚了。"梅六一听如晴天霹雳,什么也没说就回家了,好好的一次寿宴最后不欢而散。原来小儿女两个月前就办理了离婚手续,怕父亲生气一直没说。梅六一直比较喜欢小女婿,他很随和,可是世界之大无奇不有,偏偏小女儿的婆婆就是见不得儿子和儿媳好。小女儿开始还谦让婆婆,可是婆婆得寸进尺把孩子也抱走了。小女儿向丈夫抱怨,可丈夫也没办法。小女儿感觉这样的婚姻已经没什么意义,就提出了离婚。

　　梅六一天天老了,就连牙齿也一颗接一颗地光荣退休了。他吃东西开始细嚼慢咽,然而饭菜就像平淡的生活感受不到任何味道。梅六千盼万盼,终于盼到小儿媳坐月子了。消息一传出,村里人都不信。有人说:"不可能,没发现他怀孕呀?"又有人说:"你傻呀,人家是偷生能让别人知道吗?"梅六的小儿子婚后没多久就生了一个女孩,梅六很失望,但什么也没说只是对孙女更加疼爱。可是嘴里却一直把孙女叫成孙子!小儿子把这一切看在眼里,记在心头。为了让父亲尽快抱上孙子,小儿子决定提前生第二胎。可是人生在世不如意事十之八九。第二胎还是一个女孩。小儿子非常生气,非要离婚,儿媳也只知道掉眼泪。梅六开始劝说小儿子:"现在的社会男孩女孩都一样,不比以前家里农活多,没有男孩不行,现在是科技时代,以后要靠知识活着。好好供孩子上学,将来一定会有出息的。"梅六这样安慰着儿子,同样也是在安慰自己。不过,只有他自己知道,抱孙子已经成为一个无法实现的梦,这多多少少在他的心里埋下了一种莫名的遗憾。

梅六之死

像往常一样，当夕阳就要从西山落下的时刻，劳累了一天的村人拖着疲惫的身子在自己家里享用这一天的报偿，一顿并不是很丰盛的晚餐。

　　"梅六被车撞了，快来救人哪！"大街上有人在声嘶力竭地喊。村子里的人听到喊声都出了家门看看是怎么回事。有人说："刚才不是拉马去了吗？怎么会死呢？我刚看见他。"那人说："是去拉马了，走到村北头一辆三轮车装着地板砖开了过来。车子刹车失灵，又赶上下坡速度非常快直接撞到了马身上。"那人接着说，"就跟电影里演的一样。马嗖地一下就飞到了河沟里，当时就爬不起来了。"这时有人说："马死了，梅六呢？"那人说："车撞了马后停了下来，但车上是空的，一块地板砖也没有。"有人问："地板砖呢？"那人说："地板砖全掉在公路上了。"这时有人说："这和梅六有什么关系？"那人说："怎么没关系，梅六就压在地板砖下面。"

　　村里的人一听赶快向村北头跑，这时梅六的两个儿子也已经来到出事的地方。大家七手八脚地帮他俩把地板砖搬开，梅六的脸从血泊中浮现出来，已经死透了。

　　　　　　　　　　（作者单位：北京市门头沟区龙泉雾小学）

诗歌篇

忠诚的灰尘

卢吉增

放在床下的旧箱子
已布满灰尘
灰尘上没有印痕
均匀的灰尘下透着箱子的底色
我感到灰尘是多么干净

箱子里一定盛着一些重要的东西
或者是一个秘密
秘密用灰尘来保守
是多么可信

因为没有谁

能把灰尘这么均匀地，撒在

箱子表面

（作者单位：首都师范大学附属中学）

那个遥远的春天的傍晚

卢吉增

那时我还小，在不冷不热的春天傍晚
拿着枯干的玉米秸秆和小伙伴拼刺刀
拼着拼着就出了汗，就解开扣子继续拼
拼到掌灯，拼到离家更远的空场
我们就叫得更欢了
我们是春天傍晚的英雄

当听到几声我妈喊我吃饭
该收兵了，肚子早饿了
带着意犹未尽的失落
恋恋不舍地慢慢往回走着
已经看不清对方了
这时才郑重地抹一把额上的汗

（作者单位：首都师范大学附属中学）

春光协奏曲

王艺涵

小巧的连翘在跃动，
闪着光，带着笑。
柳枝绵长的琴弓，
与蛱蝶奏起一支小调。
梅白，樱粉，桃红，
一簇簇音符在欢闹。
新草也有自己的曲风，
不仅是作为装饰音的绚丽花哨。
布谷的笛声，与燕子的钢琴合鸣。
阳光下一只懒懒的花猫，
尾尖，给春天补上最后一笔轻盈。

（作者单位：北京四中璞瑅学校）

高铁是乡愁的眉黛

马永珍

仿佛有啸声而来，远在天边
又倏尔近在眼前，一只猎豹飞驰
一群猎豹飞驰，宛如蛟龙，有的
直奔天涯海角，有的没入云端
我只是一首诗歌中最小的惊叹

以乡愁为主题的诗行里，夏天和冬天相遇
惊天霹雳也可能邂逅一场大雪
不必鸿雁传书，两位名词推开门扉
只为迎接披风带露的惊喜
溪水翅膀合拢，夜晚从乡音开始

一朵朵菊花尾随列车，在自己身上
沿着忠诚的轨道，在脉搏里疾驰

和血液逆行，呼啸声充盈胸怀
此时，课本上的祖国也变小了
但杏花和荔枝的心，却变大了，越来越大

朝发追赶上夕至，城市毗邻乡村
从南到北，从东到西，乡愁变小了
他们乐意住在名叫桃园的年画里
骑着彩虹，牵着鸽哨，迎接日出
送走日落，送走邮差和遗嘱

飞翔的蔚蓝，是天空广袤的秘密
落地的金黄，是故乡无垠的笛音
心存感激，只想对飞翔和速度说
乡愁这滴亘古不变的美酒，宛如美人痣
镶嵌在高铁的眉黛之上

（作者单位：北京市昌平区第二中学）

和一条河流交谈

马永珍

"逝者如斯夫，不舍昼夜"，学习《论语》
和圣人笔下的这条河水，交谈了许久许久

河水的语言连绵不绝，波光粼粼，气势恢宏
相对于河水，我语言羞讷，还长在柳枝上，
仿佛星星之火，也像如米的苔花，正在慢慢展开
抒情，也还柔软，弱不禁风

但我们相谈甚欢，"相看两不厌"
忘却了今夕何夕，修辞已经微微倾斜
运动中藏有静谧，静谧中蕴含运动
整整一条河水的肺腑之言，是一首诗
没有开始，也没有结束

（作者单位：北京市昌平区第二中学）

影　子

彭　岩

草帽太阳伞小鸟和歌声
在柳荫里乘凉
雷电在云朵的阴影里
发着鼾声
飞碟巨大的影子从科幻片中移来

枝丫的影子是秀丽的
翅膀的影子是雄健的
正义的影子端庄
贪欲的影子臃肿
美德的影子是香的

影子挽住山和山

把海扯到天的脚下
把真实和虚幻折叠成 90 度
把人的缺点缺陷
淡化到高于 P 图的效果
让思念痛苦成
影影绰绰的轮廓

影子是
光明的印章
温暖的余音
阳光的韵脚
都市的慢板

今天和现在
永远处于瞬间的临界点
处于光阴的无影灯下
它就是
过去和未来之间的一个
连读词
短如闪电阅读天空
快如白驹过隙

影子是人的
第二个身份
世界的第三重维度

你我能记起或忘却的一切

都在影子里

（作者单位：中国科学院附属实验学校分校）

密云水库北岸的秘密

王惠民

窗外的锅炉嗡嗡作响
思想的空旷
让我明显地感受到心中那震耳欲聋的寂静

寂静源于一个月亮交代给我的
被它藏在水库北岸的秘密
冬天，月亮剥下了夜晚的皮
它紧握的秘密，像一朵开在水库北岸石头里的花儿

本打算枕着云峰不老山安然入眠
却看见董各庄聊着密云水库的家长里短
听见搬迁收拾屋子的人唱着《在希望的田野上》

一次迁徙

一个水库
温暖一座城
造福万代人

我望着水库的前世今生
想写一首关于它的赞美诗
却按着密云水库的样子
在自己心里
为这片土地里的孩子
修建了另一座水库

在自行调节水位的高度
每一个字词都是一块基石，拦下万顷碧波

暗暗地把孩子们的成长灌溉

（作者单位：北京市密云区不老屯镇中心小学）

◎ 密云水库北岸的秘密

长城脚下的小学堂

王惠民

　　对于每天目之所及的长城
　　我总有无数的遐想

　　课本里提及的简短历史并不能解决
　　每块脚下的方砖承载过多少脚步的问题
　　也无法回答有多少肩多少双手
　　才凝结成这一万三千多里的遥远

　　当我在寻找天空之上　那一轮照亮秦朝的明月时
　　它也在注视着我在黑板上一笔一画
　　写下"秦时明月汉时关，万里长征人未还。"

　　人未还，似乎是一种宿命
　　而代代相继的长城存在

才托起中华两千多年的岁月长河

"四万万同胞心一条，新的长城万里长。"
学堂里传来了琅琅的读书声

书声也正在以另外一种方式
伴着长城再一次地生长

（作者单位：北京市密云区不老屯镇中心小学）

监考的下午

沈志刚

之一

阳光暖洋洋地照在我身上
杨白劳终于不用再唱十里风雪啦
我想

眉清目秀的孩子们
忙着填空
我拍拍桌子——"把卷头写全!"

风从窗子外刮进来
第一桌的小女孩赶紧按住卷子
后面的小男生瞄了一眼人家的答案
我们一起偷笑起来

之二

从门到窗子是七步
从窗子到门是七步
白马曹植试过
卷毛好汉伏契克也试过

也许还有别的先人
今天下午换成了我
第七步　停下来

门
开着

（作者单位：北师大附属实验中学大兴分校）

井冈山

申润民

我的内心，从来没有像今天这样
汹涌着一段历史的回忆，波涛一样
漫山遍野的翠竹，让我想起了海
这是我今生第一次见到的竹海
也是在想象中早已见到过的竹海
我似乎看见绿色背景上闪烁着的红旗
以及红旗下林立的梭镖和锄头
"山下旌旗在望，山头鼓角相闻"

面对曾经的遗迹，历史将她的珍藏取出
我以及我的旅伴无法忍住冲动
让照相机的快门频响，透过眼前的表象
为一个迟到的心愿
将想象的目光回溯到当年的战场

在一张张数码照片上
安顿好流浪的遐思
"敌军围困万千重，我自岿然不动"

历史的眼神微闭着，小憩一样
静听千万里之外的我们前来叩门
而此时，我们正在井冈山的怀抱里
借无边的竹海洗涤我们的灵魂
这是我今生最该献上崇敬的时刻
生命举杯，高过黄洋界的极限
俯瞰燎原的星火和刀刃的寒光
"早已森严壁垒，更加众志成城"

极目远眺，我仿佛看见一个书生的身影
以及那个身影背后九月的秋风
秋风中，书生正用一支纤弱的狼毫
指点江山，激扬文字
井冈山，就是书生的神来之笔
笔锋上，滴着残阳似的血色。让读他的人
毫无例外地想到了今天生活的来之不易
"黄洋界上炮声隆，报道敌军宵遁"

（作者单位：北京市延庆区第一中学）

橘　颂

申润民

"后皇嘉树，橘徕服兮
受命不迁，生南国兮
深固难徙，更壹志兮"
在飘满艾叶馨香的五月
我又一次品读先生的《橘颂》
字里行间，我似乎看见先生的后花园
橘树依依，橘灯灿灿
而您吟出的带着橘香的诗句
竟然醉倒了唐诗宋词
把一个凄美的传说故事
传唱了一个千年再一个千年
两千多年后的今天
我一读到《橘颂》，就仿佛看到

婵娟，正在绿叶素荣之下为先生歌舞
曼舞在先生书写的歌谣里的婵娟
你手中的七彩香包是为先生绣的吗
你凌波微步轻歌曼舞圣洁如兰
你可曾看见
先生正慈祥地望着你捻髯而笑吗
也许在他的脑海里此刻正构思着
前无古人后无来者的飘逸的诗句
而你，婵娟，早把一腔痴情植入兰草
于川之上裁芙蓉为衣，制芰荷为裳
舞出楚地的一帘烟雨，一卷书香
衬托先生的高傲的风骨
婵娟，我真的好羡慕你能拜先生为师

龙舟竞渡的咚咚鼓声
把我从遐思的情境中唤出
婵娟，我仿佛看见
瘦瘦的你正搀扶着瘦瘦的先生
踏着千古楚辞的节拍
沿着汨罗江畔的羊肠小路
冲破迷雾从历史深处徐徐走来
先生长发飘飘
你的衣袂飘飘
背景音乐

正是那首我最喜欢的《橘颂》

婵娟，我真的好羡慕你长伴先生身边

（作者单位：北京市延庆区第一中学）

愿化荷叶一片片

刘翠华

做一片荷叶，
一片圆圆的、小小的荷叶。
变成一把大大的伞，
为小鱼遮阳挡雨；
变成一张宽宽的床，
让露珠停靠安歇；
变成一叶小小的舟，
载着虫儿到达幸福的彼岸。

做一片荷叶，
一片绿绿的、弯弯的荷叶。
为清水描出轮廓，
给蓝天一份点缀，
跟白云亲切握手，

告诉这世界：
我是多么喜欢你。

湖泊妈妈送我几颗珍珠，
一颗、两颗、三颗……
哎呀，珍珠多得数不清，
小鱼姐姐快来帮我数一数，
一二三四五，
看看湖泊妈妈多伟大。
太阳公公说：
孩子，有了你，
世界也就变得明亮起来。

（作者单位：北京市大兴区庞各庄镇第一中心小学）

如果我是一朵花

郭馨月

如果我是一朵花
我要在春天开放
在应该绽放的季节
展现最美的姿态
我迎着太阳
傲立于原野
在风中舞蹈
在雨中歌唱

如果我是一朵花
我要在夏天和绿叶依偎
增添叶的魅力
享受叶的荫庇
我们白天一起迎接朝阳和日落

夜晚可以窃窃私语
即使狂风暴雨
也毫不畏惧

如果我是一朵花
我要在秋天托起累累硕果
把自己的能力无私给予
我爱果实如同自己
给果实讲述一朵花的故事
那细碎的片段里藏着温存和甜蜜
即使偶尔有失落和感伤
也会在岁月中闪着耀眼的光

如果我是一朵花
会在寒冬来临的时候把自己收藏
收藏在一本书里
释放最后的芬芳
然后我和书合为一体
让阅读的人知道曾经有一朵花
在四季的流转中
从没忘记自己的本分

（作者单位：北京市大兴区兴华中学）

秋　叶

——

郭馨月

叶子是季节的外套
随着温度变幻着款式和颜色

秋的叶
就像春天的花儿
有缤纷的色彩
袅娜的姿态
亦如璀璨的烟花
给大地一个最后的惊喜

那份彩色的亮丽
惊艳天地
清澈如一池秋水
然后在经历过几阵秋风的打磨

岁月的蹉跎
不期而遇的寒霜
冰冷的秋雨
在某个漆黑的夜里
哭泣着告别了依恋的枝干
投入久违的大地

只留下过冬的果实
成为秋叶最真诚的馈赠
陪伴生灵
度过冬的寒冷孤寂
期待着生命的轮回

（作者单位：北京市大兴区兴华中学）

春天的遇见

庞　硕

走吧，走进春天
那里有各种美好的遇见

遇见微风
偷偷挠起小河的痒痒
僵冷的河面
笑皱了一汪春水

遇见细雨
悄没声儿地涌向山坡
玩儿起捉迷藏
捉住满山绿茸茸的小草

遇见小虫

贪婪地吸吮花香

醉倒在花苞上

呆头呆脑地摸不清方向

遇见玉兰树

披着银色的月光

在窗外开舞会

一夜间，摇曳出一树繁花

走吧，走进春天

那里有各种美好的遇见

等着我们用心去发现

（作者单位：北京市海淀区教师进修附属实验香山分校）

听

庞 硕

花开的声音
很轻很轻
得竖着耳朵仔细听
你可能听到
叽叽叽,叽叽叽
那是鸟儿的谈话声
你可能听到
嗡嗡嗡,嗡嗡嗡
那是蜜蜂的脚步声
你还可能听到
咚咚咚,咚咚咚
那也许是你闻到花香时
幸福的心跳声

(作者单位:北京市海淀区教师进修附属实验香山分校)

春生草木香

张红英

暖阳下的温存还只是萌生
滋生的一点点思念便聚拢
冻土里还没有翻出多少麦苗的甜梦
散落的天际已是一片白茫茫

春水重逢之处　鸟自深处徜徉
盛开春花一朵朵一树树　披上了
寒凉的羽裳　层层叠叠包裹尽
倒春寒最粉嫩最娇俏的模样

然而　春的脚步不可阻挡
那才落到地面上的已成冰若水
湿滑的脚印连向街头尾巷
高高的枝头不时散落花雪的微香

不过是一瞬间的恍惚　已经不知
是疼惜那刚刚吐穗的杨树垂絮
还是怜惜那千万片雪花的易逝
远远地注视旷野里　天尽头如是

坠一夜的梨花梦　苏醒了叹息过往
太阳出来喜洋洋地照耀　冬天已瞬时
被抽丝剥茧　照见在林间蹦跳的灰白喜鹊
还有从雪被里探出的晶莹小草

总感觉有一丝丝水雾在鼻尖升腾
弥漫在空气中　也夹杂了草木气
这味道如沉醉的佳酿　若琉璃瓦的光
那回旋的线条舞动着春天最柔美的雪纺

（作者单位：北京市房山区教育新闻宣传中心）

你，被风吹起的样子

张红英

在梦中，我总是看到
你被风吹起的样子　瘦飘飘的样子
仿佛一朵云一样　被柔软地戏弄
忽而抓紧了裙摆　紧张地环顾左右
忽而被风带跑了几步　撑起的小花伞
也在偷偷笑你　而你却不知道　不以为然

你被风吹起的样子　搞笑的样子
常常让我忽略你美丽的容颜　你总是侧着脸
你执着地往前走　时而在艳阳下
时而在风雨里　用尽你的力量护着
怀抱里的那片暖　大概是几本书
或是一份礼物　虽然你被风吹起的样子

显得有些狼狈　你的脚步有些踉跄
但你的心似乎还是那么坚定　仿佛
用高洁的灵魂画着一朵憧憬远方的云

（作者单位：北京市房山区教育新闻宣传中心）

踪

宋佳桦

天是格外晴朗瓦蓝的一片
开在荷花瓣的水红里

撑一叶小艇
寻着风的轨迹

划过时间的河
斗笠下的穗带也泛起涟漪

斑驳的树影里
你的眉眼隐在深处

看不真切

却在笑着

（作者单位：北京市大兴区金海学校）

秋夜，一只蜉蝣的梦呓

李佳玲

在巨大的夜的邮轮里
她想起自己曾经是一只蜉蝣
在秋天的开端
衰老是悲伤的起点

许多年前的一天　当她还有
年轻有力的翅膀
和挥霍不尽的妄想
在一天之内　爱上许多优美的
张牙舞爪的生物
用渺小的身躯遨游宇宙
宇宙的光芒曾经点亮她的绒毛

醒来，发现那是一场没有结局的梦

梦的终点是秋夜
秋夜又是绵绵无尽
不是为了短暂的生命哭泣
而是在不知不觉中
退化成了长寿的生物

每天啃噬孔武的记忆
每天吞咽没有结局的爱情
每天和衰老斗争
并为自己画上面具
梦见自己
在一天之内　遨游过天地

（作者单位：北京市朝阳区芳草地国际学校）

后记

　　《心香一瓣——北京教师作家美文》终于问世了！年初我们发出征稿通知，立即受到广大老师的热烈响应。在短短一个半月的征集时间里，我们收到的散文、童话、小说、诗歌四大类作品将近五百件，老师们斐然的文采令人叹服！可以说，北京热爱文学创作的老师们在这一时段齐聚一堂，让我们看到了教师群体强大而蓬勃的文学创作力。

　　因为一本书的篇幅所限，经过认真的遴选，最后只有70余件作品入选。作品以现实题材的创作为主，我们从中既可以看到繁忙紧凑的城区生活，也可以看到静谧安然的村野生态；我们既可以看到青年人的憧憬和奋斗，也可以看到中年人的操劳和坚持，还可以感受到老一辈的传统和执着；我们既可以体会到土生土长的北京人的自在和悠闲，也可以体会到新北京人的困惑和不屈。老师们用充满感情的妙笔，尽情描绘着新时代的生动画卷。

心香一瓣——北京教师作家美文

文学既是阳光，带来温暖，也是雨水，滋润心灵。在真实鲜活的文字中，我们看到的是另一个侧面的老师——不仅有学生和教务相伴，还有无限向往的诗和远方。每一句诗行，每一个段落，或许沉重，或许张扬，却都一样充满力量。

有些作者是北京市教师作家协会的会员，这一属于首都教师自己的文学之家成立于 2017 年 2 月，由北京作家协会和北京教育融媒体中心共同创办。教师作协就像点点星火，将深埋于老师们心底的文学天地燎原。但更多的作者并不是教师作协的会员，这恰恰说明在北京教师这一广大群体中，散落着很多有生命力的文学种子，等待着合适的土壤、温度和水分，让这些生发、成长。

这本书是中国言实出版社与首都教育界的一次业务与思想上的碰撞，也是教坛文学爱好者的一次相逢。

相信这样的碰撞和相逢只是拉开了美丽的序幕，序幕之后一定藏着更多的惊喜！我们相信，无论斗转星移，时空变幻，还是科技狂飙，物欲弥散，文学的力量依然存在，人们对精神的追求依然不改。希望有更多热爱写作的老师们涌现出来，让我们看到，在教室之外的文学花园里，有许许多多的同行者在汇集！

在本书文稿的收集整理过程中，现代教育报社的编辑赵翩翩老师作出了很大贡献，在这里表示感谢。

我们希望这本书的出版只是一个崭新的开始，犹如天空中翱翔的头雁，带领着群雁自由地飞向文学的广袤远方。

编者